KB138731

하우스 오브 드림

빨강머리 앤의 시작

하우스 오브 드림

빨강머리 앤의 시작

리즈 로젠버그 지음
이지민 옮김

arte

일러두기

- 몽고메리의 작품명은 국내에 번역 출간된 경우 출간명을 그대로 사용하였고, 그 외에는 역자가 임의로 번역하고 원제를 병기하였음.
- 책은 『』, 잡지 및 신문은 〈〉, 단편소설 및 시는 「」로 표기하였음.
- 주석은 모두 역주임.

당신은 절대 가난하지 않아요.
무언가 사랑할 대상이 있다면 말이에요.
-루시 모드 몽고메리

목차

제1장
길모퉁이

1905년 6월의 어느 늦은 오후, 모드 몽고메리는 외할머니네 부엌에 앉아 글을 쓰고 있었다. 의자가 아닌 식탁 위에 걸터앉아, 옆에 놓인 소파에 두 발을 가지런히 올리고 무릎으로 공책을 받치고 있었다. 이 자리에서는 혹시라도 누군가가 우편물을 가지러 잠시 들른다면 곧바로 뛰어내릴 수 있었다. 외할머니네 부엌은 프린스에드워드섬의 아주 작은 해변 마을인 캐번디시 내에서 우체국 역할도 겸했기 때문에 마을 사람들이 늘 예고 없이 오가곤 했으니까.

모드는 서른 살이었지만 이제 겨우 십 대를 막 벗어난 듯 훨씬 어려 보였다. 커다란, 회색빛 도는 푸른 눈이 긴 속눈썹 아래 반짝였고, 입은 작았다. 그녀는 때로 이 작은 입을 손으로 가리곤 했는데, 치아를 본인의 외모 중 가장 큰 콤플렉스로 여겼기 때문이다. 키는 중간 정도였고 몸은 가냘프면서도 늘씬했으며 자세는 꼿꼿했다. 모드는 돌아가신 어머니로부터 물려받은 윤기 흐르는 머리카락이 자신이 가진 유일한 아름다움이라고 믿었다. 밤에 머리를 풀면 풍성한 갈색 머리카락이 무릎 아래로 물결처럼 부드럽게 흘러내렸다. 하지만 주로 머리를 위로 올려 핀으로 고정한 다음, 나름대로 가장 화려하고 정교한 모자를 구해 그 위에 썼다.

당시 모드는 새로운 이야기를 쓰고 있었다. 이제 막 쓰기 시작한 참이었지만, 마치 또 다른 세계(캐번디시와 비슷한 이곳을, 모드는 에이번리라고 불렀다)로 순간 이동한 것처럼 느껴졌다. 웬일인지 시작부터 이야기와 이야기 속 "끝에 e가 붙는 앤Anne으로 불러주세요."라고 말하는 열정적인 고아 소녀에게 사로잡혔다. 단어들이 공책 위로 부드럽게 내려앉았다. 모드의 필체는 그 어느 때보다 힘차고 확신이 있었다. 모드는 그 유명한 빨강머리 여주인공 대신 에이번리 마을과 매의 눈으로 그 마을을 감시하는 린드 부인으로 이야기를 시작했다. 무려 한 문단에 달하는 긴 첫 문장을 빠르게 써 내려갔다.

에이번리 대로에서 작은 골짜기로 내려가는 초입에 위치한 레이철 린드 부인의 집 주변은 온통 오리나무와 금낭화로 장식되어 있었고, 저 멀리 오래된 커스버트네 숲에서 시작된 시냇물이 가로질러 지나갔으며, 웅덩이와 폭포의 은밀한 비밀로 가득한 숲속 시냇물은 물살이 쏜살같고 잘 뒤엉키며 흐르기로 유명했지만 어찌된 일인지 린드 부인네 골짜기에 다다르면 이내 조용해져 똑바로 흐르며 지나갔는데, 아마 시냇물조차도 부인의 문 앞에서는 예의를 차리지 않을 수 없었을 것이며, 린드 부인이 창가에 앉아 시내와 아이들을 비롯해 지나가는 모든 것을 매의 눈으로 주시하며 무언가 이상하거나 잘못된 것을 발견하면 그 이유를 알아낼 때까지 쉬지 않고 캐낼 것을 알았기 때문일 것이다.

비 온 뒤의 오후는 화창했고, 모드는 느지막하게 쏟아지는 햇빛을 받으며 앉아 있었다. 그녀의 감정은 마치 날씨 같았다. 맑다가도 한순간에 흐려지곤 했다. 6월은 모드가 가장 좋아하는 달이었다. 6월로 모드가 느끼는 행복을 가늠할 수 있을 정도였다. 모드는 6월의 아름다움을 하나씩 언급하며 많은 글을 썼는데, 6월에 대해 쓴 글이 다른 모든 달에 대해 쓴 글을 합친 것보다 많았다. 마침내 기다리던 봄이 프린스에드워드섬의 북쪽 해안을 뒤덮어 올 때면, 모드는 1층의 작고 어두운 '겨울 침실'을 버리고 아무런 방해 없이 자유롭게 글 쓰고 꿈꿀 수 있는 2층으로 올라갔다. 모드 외에는 그 누구도 감히 2층에 올라가지 못했고, 그녀 홀로 그곳을 자신의 봄 근거지로 삼아 그곳의 여왕이자 한 명뿐인 주민으로 숨어 지냈다. 하지만 지금은 열린 공간에서 작업하며 새로운 이야기를 쓰는 데 열중해 있었고, 손에 든 펜으로 생각을 따라잡기 바빴다.

오지랖 넓은 린드 부인이 말쑥한 양복 차림으로 말 딸린 마차를 타고 어디론가 나서는 수줍은 이웃 매슈 커스버트의 모습을 보고 궁금해하는 부분에 막 이르렀다.

"아니, 대체 매슈 커스버트가 무슨 영문으로, 어딜 가고 있는 거지?"

바로 그때 누군가가 모드를 방해했다. 마을에 새로 온 목사 이완 맥도널드가 우편물을 가지러 온 것이다. 모드는 글쓰기를 잠시 멈췄다. 이완은 최근 캐번디시로 이사 온, 수줍음 많고 온화한 성품의 남자였다. 그는 장로교회에서 걸어 다닐 수 있을 만큼 가까운 거리에 위치한 모드의 외갓집 옆집에 묵고 있었다. 이완은 우체국을 자주 방문했다. 모드의 눈에 이 젊은 목사는 어쩐지 조금 외로워 보였다. 이완은 교육을 잘 받았고 장래가 유망한 인물이었다. 짙은 색 곱슬머리와 보조개, 경쾌한 스코틀랜드 게일어 억양 덕분에 마을 사람들의 주목을 받았다. 오래된 나라 스코틀랜드에 대한 낭만적인 이야기를 들으며 자란 모드는 이완의 독특한 억양에 유독 끌렸다.

잘생긴 미혼 목사 이완은 자연스레 마을에서 가십의 대상이 되었다. 소문에 따르면 캐번디시 여인들은 이완에게 '정신이 팔려 있었고', 그에게 적극적으로 다가간 여자들도 꽤 많았다고 한다. 모드는 그런 여자들과는 달랐다. 모드는 이 수줍음 많은 스코틀랜드 목사를 좋아했고 함께 즐거운 시간을 보내긴 했지만, 구혼자를 찾고 있는 것이 아니었다. 이미 남자들의 열렬한 프로포즈는 지나칠 정도로 많이 받았으니까. 하지만 새 친구에는 늘 목말라 있었다. 그래서 이완과 함께 시간을 보내는 것을 좋아했고 그와의 대화를 가볍게 이어갔다. 모드는 그에 대한 관심이나 설레는 감정이 생겨도 속마음을 털어놓지 않았다. 마침 이완은 다른 마을에서 자신과 결혼하고 싶어 극성이던 여성을 피해온 탓에 이런 모드의 태도를 다행으로 여겼다. 사람들의 오래된 기억에 의하면, 모드의 외가 쪽인 맥닐家는 엄격한 장로교 집안이었다. 모드는 교회 오르간 연주자였고, 늘 밝고 명랑했으며 이완과 함께 나눌 이야깃거리가 충분했다. 이완은 해가

질 때까지 모드 곁에 머물러 있었고, 부엌이 어둑어둑해져서야 우편물을 가지고 아쉬운 마음으로 돌아갔다. 모드는 그제야 공책을 들고 다시 2층으로 올라갔다.

모드는 어느 길모퉁이에 다다라 있었다. 당시에는 그 너머가 보이지 않았다. 그땐 그저 6월의 어느 활기찬 하루가 저문다고 생각했다. 마을에 새로 온 친구가 있었고 새로운 이야기를 쓰기 시작한 참이었다. 자기 삶의 모든 것이 곧 완전히 변하게 되리라곤 알 길이 전혀 없었다.

제 2 장
때 이른 슬픔

루시 모드 몽고메리(그녀는 루시를 통째로 버리고 끝에 e가 안 붙는 모드 Maud로 불러달라고 고집스럽게 말하곤 했다)는 프린스에드워드섬에 깊은 역사적 뿌리를 둔 것에 자부심을 느끼며 자랐다.

추운 겨울이 오면 밤마다 맥닐가 식구들은 부엌 난로를 둘러싸고 모여 함께 이야기하고, 또 이야기했다. 어린 모드는 눈을 크게 뜬 채 메리 로슨 할머니의 무릎 위에 앉아 있었다. 외할아버지의 여동생인 메리 로슨 할머니는 훌륭한 이야기꾼이었다. 가족들은 원한, 연애, 모험에 관한 옛날이야기를 마치 남을 흉볼 때처럼 열정적으로 나눴다. 이러한 옛날이야기들은 모드가 어디서 왔는지, 장차 어떤 사람이 될지에 대한 첫 단서들을 제공했다. 모드는 이 이야기들을 절대 잊지 않았다. 그래서 이웃들에 대해 아는 만큼 프린스에드워드섬의 조상들에 대해서도 잘 알게 되었다.

1700년대, 뱃멀미가 심하던 모드의 고조할머니 메리 몽고메리는 멀미를 잠재우기 위해 잠시 프린스에드워드섬에 내렸다가 다시 배에 오르기를 거부했다. 경악한 그녀의 남편은 몇 번이나 애원하고 조르고 화를 냈지만 그녀는 꿈쩍하지 않았다. 결국 프린스에드워드섬에서 둘은 머물기로 했고, 그곳에서 계속 살았다. 모드의 가족사는 이렇게 고집 세고 뱃멀미가 심하며 의지가 강한 한 여성에게서 시작되었다.

몽고메리가 혈통의 역사는 스코틀랜드의 에글링턴 백작으로 거슬러 올라간다. 의심스럽기는 하지만 모드의 아버지는 이를 굳게 믿었다. 훗날, 아버지는 자기 집에 '에글링턴 빌라'라는 이름을 붙이기까지 했으니까. 모드의 친할아버지 도널드 몽고메리는 확고한 보수파였다. 최초의 캐나다 총리와 주요 보수파 의원들을 친구로 뒀다. 친할아버지는 프린스에드워드섬 의회에서 40년이 넘게 일한 뒤, 상원에서 20년을 더 일하다가 여든여섯 살에 별세했다. 할아버지는 사람들 사이에서 상원의원으로 통했다.

이 상원의원 할아버지는 커다란 초록 점박이 도자기 개 두 마리를 벽난로 선반에 올려두었다. 모드의 아버지는 밤 열두 시만 되면 이 개들이 선반에서 난로 앞 양탄자로 풀쩍 뛰어내린다고 했다. 어린 모드는 아버지의 이야기(그리고 점박이 개들)에 빠져들었다. 그녀는 인내심을 갖고 관찰했지만, 한 번도 개들이 살아 움직이는 모습을 보지 못했다. 그렇다고 해서 결코 이 개들을 잊은 것은 아니었다. 몇 년 뒤, 신혼여행 중 모드는 자기로 만든 커다란 점박이 개 두 마리를 파는 것을 보고 곧바로 집어 들어 집으로 가서는 책장 앞을 지키도록 두었다. 이 도자기 개들은 친가 쪽 식구들에 대한 기억을 생생하게 되살려주었고, 모드에게 자부심을 불러일으켰다.

모드의 외가인 맥닐가 또한 몽고메리가만큼이나 유명하고 명성이 높았다. 모두가 열렬한 진보주의자, 다시 말해 그리츠*였다. 따라서 맥닐가는 몽고메리가와 정치적으로 완전히 대립했다. 정치를 비롯한 여러 면에서 서로 대립하는 강한 두 세력 사이에 낀 모드는 어쩔 줄 몰라 괴로워하곤 했다.

모드의 외갓집 고조할머니 엘리자베스는 뱃멀미 할머니만큼이나 고집이 셌다. 그렇지만 남편의 마음을 흔드는 것만큼은 훨씬 못했다. 프린스에드워드섬을 끔찍이 싫어했다던 엘리자베스 할머니의 이야기를 들은 모드는 이렇게 적었다.

어찌나 지독하게 향수병을 앓던지…. 반항적일 정도였다고 한다. 도착 후 몇 주 동안이나 보닛**을 벗지 않고 그대로 쓴 채 초조하게 마루를 왔다 갔다 하면서 집에 데려가 달라고 거만하게 호통을 쳤다고 한다. 이 이야기를 들은 어린 친척들과 나는 그 할머니가 밤에는 보닛을 벗었다가 아침에 다시 썼는지, 아니면 쓴 채로 잠을 잤는지 무척 궁금해했다.

프린스에드워드섬 북쪽 해안의 중앙에 위치한 모드의 고향 마을 캐번디시는 1700년대 세 스코틀랜드 가문에 의해 세워졌다. 그 가문은 맥닐가, 심슨가, 클락스가였다. 모드는 자신이 살던 시절의 분위

---

* 캐나다 자유당
** 턱 밑에서 끈을 매게 되어 있는 여성 모자

기를 다음과 같이 적었다. "이 3대 주요 가문 출신들끼리 결혼하는 경우가 너무 많아서, 누군가를 비난해도 될지 파악하려면 반드시 캐번디시에서 나고 자라야 할 정도였다." 지역 내에서는 이 세 가문을 다음과 같이 씁쓸하게 표현하는 말도 있었다. "신이시여, 심슨가의 자만, 맥닐가의 교만, 클락스가의 허영으로부터 우리를 구원하소서."

모드는 '자부심' 강한 맥닐가 출신이었다. 모드는 이런 외가 쪽 식구들로부터 자신의 '글쓰기 소질 그리고 문학적 감각'이 튀어나왔다고 주장했다. 모드의 외증조부인 윌리엄 심슨 맥닐은 영향력 있는 하원의장이었다. 그는 남녀노소를 불문하고 프린스에드워드섬에 있는 모든 사람들의 이름을 알았다고 한다. 초상화 속에서도 외증조부는 너무나도 강해 보여서 그의 한 후계자는 100년도 더 지난 그 초상화로부터 위협감을 느꼈고, 결국 벽에서 내려 안 보이는 곳에 숨기도록 했다는 이야기도 있다.

이 하원의장 할아버지의 자식 열한 명 중 하나는 유명한 정치인이 되었고, 또 다른 하나는 저명한 변호사가 되었는데, 모드의 외할아버지인 알렉산더 맥닐은 농부이자 지역 우체국장일 뿐이었다. 외할아버지는 의장인 그의 아버지로부터 가장 우수한 자질들(웅변 능력, 위엄, 지능)뿐만 아니라 그의 약점 또한 지나치게 많이 물려받은 것으로 알려져 있다. 외할아버지는 자부심이 강하고 입은 험했으며, 포악했고, 또 과민했다. 그는 가족이나 이웃들에게 시비를 걸었고, 이는 오랜 불화로 이어졌다.

외할아버지가 영리한 손녀 모드를 자랑스러워한 것은 분명했지만, 그는 뒤에서는 칭찬하고 앞에서는 따돌리거나 놀리는 식으로 손녀를 대했다. 모드는 험상궂은 외할아버지가 뒤에서 조용히 자신을 칭찬해주었다는 사실을 친척들을 통해서나 알 수 있었다.

외할아버지의 살벌한 장난은 모드를 위축시켰다. 모드는 외할아버지가 그녀를 놀리고 무시하는 것이 싫었다. 하지만 외할아버지도 그런 자기 자신을 어쩔 수가 없었다. 모드는 자신이 만든 가장 유명한 주인공인 앤 셜리를 통해 외할아버지에 대한 혐오감을 다음과 같이 털어놓는다.

> 상대가 남자든 여자든, 앤이 유일하게 두려워하는 공격은 빈정거림이었다. 늘 빈정거림으로부터 상처받았다. 마음속에는 물집이 생겼고, 그것은 수개월 동안이나 그녀를 괴롭혔다.

이와 비슷하게, 모드의 또 다른 소설 속 주인공인 '이야기 소녀'는 어린아이를 절대 놀리지 않겠다고 다짐한다.

> 놀림거리가 되는 건 딱 질색이야. 하지만 어른들은 늘 놀린다니까. 내가 어른이 되면 절대 그러지 않을 거야. 잘 기억해두어야지.

모드는 가족을 자랑스러워했지만, 그녀가 물려받은 유산은 결코 단순하지 않았다. 양쪽 집안 모두 자기네 식구들의 방식만이 옳다고 굳게 믿었다. 몽고메리가 혈통의 열정과 맥닐가 혈통의 청렴. 모드는 자신이 몽고메리가와 맥닐가로부터 각각 특정 자질을 물려받았고 그 둘은 평생 상충할 운명이라는 것을 알았다. 또한 양쪽 집안 모두 상대 가문을 완전히 통제하기에는 역부족이라는 걸 알았다. 모드의 이중적인 성품에는 양가의 특징이 끊임없이 싸우며 나타났다. 겉으로는 용감한 척하며 내면의 자신을 숨기고 보호했던 모드는 다음과 같이 고백했다.

나는 이중생활을 해왔다. 항상 그래온 것 같다. (아마 대부분의 사람들이 그렇겠지만) 겉으로는 공부하거나 일했고, 속으로는 꿈꾸고 열망했다.

모드의 삶은 즐거움으로 시작되었지만 이 즐거움은 곧 때이른 슬픔으로 변했다. 즐거움과 슬픔 모두 그녀에게 흔적을 남겼다. 루시 모드 몽고메리는 부모님의 결혼식 8개월 후인 1874년 11월 30일, 프린스에드워드섬에 위치한 클리프턴(훗날 뉴 런던으로 지명이 바뀌었다)이란 마을의 어느 자그마한 2층짜리 오두막집에서 태어났다.

모드의 아버지 휴 존 몽고메리는 잘생기고 쾌활하며 호감 가는 서른셋 청년이었으나, 안타깝게도 도널드 몽고메리 상원의원의 아들이었다. 처음 휴 존이 모드의 어머니 클라라 울너 맥닐을 만났을 때 그는 멋진 젊은 선장이었다. 늘 낙관적이었던 휴 존은 온갖 반대를 물리치고 어린 신부를 만났다.

클라라 울너 맥닐은 스물한 살의 젊은 여인이었고, 부모의 보호를 잘 받으며 자란 육남매 중 넷째였다. 클라라는 작은 마을 캐번디시에서 돋보였다. 그녀의 아름다움은 사람들의 시선을 사로잡았고 여러 남자들의 마음을 빼앗았다. 훗날, 머리가 희끗희끗한 한 남자가 모드에게 다가와 한때 자신이 모드의 어머니를 집에 바래다주는 영광을 누렸다며 수줍게 자랑하기도 했다.

클라라와 휴 존은 클라라의 부모님 집 거실에서 결혼식을 올렸지만, 맥닐가 어른들은 이 둘을 절대 허락해주지 않았다. 휴 존은 좋은 가장과는 거리가 멀었던 듯하다. 휴 존의 아버지 도널드 몽고메리 상원의원은 젊은 부부에게 양가 부모가 사는 두 지역에서 비슷한 거리로 떨어져 있는 프린스에드워드섬에 작은 집 한 채를 장만해주었다.

젊은 부부는 집에 붙어 있는 시골 가게를 운영하며 힘들게 생계를 유지했다. 남편과 아내 어느 누구도 사업에 소질이 없었다. 가게는 휘청거렸다. 그리고 클라라는 너무 이른 시기에 폐결핵이라는, 서서히 진행되지만 무시무시하고 치명적인 폐질환으로 앓아누웠다.

휴 존은 처가의 부모님이 모드를 돌봐줄 수 있도록 캐번디시로 이사했다. 그렇게 조심하고 주의를 기울였음에도 불구하고, 클라라 맥닐 몽고메리는 어린 딸아이와 슬픔에 잠긴 남편 그리고 가족들을 남겨둔 채 1876년 9월 14일에 세상을 떠났다. 당시 그녀는 스물세 살이었다. 모드는 두 살도 채 되지 않았었다. 어머니에 대한 모드의 첫 기억은 황금빛 갈색 머리칼을 어깨 아래로 늘어뜨린 채 관에 누워 있는 젊은 모습이었다.

휴 존은 모드를 품에 안고 관 옆에 서서 울고 있었다. 쪼그만 여자아이 모드는 혼란스러웠다. 많은 군중이 모여 있었고, 모드가 관심의 중심에 있었지만 무언가 이상했다. 이웃들은 서로 귓속말을 하고 동정 어린 눈으로 그 둘을 바라보았으니까.

모드가 살던 시절에는 여자들이 평생 단 한 벌의 실크 드레스를 가질 수 있었는데, 그 드레스는 주로 실용적이고 다소 칙칙한 색이었다. 하지만 클라라의 실크 드레스는 선명한 녹색이었다. 모드의 어머니는 숨을 거둔 모습까지도 매혹적이었다. 풍성한 황금빛 갈색 곱슬머리를 한 클라라의 모습은 그 어느 때보다 사랑스럽고 친근해 보였다. 하지만 어머니의 얼굴을 만지려고 손을 뻗은 모드는 얼음장처럼 차가운 피부 때문에 놀라고 말았다. 이 느낌은 너무나도 강렬해서 몇 년이 지나도 모드는 손끝이 얼얼했던 그 느낌을 잊을 수 없었다.

장례식 후, 클라라 맥닐 몽고메리의 짧은 생을 기리는 동안 침묵이 내려앉았다. 모드는 어딘가에서 주워들은 이야기나 누군가가 남기고 간 힌트를 통해 어머니에 대한 기억을 꿰맞추어야 했다. 마치 어머니의 존재가 지워진 것만 같았다. 모드가 들은 몇 안되는 이야기들에 따르면, 클라라는 세심하고 시적이며 고상하고 환상적인 여인이었다. 부모의 반대를 무릅쓰고 결혼하기 위해 용기를 내기도 했으니까. 모드와 클라라는 그들이 살던 작은 마을에서 돋보였다. 둘 모두 광적이라고 볼 수 있을 정도로 아름다움을 사랑했다.

모드는 어머니의 죽음을 평생토록 슬퍼했다. 클라라는 어린 나이에 세상에 알려지지 않은 채 죽었지만, 모드가 살면서 평생 추억할 수 있는 물건을 몇 가지 남기고 갔다. 시집 몇 권과 모드가 세심하게 보관한 일기장이었다.

클라라의 무덤은 모드의 집과 장로교회 바로 건너편에 위치했고 교사 사택 옆에 있었다. 가슴 아프고 기묘하게도, 어머니의 빈자리는 늘 눈에 보여 잊을 수 없었다. 모드는 매일 학교와 집 사이를 오가는 길에 어머니의 무덤을 가로질러 다녔으니까.

클라라의 이른 죽음은 모드에게 풀리지 않은 의문들을 남겼다. 맥닐가 사람들은 이야기를 잘하기로 유명했지만, 모드는 어머니에 대한 그 어떤 이야기도 들을 수가 없었다. 또, 아무도 모드와 함께 앉아 사후 세계의 존재 가능성에 대해 설명해주지 않았다.

모드는 네 살이 된 해 어느 날, 교회에서 목사의 말을 듣고선 허리를 펴고 똑바로 앉아 집중하게 되었다. 물론 그 누구도 절대 교회에서 말을 해서는 안 되었지만, 이번 일은 시급했다. 모드는 에밀리 이모에게로 몸을 돌려 높은 톤으로 물었다. "천국이 어디예요?"

어린 에밀리 이모는 큰 소리를 내기에는 너무나 올바른 사람이었다. 대신, 손가락으로 천장을 가리켰다. 이 손짓을 본 모드는 '어쩌다 엄마가 클리프턴 교회의 다락방에 갇히게 되었구나' 하고 결론 내렸다. 천국은 집에서 몇 킬로미터밖에 떨어져 있지 않잖아! 모드는 왜 아무도 사다리를 가져와 엄마를 내려오게 도와주지 않는지 이해할 수 없었다.

한편, 아버지와 함께하는 일상은 점점 더 불안정해졌다. 휴 존은 젊은 아내의 죽음을 슬퍼했고, 생계의 어려움을 겪은 나머지 활동적인 어린 아이를 키울 나이는 훌쩍 넘긴 50대 맥닐 부부의 손에 모드를 맡겼다. 부부의 반듯한 십 대 딸인, 모드의 이모 에밀리만이 여전히 그들의 집에 함께 살고 있었다. 모드는 어린 이모가 무척 나이 들었다고 생각했다. 모드에겐 어른이거나 어른이 아니거나, 그 두 가지 뿐이었으니까. 에밀리 이모는 모드의 소꿉놀이 친구가 되어주지 못해서, 모드는 함께 놀 친구들을 직접 만들어냈다. 응접실에 있는 찬장의 유리 문 안에서까지 친구들을 만들어냈다.

찬장의 왼쪽 문에는 모드의 상상 속 친구인 케이티 모리스가 살고 있었다. 케이티는 모드와 동갑인 여자아이였고, 모드는 케이티에게 재잘거리며 몇 시간 동안이나 비밀을 주고받았다. 모드는 케이티 모리스에게 최소한 손을 흔들어 인사를 하고 나서야 응접실로 들어가곤 했다.

찬장 문 오른쪽에는 상상의 인물 루시 그레이가 살고 있었다. 루시는 늘 자신의 고민거리에 대해 암울한 이야기를 하는 늙은 과부였다. 모드는 상상 속에서 케이티 모리스와 함께 시간을 보내는 편이 훨씬 더 좋았지만, 슬픔에 찬 늙은 과부의 기분을 상하게 하지 않기 위해 이 둘 모두와 각각 수다를 떨며 동일한 시간을 보내려 노력했다.

먼 훗날, 모드는 자신이 만들어낸 이 두 친구 중 가장 좋아하는 단 한 명만 『빨강머리 앤Anne of Green Gables』에 데려온다. 바로 케이티 모리스다. 책에서 케이티 모리스는 앤과 가장 친한 첫 번째 상상 속 친구이자 그녀를 위로해준 인물이었다.

모드가 아주 어릴 때 그녀의 현실 속 친구는 아버지 휴 존이었다. 모드는 아버지를 열렬히 사랑했다. 아버지는 다정하고 유쾌했으며, 모드에게 재미있는 이야기들(그의 아버지가 갖고 있던 점박이 도자기 개들이 자정이 되면 살아 움직인다는 이야기 등)을 들려주었다. 그는 모드를 칭찬해주고 다정하게 쓰다듬어주었으며, 모드의 외갓집 가족들과 달리 애정을 직접 표현했다. 휴 존은 모드를 '꼬마 모디Little Maudie'라고 불렀고, 모드는 아버지를 무조건적으로 사랑했다.

휴 존 몽고메리는 마치 어린아이처럼 불화를 몹시 싫어하는 사람이었다. 혼란스러운 세상 속에서 아버지와 딸은 서로에게 의지했다. 모드는 이렇게 적었다.

나는 아버지를 아주 많이, 마음속 깊이 사랑했다. 아버지는 내가 아는 사람 중 가장 사랑스러운 사람이었다.
지금 와서 생각해보니, 외할아버지와 외할머니는 나의 바로 이런 아 버지를 향한 사랑이 몹시 못마땅했던 모양이다. 외할아버지, 외할머니 는 내가 아버지에게 준 것과 같은 넘치는 애정으로 그들을 대하지 않 는다는 것을 알아챘다. 사실이기도 했다. 난 그러지 않았다. 하지만 그 것은 그들의 잘못이었다. 이제야 나는 그들이 나를 어느 정도는 사랑했 다는 것을 안다. 하지만 그들은 단 한 번도 말이나 행동으로 사랑을 표 현하거나 보여주지 않았다. 나는 한 번도 그들이 나를 사랑한다고 느끼 지 못했다. 이 세상에서 나를 사랑하는 유일한 사람은 아버지라고 생각 했다. 다른 그 누구도 내게 키스해주거나 쓰다듬어주거나 애칭을 불러 주지 않았으니까. 그래서 나는 모든 사랑을 아버지에게 주었다. 그리고 외할아버지, 외할머니는 그런 나를 마음에 들어 하지 않았다. 그들은 본인들이 나에게 집과 음식과 옷과 보살핌을 제공했기 때문에 내가 그 들을 가장 사랑해야 한다고 믿었다.

어린 모드는 변덕스럽고 활발하며 똑똑하고 쉽게 흥분하는 아이 였다. 엄격한 맥닐가는 이러한 모드의 성품 중에서 그 어떤 것도 높 이 평가하지 않았다. 모드는 애정 표현을 갈망했다. 어느 날 밤, 가 족의 어떤 친구가 와서 모드를 들여다보며 "사랑하는 꼬마야"라고 불러준 기억을 모드는 한평생 소중히 간직했다. 이러한 확실한 애정 표현은 드물었기 때문에 모드는 이렇게 기억했다.

"난 그 말이 너무 좋았어. 너무 듣고 싶었거든. 한 번도 잊은 적이 없어."

모드의 외할머니가 모드를 사랑한 것에는 의심의 여지가 없다. 외할머니 루시 맥닐은 모드의 삶에서 주요 인물이었다. 모드를 대신해 남편에게 맞섰고 손녀딸을 위해 관습을 거부했으며, 자신의 용돈을 모드를 위해 썼고 손녀딸이 반드시 좋은 교육을 받을 수 있도록 하기 위해 싸웠다. 그땐 외할머니의 행동이 모두 일반적인 것이 아니라 예외적인 것으로 받아들여지던 시절이었다. 외할머니는 물질적인 측면에서는 모드를 매우 잘 보살펴주었다(그녀는 요리, 청소, 수공예에 뛰어난 살림꾼으로 유명했다). 하지만 감정과 지식 측면에서 두 사람의 괴리감은 매우 컸다.

모드는 아버지 휴 존에게는 자연스러웠던 공개적인 애정 표현이 외할머니에게는 어려웠다. 또 아버지가 저지른 여러 잘못은 쉽게 용서해준 반면, 외할머니에 대해서는 혹독하게 평가했다. 소설 속에서만 마릴라 커스버트라는, 실제와는 많이 다른 인물을 통해 외할머니의 좋은 성품을 칭찬했다. 외할머니의 믿음직함, 희생 정신, 한결같은 보살핌 말이다.

모드의 아주 어린 시절에 대한 잘 알려지지 않은 일화가 하나 있다. 그녀의 자서전에 간단히 언급된 내용에 따르면, 그 옛날 외할머니는 정말로 모드의 마음속에서 소중한 자리를 차지한 것으로 나타났다. 모드는 다섯 살에 뜨거운 부지깽이에 덴 후, 장티푸스에 걸렸다. 의사는 모드가 그 주를 넘기기 힘들 것이라고 진단했다. 이때 외할머니가 즉시 모드 곁으로 왔고, 이때 극도로 긴장한 어린 모드는 외할머니의 관심을 끌기 위해 노력했다. 실제로 모드는 외할머니를 보고서 너무나도 기쁘고 흥분한 나머지 열이 놀라울 만큼 치솟았다. 휴 존은 딸을 진정시키기 위해 외할머니가 집으로 돌아갔다고 거짓 말했다. 그래서 이후 며칠 밤을 열로 지새우던 모드는 불안해하며 자신의 주위를 맴돌던 노파가 외할머니가 아니라 가정부 중 한 명이라고 생각했다. 모드는 혼자 일어나 앉을 수 있을 만큼 상태가 나아진 후에야 자기 옆을 지키고 있었던 사람이 외할머니였음을 알게 되었다. 모드는 이렇게 적었다.

> 나는 외할머니의 품에서 빠져나올 수가 없었다. 계속해서 외할머니의 얼굴을 어루만지며 "아니, 머피 아주머니가 아니라 우리 외할머니잖아." 하고 놀라움과 기쁨이 섞인 목소리로 말했다.

모드가 장티푸스를 한바탕 치르고 난 뒤로부터 얼마 지나지 않아, 외할머니는 손녀딸의 주 양육자가 되었다. 외할머니는 엄격하고, 규칙에 얽매인 사람이었다. 모드가 보기에 외할머니의 양육법은 끔찍할 정도로 구식이었다. 그 후로 몇 년 동안 외할머니는 양육의 모든 부담을 짊어졌다. 휴 존은 사업을 위해 고향에서 점점 벗어나 멀리 캐나다 서부로 떠났다. 한때 사랑하던 둘의 관계는 흔적도 없이 사라졌다.

처음에 휴 존은 딸을 보기 위해 집에 찾아왔다. 하지만 모드가 일곱 살이 될 즈음에 그는 멀리 떨어진 서스캐처원 주로 이사 갔고, 그 이후엔 늙은 맥닐 부부가 손녀를 전적으로 돌봐주었다.

모드는 아버지가 자신을 버리고 간 것에 대한 충격과 실망을 숨긴 채 오히려 늘 조심스럽던 늙은 외할머니와 외할아버지에게 분노를 표출했고, 아버지에 대한 감정은 그대로 묻어두었다. 모드는 그 당시에나 그 이후에나 '사랑하는 아버지' 휴 존에 대해서는 불평 한마디 하지 않았다. 오히려 그 반대였다. 자신을 떠난 아버지를 사랑스러운 모습으로 묘사해 모든 전기 작가들을 혼란스럽게 했다.

까칠한 외할아버지가 새로운 양육 방식을 공공연히 반대하고, 수다스러울 뿐 아니라 변덕스러운 손녀와 갈등을 빚었던 것은 별 도움이 되지 않았다. 외할아버지 알렉산더 맥닐은 세상과 멀어지려 했고 모드는 사회성을 갈망했다. 외할아버지는 모드가 펼치는 상상의 나래와 야망을 비웃었으며, 여자가 있어야 할 곳은 집이라고 주장했다.

이렇게 강한 성격의 둘 사이에서 이러지도 저러지도 못하던 외할머니 루시 맥닐은 중재자 역할을 해야 했다. 외할머니는 질서를 바로잡고 손녀의 삶에 균형을 가져오기 위해 열심히 노력했다. 그녀는 공정하게 행동하려 했기 때문에 남편과 외손녀 중 어느 누구도 만족시키지 못했다.

모드는 외할머니가 좋은 의도를 갖고 있었다는 것은 알았지만 '외할머니의 사랑에는 이해라고는 눈곱만큼도 없었다'고 생각했고, 그래서 "외할머니에게는 우리 둘을 똘똘 뭉치게 하는 힘이 없었다."라고 쓰기도 했다. 모드는 어머니를 잃었고, 아버지에게선 버림받은 상황이었다. 다른 아이라면 위탁 기관에 맡겨지거나 이 집 저 집을 옮겨 다니거나 고아원에 보내졌을 테지만 모드는 멀쩡한 집에서 살고 있었고, 좋은 음식을 충분히 먹을 수 있었으며, 외할머니와 외할아버지의 통제 아래 모든 물질적인 혜택을 누릴 수 있었다.

모드의 집은 캐번디시에서 오래된 집들 중에서 가장 좋은 집으로 꼽혔다. 매년 6월이면 과수원에서 체리와 사과가 꽃을 피웠고 가을이면 과일이 익었다. 다른 아이들은 양철 도시락에 간단한 점심을 싸서 학교에 왔지만, 모드는 정오에 집에 와서 외할머니, 외할아버지와 함께 식사했다. 대부분의 아이들은 혹독히 추운 캐나다 겨울에도 신발을 살 수 없었지만, 모드는 튼튼한 가죽 부츠를 신어 다른 모든 여자아이들의 부러움을 샀다. 모드는 이렇게 고백했다.

"나는 물질적으로는 보살핌을 잘 받았다. 굶주리고 통제당한 것은 나의 감정과 사회성이었다."

모드의 친척들은 모드에게 형편이 좋은 것을 감사히 여겨야 한다고 끊임없이 상기시켜주었다. 모드는 어떤 의미에서는 불우이웃이었다. 지낼 곳이 있다는 것을 감사히 여겨야 했다. 그녀의 그 어떤 행동도 사람들의 이목을 피할 수 없었으며, 모드는 보통 사람들보다 더 많은 것을 요구받게 될 처지였다.

제3장

이상적인 아름다움의 나라와 매우 가까이

맥닐 농장은 캐번디시의 변두리 바로 끝에 자리 잡고 있었다. 이 해변 마을에서는 주민들 사이의 유대가 끈끈했다. 캐번디시는 길이 약 5킬로미터, 폭 약 1.6킬로미터 정도의 작은 마을이었다. 캐번디시는 프린스에드워드섬 북쪽 해안에 위치한 시골이었고, 철도역으로부터는 약 18킬로미터, 샬럿타운으로부터는 약 39킬로미터 떨어져 있었다. 모드는 캐번디시가 세상에서 가장 아름다운 곳이라고 생각했으며, 캐번디시에 대한 속마음을 이렇게 표현했다. 십 대 모드의 목소리 속에서 장차 뛰어난 표현력을 가진 작가가 될 조짐이 꿈틀 대는 것을 확인할 수 있다.

갈색 들판 너머로 거품 물마루 점들로 이루어진, 반짝이는 푸른 바다가 펼쳐져 있었다. 상쾌하고 촉촉한 봄기운 가득한 공기를 들이마시며 산책하는 것은 너무나도 좋았고, 해변으로 내려가 커다란 바위 위를 오를 때면 기쁜 마음에 잠시 숨이 멎는 것 같았다… 왼쪽에는 밝게 빛나는 모래 해변이 출렁이며 이어졌고, 오른쪽에는 거친 바위들이 여러 개의 작은 만을 형성하고 있었다. 자갈을 휩쓸며 쉭쉭 소리를 내던 파도는 바위에 부딪쳐 부서졌다. 그곳에선 몇 시간이고 바다 위를 높이 나는 갈매기들을 바라볼 수 있을 것만 같았다. 어린 시절을 보내기에 좋은 곳이다. 이보다 더 나은 곳은 떠올릴 수가 없다.

모드는 자신의 어린 시절 고향인 캐번디시에 대해 대단히 열정적이었다. 모든 들판과 언덕, 아이들이 매운맛이 나는 가문비나무 진을 채취해오곤 하던 작은 과수원까지 속속들이 알고 있었다. 뒤에서는 비난할지 몰라도, 외부인이 마을에 대해 안 좋은 말을 하는 것은 절대 용납하지 못했다. 그녀에게 캐번디시만큼 떠나기 힘든 곳은 없었다. 캐번디시만큼 강렬한 감동을 준 곳도 없었다. 모드는 이렇게 적었다. "이 섬은 내 이상적인 아름다움의 나라와 가깝다. 이곳은 지금도 그렇고 언제까지나 나의 성지여야만 한다."

모드가 어릴 적, 프린스에드워드섬에는 주민 십만 명이 살고 있었고 주민들 간의 유대는 매우 끈끈했다. 프린스에드워드섬은 캐나다 주 중에서 규모가 가장 작고, 뉴브런즈윅의 동부 해안으로부터 멀리 떨어져 희미하게 불을 깜빡이는 외딴 지역이었다. 그래도 모드는 프린스에드워드섬이 '북아메리카 대륙에서 가장 아름다운 곳'이라고 생각했다.

어린 시절, 모드가 그 쪼그마한 캐번디시의 변두리를 넘는 모험을 떠나는 건 극히 드문 일이었다. 모드의 외할아버지, 외할머니는 지나치게 집밖에 몰랐고, 세월이 지나면서 점점 더 집에 틀어박혔다. 40킬로미터도 채 안 떨어진 샬럿타운으로의 여행은 3년에 한 번 정도 있을 매우 드문, 특별한 보상이었다. 모드는 샬럿타운으로 가는 길이 지금의 유럽 여행만큼이나 새롭고 흥분되며 즐거웠다고 회고했다.

바로 이 드문 샬럿타운으로의 여행을 통해 당시 네 살이었던 모드는 몇 분 동안이나마 외갓집을 탈출할 수 있었다. 외할머니와 외할아버지가 대화를 나누는 동안에는 그 기회를 틈타 홀로 길거리를 탐방했다. 모드는 집 꼭대기에서 양탄자를 탈탈 터는 어느 여인의 모습을 보고 깜짝 놀랐고, 까만 눈동자에 검은 머리를 땋은 한 낯선 소녀와 짧게 대화하기도 했다. 그럴 때면 마치 엄청난 모험을 한 것만 같은 기분이었다.

파크코너 근처에 있는 존 이모부와 애니 캠벨 이모네 집을 방문하는 일은 1년에 한두 번 정도였다. 모드는 이러한 방문마저도 재미없는 맥닐가에서 벗어날 수 있는 기회라며 반가워했고 소중히 여겼다. 모드는 파크코너에서 첫 번째 우정을 찾았다. 이곳에는 '세 명의 명랑한 사촌들'이 살았는데, 이 중엔 모드보다 어린 사촌 프리드가 있었다. 프리드는 훗날 모드의 가장 친한 친구가 되었으며, 모드의 표현을 빌리자면 '나의 친자매 그 이상인, 세상에서 나와 가장 가깝고 내게 가장 소중한 여자!'였다.

파크코너에는 그 어떤 딱딱함도 격식도 없었다. 애정에 목마른 소녀였던 모드는 그곳에서 따뜻함과 웃음, 삶을 안락하게 해주는 것들을 찾았다. 그중에는 맛있는 간식이 늘 보관되어 있기로 유명한, 오래된 식료품 창고도 있었는데, 모드와 사촌들은 한밤중에 이 창고에 난입해 소란스럽게 깔깔대며 불량식품을 먹어치우곤 했다. 모드는 그 커다란 하얀 집의 온갖 구석과 찬장들, 그리고 갑자기 계단에서 뛰어내리는 재미에 흠뻑 빠졌다. 그들은 게임을 하고 땅콩을 까 먹으며 농담을 하고 이야기를 나누느라 새벽까지 깨어 있었다. 존 이모부와 애니 이모도 이 유쾌한 떠들썩함에 동참했다. 모드는 이렇게 적었다. "나는 오래된 그곳이 이 세상 그 어디보다도 좋다."

모드의 유쾌한 성격은 활기찬 파크코너에서 길러졌지만 그녀의 정신은 조용하고 엄숙한 캐번디시 맥닐 농가에서 형성되었다. 모드에게 있어 외갓집은 여전히 꿈의 집이었고, 이 세상 모든 것을 비교하는 기준이었다. 고향은 그녀에게 변덕스러운 행복을 가져와주었음에 틀림없지만, 그래도 모드는 그 집에 열렬히 매달렸다. 모드는 이렇게 단언했다.

캐번디시에서 보낸 수년의 세월이 아니었다면 나는 절대 『빨강머리 앤』을 쓸 수 없었을 것이다. 내 마음속 영혼이 평생 인정하는 유일한 집은 해안 만 옆의 그 작은 시골 마을뿐일 것이다.

어려서부터 비극을 맛본 아이였지만 모드는 행복에 대한 강한 의지를 갖고 있었다. 웃으며 '명랑하게(모드가 가장 좋아한 단어 중 하나였다)' 지내는 것을 매우 좋아했다. 그녀에게는 그 어떤 상황에서도 재미를 찾아내는 특별한 재능이 있었다. 옆에 사람이 아무도 없을 때는 그녀를 둘러싼 모든 자연 속 아름다움에서 상상 속 누군가를 직접 만들어냈다. 모드는 특히 나무를 좋아해서, 나무에 이름과 성격을 부여해주었다. 모드는 언젠가 친구에게 이렇게 적었다. "내게 만약 전생이 있다면, 아마 어떤 존재이기 전에 나무였을 거라고 믿어."

모드는 물건에 손잡이가 있는 게 좋다고 털어놓았다. 제라늄 화분처럼 소박한 것까지도. 자신이 만든 유명한 여자아이 앤처럼, 모드는 아주 어릴 적부터 그녀가 아낀 모든 사물에 이름을 지어주었다. 외갓집의 뜰에 있는 나무들에게도 화려한 이름을 선물했다. 리틀 시럽, 하얀 여인, 숲의 군주. 모드의 또렷한 상상은 가끔 그녀와 함께 현실로부터 도망쳐주었다. 끝이 꼬불꼬불한 유리 꽃병은 놀란 표정을 짓고, 외할머니의 어두침침한 응접실에 있는 모든 의자들이 테이블 주변에서 춤추며 자신에게 얼굴을 찌푸린다고 상상했다.

모드는 고양이도 친구로 삼았다. 살면서 늘 고양이를 적어도 한 마리는 키웠다. 훗날 모드는 자신의 책에 서명할 때 사인 아래에 검은 고양이를 그렸다. 그녀는 "당신은 절대 가난하지 않아요."라고 단언하고는 곧이어 "무언가 사랑할 대상이 있다면 말이에요." 하고 덧붙였다. 상상 속의 친구들과 시간을 보내느라 바쁘지 않을 때는 키우던 새끼 고양이들과 함께 놀았다. 모드가 처음으로 기른 고양이 두 마리는 '푸시 윌로우*'와 '캣킨스**'였다. 푸시 윌로우는 새끼 고양이일 때, 어쩌다 쥐약을 먹고서 죽어버렸다. 다섯 살 모드는 가슴이 찢어질 듯했고, 외할머니는 격렬하게 슬퍼하는 이 어린 여자아이

---

* 갯버들을 뜻하며 앞 단어(pussy)가 고양이와 철자가 같다.
** 버드나무 등의 나뭇가지 끝에 기다랗게 무리 지어 달리는 꽃송이를 뜻하며 단어의 첫 음절(cat)이 고양이를 연상시킨다.

를 도무지 이해할 수가 없었다. 그때 모드는 고통과 죽음을 현실로 느꼈고, 스스로에 대해 이렇게 썼다.

"이전엔 행복하고 무지한 작은 동물이었던 나는 그 일이 있고서야 영혼이란 것을 갖게 되었다."

동네 원룸 교사校舍에 들어갈 때쯤, 여섯 살 모드는 두 가지를 성취해냈다. 귀를 앞뒤로 꿈틀꿈틀 움직일 수 있었고 글을 읽을 수 있었다. 교장 선생님이 첫 번째 묘기에 대해 어떻게 생각했는지에 대한 기록은 없지만, 두 번째 재주에 대해서는 좋은 인상을 받은 것이 분명했다. 모드를 교실 앞으로 걸어 나오도록 한 다음, 그녀보다 더 나이 많은 아이들을 꾸짖으며 이렇게 말했다. "이 아이는 너희보다 훨씬 어린데 이미 너희들 중 그 누구보다 글을 더 잘 읽을 수 있구나."

하지만 모드의 자부심은 순식간에 무너져버렸다. 등교 둘째 날, 지각을 하는 바람에 모드는 홀로 교실에 들어서야 했다. 모두가 자신을 쳐다본다는 것을 예민하게 의식하고 있었다. 모드는 당시를 이렇게 적었다.

"나는 아주 수줍게 교실을 조용히 몰래 들어가 덩치 큰 여자아이 옆에 앉았다. 그런데 그 때 교실 전체에 웃음소리가 울려 퍼졌다. 내가 모자를 쓰고 들어왔지 뭐야."

40년이 지나서도 모드는 그 당시 추억에 대한 글을 다음과 같이 쓴 적이 있다. "그때 내가 참았던 끔찍한 수치심과 창피함이 다시 몰려온다. 내가 온 우주의 놀림거리인 것처럼 느껴졌다. 절대 그 끔찍한 실수를 만회할 수 없을 거라고 나는 확신했다. 교실을 몰래 빠져나와 나란 인간을 망가뜨린, 한낱 모자에 불과한 그것을 벗었다."

더군다나 모드가 공개적으로 창피를 당한 것은 그때가 마지막이 아니었다. 모드는 이런 일화도 털어놓았다.

어느 겨울, 새로운 스타일의 앞치마를 입고 학교에 가게 된 기억이 난다. 나는 지금도 그 앞치마가 상당히 못생겼다고 생각하기는 하지만 그 당시 나는 그것이 흉측하다고 생각했다. 양쪽에 소매가 달린 긴 자루 같은 옷이었다. 학교에서는 그 누구도 소매 달린 앞치마를 입은 적이 없었다…. 여자아이들 중 하나는 그 앞치마를 '아기 앞치마'라고 부르며 빈정거렸다. 그 한마디가 모든 것을 망쳐버렸다! 정말이지 지독할 정도로 튼튼했던 그 아기 앞치마는 내게 인간이 참을 수 있는 인내력의 한계를 상징했다.

『빨강머리 앤』의 독자들은 앤이 너무나 간절히도 패션 감각이 있어 보이길 원했고 다른 여자아이들처럼 멋진 '퍼프 소매'를 입고 싶어 했다는 것을 기억할 것이다. 다른 여러 작품들과 마찬가지로 『빨강머리 앤』에서도 모드는 삶 속 사소한 것을 통해 배우고, 그것을 거꾸로 뒤집어 유머와 연민을 자아내는 힘을 표현했다. 자신이 '아기 앞치마 소매'를 입어야 했던 것과 앤이 퍼프 달린 소매를 갈망한 것 등을 말함으로써. 모드는 어린 시절 뼈저리게 느꼈던 고통에 대한 기억을 절대 잊지 않았고, 이는 훗날 『윈디 윌로우즈의 앤Anne of Windy Poplars』에서도 확인할 수 있다.

한밤중 우리 몸을 비틀며 괴롭게 만드는 것들은 대부분 사악한 게 아니라는 점, 참 회한하지 않아? 그저 창피한 것들이야.

교실이 하나뿐이던 캐번디시 학교는 지금 기준으로는 몹시 작았다. 게다가 교사가 매년 동일하기까지 했다. 그러다 한 신입생이 들어오면서 새로운 분위기가 조성되었다. 어느 날 모드는 학교에 새로 온 여자아이 옆에 앉을 수 있는 권리를 '샀다'. 새로운 짝꿍 옆에 앉는 데 드는 비용은 외할아버지 과수원에서 따온 과즙이 풍부한 사과 네 알이었다. 모드는 괜찮은 거래라고 생각했다. 이 새 여학생은 몰리라고 알려진 모드의 먼 친척 아만다 맥닐로, 머지않아 모드의 어릴 적 가장 친한 친구가 된다.

모드와 몰리는 함께 '몰리와 폴리'로 불렸다. 두 소녀는 서로를 보완해주었다. 모드는 지적이고 의지가 강하며 과민했다. 몰리는 다정다감하고 친절했으며 느긋했다. 모드가 열렬했던 만큼 몰리는 온화했다. 둘은 학교에서 말썽을 피우고 다른 여자아이들과 함께 모임을 만들었으며, 첫사랑에 대한 비밀을 서로에게 털어놓았고, 어린 시절의 모든 풍파 속에서 똘똘 뭉쳤다.

모드는 캐번디시의 교사들을 우러러본 적은 거의 없었지만 배우고자 하는 마음은 간절했고, 책은 아무리 많이 읽어도 질리지 않았다. 대부분의 시간을 창밖을 쳐다보며 보낸 여자아이에게 학교 풍경은 매우 큰 매력으로 다가왔다. 학교의 서쪽과 남쪽으로는 오래된 가문비나무 숲이 펼쳐졌다. 아이들은 점심시간에 그 숲을 자유롭게 돌아다니며 가문비나무 진 덩어리를 주웠다.

숲은 구부러진 길과 양치식물, 이끼, 우드 플라워의 보고寶庫였다. 나는 학교가 숲 가까이에 있었다는 점을 항상 고맙게 생각해야 한다. 숲은 학교 수업시간 책상에 앉아 배운 것보다 내 삶에 더 큰 도움이 되는, 보다 강력한 가르침을 주었으니까.

모드는 교사들이 흔히 학생들에게 친절해야 할 때는 엄격하고, 오히려 단호해야 할 때는 경솔하게 대한다는 것을 깨달았다. 교사는 답을 알고 있는 것 같은 학생은 시키지 않았다. 준비되지 않은 것 같은 학생에게만 달려들었다. 모드는 꼭 이름이 불렸으면 할 때는 머뭇거리며 잘 모르는 것처럼, 모르겠을 때는 잘 아는 것처럼 보이는 법을 터득했다.

학교에서 모드는 양철 도시락에 싼 점심을 가난한 친구들과 함께 먹고 같이 맨발로 뛰어다니고 싶었다. 모드는 자신이 소외된다고 느꼈다. 일반적으로 고아는(모드처럼 반만 고아인 경우라도) 동정과 멸시, 불신의 대상이었다. 가끔 모드는 우월한 척 행동했지만 마음속 깊숙이 사람들이 자신을 좋지 않게 여길까 봐 걱정했다.

나는…. 모든 사람들이 나를 싫어하고 혐오스러워한단 느낌을 받았다.

모드는 다른 친구들보다 더 똑똑했고, 더 잘 먹었고, 더 좋은 옷을 입었지만 더 외로웠다. 모드의 욕망과 야심은 주변 이웃들과 가족들의 눈에는 수상쩍기만 했다. '저 아이가 뭘 원하는 거지? 이제 또 뭘 하려는 거지?' 하며 모드를 늘 의심스러워 했다.

외갓집에는 가죽 부츠를 살 돈은 있었지만 모드가 그토록 원하던 책을 살 돈은 없었다. 그래서 늘 아름다움을 갈망하던 모드는 이따금 잡지라도 들어오는 날이면, 몇 시간 동안이나 탐독하곤 했다. 그러던 어느 날 모드는 서재에서 듬성듬성 비어 있는 책장을 둘러보다가 여성잡지 《고디스 레이디스 북Godey's Lady's Book》과 두 권으로 된 빨간색 표지의 『세계의 역사』를 발견하고는 금세 읽어치웠다. 한스 크리스티안 안데르센의 동화들은 '끊이지 않는 즐거움'을 선사해주었다. 다른 사람들은 소설을 어린이용 독서 교재라며 무시했지만. 할아버지나 할머니가 가지고 있던 소설들은 손에 꼽을 정도로 적었는데, 이 중에는 디킨스의 『픽워 보고서』, 월터 스콧 경의 『롭 로이』, 불워 리턴의 『마법사 자노니』가 포함되어 있었다. 모드는 몇 권 안 되는 이 귀한 책들을 너무나도 여러 번 읽은 나머지 일곱 살이 채 되기도 전에 모든 챕터를 외웠다고 주장했다.

다행히 시집은 꽤 많이 가지고 있었다. 모드는 셰익스피어, 롱펠로, 테니슨, 휘티어, 스콧, 밀턴, 번스의 작품을 읽었다. 하지만 일요일에는 유일하게 두꺼운 종교서적만 읽을 수 있었다.

이 중 모드가 가장 좋아한 책은 『안조네타 R. 피터스의 회고록A Memoir of Anzonetta R. Peters』이라는 병약한 여자아이를 다룬 얇은 종교서적이었다. 어린 나이에 죽은 이 여자아이는 성서와 찬송가를 통해서 자신의 이야기를 했다. 모드는 이 아이를 따라 하고자 일기장에 찬송가를 한 곡 한 곡 적었고, 이 책에 등장한 대사를 자신만의 스타일로 만들어서 다시 썼다. 모드는 '지금 천국에 있다면 좋겠다. 엄마와 안조네타 R. 피터스와 함께'라고 자신의 소망을 적기도 했지만 후에 다음과 같이 밝히기도 했다.

"진짜로 소망한 것이 아니라, 그땐 마땅히 그래야 한다고 생각한 것뿐이었다."

모드는 일찍부터 글을 통해 자신을 표현하고 싶었다. 모드의 예술에 대한 꿈은 캐번디시에서 모드가 이상하다고 낙인 찍히는 데 충분한 이유가 되었다. 잘 자란 여자아이들은 주부가 되었지, 예술가가 되지 않았으니까. 그들은 아내, 엄마가 되거나 주로 집안 형편에 따라 갑자기 교사 아니면 가게 주인이 되었다. 글 쓰는 것처럼 시시한 일에는 마음을 두지 않았다. 모드는 이렇게 적었다.

"내 기억 속에, 내가 글을 쓰지 않거나 작가가 되고 싶지 않았던 적은 없다."

친척들과 이웃들은 모드가 목사의 아내가 되겠다고 나섰더라면 그녀의 야망을 지지해주었을 것이다. 그랬다면 그녀의 지성과 책에 대한 관심은 자산으로 보였을 수도 있다. 하지만 모드는 일찍이 자신이 그 어떤 공식적인 종교 생활과도 어울리지 않는다고 판단했다. 그녀는 종교를 암울한 두려움과 끝없는 규칙 목록들과 연관 지어 생각했다.

모드는 조상들의 교회인 스코틀랜드 장로교회에서 자랐다. 1870년대와 1880년대, 프린스에드워드섬에 있는 장로교 신도의 수는 약 3만 명이었고, 그에 비해 성공회 고교회파는 약 5,000명에 불과했다. 그 외 다른 종교는 사실상 알려지지 않았다. 모드는 지옥 불을 연상케 하는 끔찍한 설교를 들어야해서, "지옥에 대한 두려움으로 벌벌 떨며 고통 받았다."라고 적기도 했다.

여름에는 안정적인 정신 상태를 보였지만 한겨울에는 불안으로 발작을 일으켰고, 그런 뒤에는 스스로에게 사소한 기쁨도 허락하지 않았다. 저녁 식사를 차릴 때, 그렇게 싫어하던 구부러진 은수저를 자기 자리에 놓곤 했다. 단정함을 그토록 좋아하는 모드에게 있어 이는 정말이지 고역이었다.

모드가 여섯 살 때, 외할머니가 신문에서 그다음 주 일요일에 세상이 멸망할 것이라는 예언을 읽어준 적이 있었다. 외할머니가 그 끔찍한 예언을 소리내어 읽었을 때 모드는 공포에 질렸다. 당시 모드는 어른들은 절대 거짓말하지 않는다고 생각했다. '신문'은 거짓말을 할 리가 없었다. 아무리 노력해봐도, 모드는 걱정을 멈출 수가 없었다. 모드는 '인쇄된' 모든 것에 대해서 안타까울 정도로 맹목적인 믿음을 갖고 있었다. 무언가가 글로 써지고 출판되었다면, 그것은 반드시 사실임에 틀림없다고 믿었다. 한 주 내내, 모드는 에밀리 이모를 졸라 그 주 일요일에 교회를 갈 것인지 애처롭게 물었다. 에밀리 이모는 퉁명스럽게 그럴 것이라며 모드를 안심시켜주었다. 그 말은 모드에게 상당한 위안이 되었다. 만일 이모가 정말 주일 학교가 열릴 것이라고 생각했다면 다음 날 세상이 끝날 리 없었기 때문이다.

모드가 일곱 살이 되었을 때, 외할머니와 외할아버지는 집에서 마지막으로 공식적인 행사를 하나 열었다. 캐번디시 사회에서 한 발짝 물러나기 전에 마지막으로 여는 기념 행사였다. 바로 그들의 막내딸인 에밀리 이모의 결혼식이었다. 모드는 양가 사람들이 모두 참석했던 그 결혼식을 생생하게 기억했다. 마치 소중한 무언가를 마지막으로 본다는 걸 아는 것처럼, 세세한 것들을 모두 완벽히 기억했다.

에밀리 이모의 갈색 실크 웨딩드레스는 스커트에 주름이 층층이

잡혀 있었고 그 위에 오버스커트가 겹쳐져 있었다. 칠흑같이 검은 바탕에 흰 깃털이 달린 모자도 썼다. 춤판이 벌어지고 잔치가 열렸다. 모드는 존 몽고메리 삼촌이 생기 넘치는 분위기를 만들기 위해 노력하는 모습을 비롯해 그 당시의 모든 내용을 머릿속으로 선명하게 기억했다. 오래된 농가에서 사람들이 행복하게 모인 마지막 순간이었기 때문이다. 에밀리 이모가 새 신부가 되어 집을 떠나자 맥닐 부부는 사회에서 은퇴했다. 그리고 일곱 살짜리 모드도 그들과 함께 억지로 은퇴해야만 했다.

제 4 장
유쾌한 시절

에밀리 이모의 결혼식 이후 몇 달 동안 지루한 나날이 이어졌고, 모드에게 다시는 신나는 일이 일어나지 않을 것처럼 같았다. 그런데 갑자기 기적에 가까운 일이 일어났다. 외할머니가 모드의 외로움을 감지했던 걸까?

모드의 외할머니와 외할아버지는 여섯 살과 일곱 살짜리 고아 소년 두 명을 하숙생으로 받기로 결정했다. 그들의 이름은 웰링턴과 데이비드 넬슨, 별명은 웰과 데이브였다. 웰은 모드보다 고작 일주일 늦게 태어났고, 남동생 데이브는 그보다 한 살 어렸다. 모드는 늘 형제자매를 원했는데 난데없이 한 명도 아닌, 두 명이나 생겼다. 4년이라는 시간 동안, 웰과 데이브는 모드의 외갓집에서 함께 살았다. 모드는 이때를 '가장 밝고 행복했던 나의 어린 시절'이라고 불렀다. 그녀가 곤경에 빠지게 되더라도(실제로 자주 그러곤 했다) 혼자가 아니었다.

웰은 짙은 색 피부에 잘생겼고, 웃음기 있는 눈과 명랑한 표정을 가졌다. 그는 밝고 학구적이었으며, 모드만큼이나 열렬한 독서가였다. 그들은 함께 동화와 귀신 이야기, 고전을 열중해서 읽었다. 동생인 데이브는 금발에, 믿기 힘들 만큼 온화하고 동그란 푸른 눈을 갖고 있었다. 데이브는 연장, 금속이나 목재 조각을 어설프게 손볼 때만큼 행복한 적이 없었다. 물건들을 서로 붙이고 해체하는 것을 매우 좋아했던 그는 타고난 공학도였다.

두 소년 중 그 누구도 모드와는 다투지 않았지만, 둘끼리는 자주화를 내고 싸움을 벌였는데, 항상 데이브가 졌다. 흥분해서 상황을 제대로 파악하지 못했기 때문이다. 흰 얼굴이 빨갛게 상기되는 바람에 '수탉'이라는 별명을 얻기도 했다. 형제는 순식간에 싸움이 붙은 것처럼 순식간에 화해했고, 싸운 지 10분 정도가 지나면 서로 부둥켜안고 강아지처럼 데굴데굴 구르곤 했다. 그들에게 싸움은 일종의 놀이였다.

외할아버지는 평소 아이들이 뛰어노는 것을 탐탁지 않아 했다. 하지만 어느 겨울날, 저녁에 외할머니가 가족 결혼식 참석을 위해 나가면서 외할아버지에게 집에서 세 아이들을 돌보도록 할 땐 달랐다. 어린 아이들을 전혀 좋아하지 않았던 외할아버지는 남자아이들에게 원한다면 밤새 싸워도 된다고 말했고, 웰과 데이브는 그 말을 잘 들었다.

웰과 데이브가 즐겁게 싸움에 뛰어든 반면, 모드와 사촌 클라라는 소음으로부터 몇 미터 떨어진 옆방에서 조용히 앉아 있었다. 밤 10시가 되어 외할아버지가 아이들을 모두 침실로 보낼 때까지 남자아이들은 부엌에서 실컷 소리를 지르고 발을 굴렀다. 다음 날 아침에 형제는 검푸른 멍투성이였지만 인생 최고의 시간을 보냈다며, 또 다시 가족 결혼식이 열리기를 간절히 기다렸다.

세 아이들은 비교적 얌전히 놀기도 했다. 가문비나무로 둥그런 원을 만들어 놀이집을 지었다. 낡은 부츠에서 떼어낸 가죽 경첩과 거친 판자 세 개로 문을 만들었고, 문 옆에 정원을 가꾸겠다는 원대한 목표를 세웠다. 그래서 당근 씨앗과 파스닙*, 상추, 사탕무, 꽃을 심고 열심히 돌봤는데도 불구하고(어쩌면 그래서인지) 유일하게 무럭무럭 자란 것은 야생 꿩의비름과 가문비나무 숲을 '쾌활한 금빛 전등'으로 환하게 밝혀준 해바라기 몇 송이뿐이었다.

모드와 웰, 데이브는 과수원과 숲을 떠돌아다니고, 상상의 나래를 펼치고, 나들이를 갔으며, 직접 만든 그네를 타고, 추운 겨울밤에는 불을 피웠다. 저녁에는 귀신 이야기로 서로를 깜짝깜짝 놀라게 했다. 대부분 '유령의 숲'이라는 과수원 바로 아래 펼쳐진 들판의 작은 가문비나무 숲에 관한 이야기였다. 아이들은 기이한 '흰 형체들'이 유령의 숲속을 떠돌아다니는 모습을 보고 있다고 상상했다.

그러다 황혼이 어둑어둑하게 진 어느 날, 세 사람은 숲에서 놀다가 그토록 두려워하던 '흰 형체들'이 풀밭을 따라 그들 쪽으로 살살 기어오는 모습을 보았다. 세 아이들 다 동시에 그 망령을 보았다. 의심할 여지가 없었다. 진짜였다.

"말도 안 돼." 모드는 침착하게 현실적으로 행동하려 안간힘을 쓰

---

* 당근과 닮은 모양의 뿌리채소. 일반 당근보다 더 단맛이 나 '설탕 당근'이라고도 불린다.

며 말했다. 외갓집의 하얀 송아지임이 틀림없다고 주장했다. 웰은 서둘러 모드의 말에 동의했지만, 사실 또렷한 형체 없이 슬슬 기어다니는 그 모양새는 전혀 소처럼 보이지 않았다. 그런데 그 형체가 갑자기 그들 쪽으로 몸을 홱 틀었다.

"이쪽으로 온다!" 웰이 소리쳤고, 세 아이들은 이웃집으로 황급히 달아났다. 아이들의 이야기를 듣고 하인들은 쇠스랑과 양동이로 무장하고선 숲으로 향했다. 다시 간 그곳엔 어떤 유령도 없었다. 대신 한쪽 손에는 뜨개질감을, 다른 쪽 손에는 표백을 위해 풀밭에 놔두었던 하얀색의 긴 테이블보를 든 외할머니가 있었다. 아이들이 우르르 달아나기 시작할 때 그 테이블보를 어깨에 걸쳐놓았던 것이다. 그러다 흰색 천이 외할머니의 머리에 걸렸고, 풀려고 잡아당기다가 비틀거렸던 것이다. 그 섬뜩한, 비틀거리던 하얀 형체는 모드의 외할머니였다.

한편 그해 7월, 보물과 선원들을 태운 화물선 '마르코 폴로호'가 폭풍으로 좌초하는 사고가 있었다. 이 일로 선원 스무 명 전원이 캐번디시 주변에서 하숙을 하게 됐다. 재미없는 마을은 갑자기 아일랜드, 스페인, 네덜란드, 스웨덴에서 온 사람들, 그리고 (무엇보다 모드, 웰, 그리고 데이브에게 가장 잘해준) 두 명의 타히티 섬 사람들로 넘치는, 다채로운 곳이 되었다.

캐번디시에서 가장 오래된 집이었던 모드의 외갓집에는 마르코 폴로호 선장이 하숙했다(선박의 모든 금을 가지고 말이다!). 노르웨이 출신의 선장은 노신사였고, 선원들 사이에서 인기가 많았다. 영어 실력은 부족하지만 매너만큼은 최고였다. "친절을 베풀어줘서 고마

위요, 꼬마 모드 아가씨." 하고 허리를 깊이 숙여 인사하곤 했다.

어느 날 밤, 선원들이 급여를 받기 위해 거실에 모였다. 모드의 젊은 어머니가 금빛의 갈색 머리카락을 흩뜨리며 누운 관이 있던 바로 그 방에는 1파운드짜리 금화가 탁자 위에 잔뜩 쌓여 있었다. 아이들이 여태 본 것보다 훨씬 많은 양의 금이었다. 모드 어머니가 잃어버린 보물이 마법처럼 금 보물 더미로 잠시 변한 것만 같았다.

일곱 살에서 열한 살까지 모드는 아주 잘 자랐다. 학교에서 좋은 친구들을 사귀었고, 집에 오면 넬슨 형제들이 있었다. 어린 모드가 경험한 '정상적인' 가족생활이었다. 세 아이들은 제철 사과를 찾아다녔고 여름에는 송어낚시를 하러 갔다. 하루는 근처 호수에서 어른도 잡기 힘들 정도의 커다란 송어를 모드가 낚았고, 웰과 데이브는 새삼스럽게 존경의 눈빛으로 친구를 바라보았다. 그들은 함께 여우와 토끼 발자국을 따라가거나 열매를 땄고, 지저귀는 울새를 쫓아 숲속으로 들어가기도 했다.

모드는 용감하고 지략이 뛰어났으며 적극적이었다. 습득력도 빨랐고 활발하며 재미있는 것을 매우 좋아했다. 그래서인지 '절반만 고아'라는 특이한 상황에도 불구하고 학교 친구들 사이에서 리더를 도맡았다. 그녀에게는 신나는 일을 만들어내는 재주가 있었다. 모드의 학교 친구들은 대부분 그녀와 가깝거나 먼 친척 사이였다. 그들은 학교 건물 뒤 숲속, 해안, 그리고 모드가 가장 좋아한 산책로이자 그녀가 '연인의 오솔길'이라고 부르던 나무가 울창한 쉼터에서 놀았다. 아이들은 디딤돌 놀이, 리틀 샐리 워터 게임*, 장님놀이, 수건 돌리기 놀이를 했다. 겨울에는 학교 건물 뒤에 있는 언덕 위를 달렸다. 어느

오후에 모드는 친구들과 전교생들을 모두 동원해 밭을 지나고 숲속으로 들어가 진흙투성이 개울을 넘어 잡기 놀이를 하기도 했다.

그러던 어느 아침, 웰과 데이브가 갑자기 나타났던 것처럼 갑자기 사라져버렸다. 그들이 어디로, 왜 가버렸는지에 대해서는 아무런 설명도, 대화도 없었다. 모드에게는 작별인사를 할 기회가 없었다. 방은 텅 비었고 아이들의 흔적은 모두 사라져 있었다. 어쩌면 나이 든 맥닐 부부는 그렇게 하는 편이 모드를 좀 더 배려하는 방식이라고 생각했을지도 모른다. 아니면 모드가 남자아이들과 놀기에는 점점 나이가 많아지고 있다고 걱정했을지도 모른다. 모드에게 그들이 얼마나 중요한지 모르고.

모드에게는 4년을 함께한 넬슨 형제가 갑작스럽게 떠난 것이 소설 속의 한 사건만큼이나 설명할 수 없이 끔찍했다. 이후 모드가 웰과 데이브를 다시 만나게 되기까지는 수십 년이 걸렸다. 모드의 어린 시절 가장 유쾌한 시기는 이렇게 갑작스럽게 끝나버렸다. 하지만 열한 살의 모드는 이제 십 대에 접어들고 있었고, 흥미진진한 기쁨과 시련들을 앞두고 있었다.

또다시 혼자가 된 모드는 두 가지 위안거리로 눈을 돌렸다. 바로 자연과 책의 세계였다. 그리고 가장 오랫동안 간직해온 자신의 꿈, 어린 시절의 유일한 소망이자 야망을 꼭 붙들고 있었다. 글을 쓰고 세계적으로 유명한, '동화나라로 가는 길을 한 번도 잊지 않은' 시인, 예술가, 스토리텔러로 자리매김하겠다는 꿈이었다.

---

* 손을 잡아 동그란 원을 만들어 한 명의 '샐리'를 지정해 원 한가운데 서 있도록 하고, 손으로 눈을 가리고 노래를 부르게 하여 다음 타자를 지목하도록 하는 게임

제5장
꿈꾸는 방

외가에서 자라는 동안 모드에게는 늘 변함없는 위안거리가 되어 준 것은 방에서 갖는 혼자만의 시간이었다. '잠자고 꿈꾸고 슬퍼하고 기뻐할 수 있는 방'은 그 자체로 생명력을 갖는다고 모드는 적었다. 2층의 여러 방으로 이루어진 모드의 여름철 스위트룸은 그녀가 꿈꾸고 일하는 데 있어 반드시 필요한, 소중한 장소였다.

외할머니와 외할아버지는 정확히 8시가 되면 모드를 잠자리에 들도록 했다. 모드는 고분고분 따랐다. 왜냐하면 자신의 꿈의 세계, 즉 '외면의 삶과 늘 나란히 붙어 존재해온, 이상한 상상의 내면의 삶'이 바로 그때 시작되었기 때문이다.

겨울이면 맥닐 부부는 부엌의 커다란 주철난로 곁에 붙어 지냈다. 집 전체를 난방하기엔 너무 많은 돈이 들었기 때문에 가족들은 활동 범위를 1층으로 제한했다. 난로 곁에 앉아 외할머니는 뜨개질이나 바느질을 했고, 일하느라 닳은 손을 늘 분주히 움직였다. 외할아버지는 구부정하게 앉아 신문을 읽거나 우편물을 분류했다. 매섭게 추운 날이면 가끔씩 외할머니와 외할아버지는 여기에서 잠을 자기도 했다. 모드도 난로와 가까이 지내며 그 근처를 '겨울의 침실'이라고 불렀다.

간절히 기다린 봄과 여름이 오면 모드는 다시 2층으로 쏜살같이 달려 올라갔다. 망명 생활을 마치고 자신만의 독립된 작은 나라의 여왕으로 돌아간 것이다. 모드의 스위트룸에서는 아름다운 세상이 내려다 보였다. 들판과 숲, 꽃을 활짝 피운 과일 나무들이 펼쳐져 있었다. 모드는 창문 앞에 무릎을 꿇고 앉아 낮은 언덕 위로 떠 있는 '영원의 전당에 남길' 초승달을 바라보았다.

어릴 적, 모드는 사실상 큰 옷장이나 다름없던 아주 좁은 방에서 잤다. 모드는 그 방에 '부두아르*'라는 별명을 붙이고서는 그게 꽤 우아하다고 생각했다. 여기에 그녀가 초기에 쓴 작품들과 잡지, 인형, 반짇고리, 아끼는 장식품들을 보관했다. 창문을 내다보면 정원 나무들을 넘어 저 멀리 언덕과 숲까지 서부 캐번디시의 풍경이 훤히 볼 수 있었다. 몇 년 후 모드는 더 큰 옆방으로 옮겼고 예전의 부두아르는 잡동사니를 보관하는 창고로 변했다. 모드는 방을 옮기고서 이렇게 적었다.

"방이 너무 딱하다! 그 방에서 꿈을 참 많이도 꾸었는데."

모드는 벽에 사진, 그림, 달력, 기념품들을 걸어놓았고 갓 피어난

---

* Boudoir, 내실

신선한 꽃들을 계속해서 방에 들여놓았다. 침대보는 흰색이었고 벽지에는 화사하고 잔잔한 꽃무늬가 있었다. 통풍이 잘 되었고, 잘 정돈되어 있었던 그 안에서 유일하게 복잡한 공간은 책장뿐이었다.

따뜻한 날에 모드는 창문을 열어 새들의 지저귀는 노랫소리와 포플러 나무의 바스락거리는 소리에 귀를 기울였다. 아주 어릴 적부터 모드의 기분은 계절에 따라 심하게 변했다. 모드가 가장 좋아한 시기는 늦봄과 초여름이었다. 여름에는 언덕과 들판 위로 우수수 쏟아져 내리는 초록빛의 단비를 보며 즐거워했고, 가을에는 이글이글 불타오르는 노을이나 낙엽송 끝에 걸려 있다가 서서히 떠오르는 달을 감상했다. 모드는 이렇게 적었다.

"아름다움의 나라가 여기 있었노라."

매년 겨울, 모드는 '마치 우리에 갇힌 동물처럼' 어두침침한 1층으로 다시 내려왔다. 창문에 서리가 너무나 두껍게 덮인 바람에 그야말로 감옥에 갇힌 느낌이었다. 그곳을 벗어난 5월의 어느 저녁에는 이렇게 썼다.

다시 2층으로 올라왔다. 내가 다시 살아나기 시작했다는 뜻이다. 내게는 행복과 불행의 차이를 의미하는 것과 마찬가지다.

당연히도 그 여름 은신처는 모드가 한 번도 입 밖으로 꺼내지 않은 중요한 기능을 했다. 그녀의 서재가 된 것이다. 여기서 모드는 자신의 가장 소중한 책들을 몰래 썼다. 『빨강머리 앤』과 『에이번리의 앤』, 『과수원 세레나데』, 그리고 『이야기 소녀』 말이다.

모드가 유일하게 볼 수 없는 것은 농장 뒤편과 바다를 향한 동쪽 풍경이었다. 모드는 바로 이 동쪽 풍경을 자신이 만든 가장 유명한 여주인공에게 초록 지붕 집 '동쪽 다락방'으로 내주었다. 모드의 유년시절 속 모든 것이 『빨강머리 앤』의 집필로 이어졌지만, 이 책을 완성하기 위해서 그녀는 백여 가지의 장애물을 넘어야 했다.

아홉 살 때, 모드는 오랜만에 그녀를 찾아 온 아버지에게 「가을」 이란 제목의 첫 번째 시를 선보였다.

> 복숭아와 배로 넘쳐나는 가을이 온다
> 사냥꾼의 나팔소리 온 나라에 울려 퍼지고
> 날개를 퍼덕이던 불쌍한 자고새는 떨어져 죽네

"그건 대체 무슨 시니?" 휴 존이 어리둥절해 물었다. 모드는 그 시를 무운시無韻詩라고 설명했다. 존의 평가가 이어졌다.

"운율이 전혀 없구나." 그때부터 모드는 늘 운율이 있는 시만 썼다. 그외에도 온갖 글을 썼다. 가장 좋아하는 장소에 관한 에세이, 키우는 여러 마리 고양이 이야기, 방문기, 그리고 학교 논평까지. 다행히 글 쓸 소재는 끊임없이, 순조롭게 모드의 손에 들어왔다.

그녀는 검소한 외할아버지가 집에 모아놓은 우편물 청구서에까지도 글을 쓰기 시작했다. 우체국 청구서로 사용되다 버려진 쓸모없는 색지 쪼가리에. 특허 의약품 광고지로 작은 노란색 공책을 만들어 글을 쓰기도 했다.

사람들은 책에 대한 모드의 열렬한 애착을 두고 좋게는 이상하게 여겼고 나쁘게는 뻔한 시간 낭비라며 무시했다. 모드는 응접실 소파 아래에, 나무판 두 개를 겹쳐놓고 직접 못을 박아 몰래 낮은 선반을 만들어 그 위에 자신이 쓴 글들을 숨겨두었다.

응접실은 세련된 은신처였다. 모드는 레이스 커튼이 길게 달려 있는 그곳이 '우아함의 극치'라고 생각했다. 응접실 카펫은 매우 고급스러웠고, 곳곳에 장미와 양치식물들이 가득했다. 좀 더 예리한 눈을 가진 사람에게는 장식과 가구들이 다 구식으로 보였을지도 모르겠다. 가장 눈에 잘 띄는 검은색의 거대한 콜로니얼*풍 벽난로 장식 선반은 모드가 아주 어릴 때부터 이미 한물간 것처럼 보였으니까. 집에서 사용 빈도가 제일 낮은 이 방에 모드는 가장 초기에 쓴 시, 소설, 일기들을 소파 밑에 숨겨놓았다.

외할머니, 외할아버지는 글쓰기를 시간 낭비로 여겼지만 모드는 한평생 이야기꾼들에게 둘러싸여 지냈다. 성미 고약한 외할아버지도 훌륭한 이야기꾼이었다. 작은할아버지 지미 맥닐과 작은할머니 메리 로슨도 마찬가지였다. 그중에서도 특히 메리 할머니는 뛰어난 재담가였다. 할머니가 젊은 시절의 추억을 들려주거나 이야기보따리를 풀기 시작하면 모드는 더할 나위 없이 기분이 좋았다. 메리 할머니는 여자도 재미있는 이야기로 청중을 사로잡을 수 있다는 것을 몸소 보여주었다. 메리 할머니와 모드, 이 둘은 특별한 친구사이였다. 나이 지긋한 할머니는 칠십대, 모드는 십대 초반이었지만 두 사람은은 서로 속마음을 털어놓고 신랄한 비판을 주고받았다. 훗날 모

---

* 17~18세기에 영국, 스페인, 네덜란드 등의 나라가 정복한 식민지에서 유행한 건축 공예 양식

드는 이렇게 딱 잘라 말했다.

"내가 가진 그 어떤 말로도, 메리 할머니에게 진 빚을 갚을 수 없다."

교실이 하나인 캐번디시 교사에서 모드는 친구들과 이야기 모임을 만들었다. 모드는 우울한 비극 장르 전문이었다. 「나의 무덤들My Graves」이라는 제목으로 어느 목사의 부인이 캐나다 방방곡곡에 영아들의 무덤을 줄줄이 남겨놓고 가는 내용의 긴 이야기를 쓰는가 하면, 「반짝이는 눈망울의 플로시의 일대기History of the Flossy Brighteyes」라는 온갖 종류의 불행으로 고통 받는 인형에 대한 이야기도 썼다. 모드는 이렇게 밝혔다.

"인형을 죽일 수는 없어서, 이런저런 고난 속으로 끌어들였다."

모드가 열두 살이 되던 해, 학교에 이지 로빈슨 선생님이 새로 왔다. 다른 교사들과 마찬가지로 이지 로빈슨도 모드의 외갓집에 하숙을 신청했지만 외할아버지가 반대했다. 외할아버지는 여교사를 싫어 했기 때문이다. 집에서나 밖에서나 싫기는 마찬가지였다. 로빈슨은 몰래 수를 써서 맥닐가가 자신을 하숙인으로 받아들이도록 했지만 너무나도 지저분한 싸움으로 이어졌고, 결국 모드는 한동안 다른 학교를 다녀야 했다.

그들이 티격태격 싸우는 것을 캐번디시 마을 전체가 관심 있게 지켜보았다. 모드는 동네 소문의 중심이 되는 것이 매우 싫었다. 외할아버지는 옆집 사는 자신의 맏아들이자 모드의 외삼촌 존과도 다투고 있었다. 진짜인지 상상인지 모르지만, 자신을 무시한다는 이유였다. 사실 모드도 외삼촌이 항상 싫기는 했다. 그는 무언가 자기 뜻대로 되지 않으면 행동이 거칠게 변하는 험악한 인물이었다. 그래서 늘 무서웠다. 마찬가지로 외삼촌의 아들들도 싫었기 때문에 함께 시간을 보내야만 할 때면 정말이지 괴로웠다. 가족 안에서 벌어지는 싸움이든 밖에서 벌어지는 싸움이든 하나같이 모두 사람들의 시선을 사로잡았기 때문에, 모드는 배로 괴로워했다.

모드가 학교를 바꿀 때까지 로빈슨 선생님은 어린 학생들에게 화풀이를 했다. 자신보다 권력이 확실히 약한 모드를 놀리고 모욕했다. 모드는 선생님이 적어도 자신의 글만큼은 조금이라도 칭찬해주길 바랐지만, 감동이라곤 모르는 로빈슨 선생님의 입에서는 그 어떤 말도 나오지 않았다. 외할아버지가 가장 좋아하던 옛날이야기를 바탕으로 쓴 모드의 글이 《몬트리올 위트니스Montreal Witness》 신문에 실려 호평을 받았을 때도, 로빈슨 선생님에게서는 사랑받지 못했다.

절망한 모드는 직접 쓴 시 한 편을 따서 「저녁의 꿈Evening Dreams」이라는 제목의 노래 가사를 지었고, 뛰어난 음악가이기도 한 로빈슨 선생님에게 의견을 물었다.

그 '노래'는 이렇게 시작했다.

서쪽 하늘에 석양이
사뿐히 내려앉을 때
찬란한 무지갯빛 오로라 속에
내 자신 편히 쉬게 내려놓네

웬일로 로빈슨 선생님은 그 가사가 매우 예쁘다고 평가했고, 모드는 그 내용을 그대로 옮겨 적은 다음, 기대감에 잔뜩 부풀어 어느 미국 잡지사에 보냈다. 몇 주 뒤, 그 편지는 그녀의 첫(하지만 마지막은 아니었다) 거절 통지와 함께 되돌아왔다. 우표가 붙은 반송 봉투를 함께 보내는 것을 빠뜨렸다는 쪽지도 같이 왔다. 그다음에 모드는 지역 신문에 다시 보내봤지만 곧바로 거절당했다. 이 여파로 다시 투고할 용기를 내기까지는 몇 년이 더 걸렸다.

모드는 자신이 초기에 쓴 작품을 하나둘씩 없앴다. 심지어 우울한 「나의 무덤들」과 「반짝이는 눈망울의 플로시의 일대기」까지도 없애 버렸다. 열네 살 때는 지나간 유년시절의 일기들을 쭉 읽은 후 모두 불태워버리기까지 했다. 평생토록 이를 후회했지만. 열다섯 번째 생일을 몇 달 앞둔 모드는 '새로운 종류의 일기'를 쓰기 시작했다. 옛날에 쓴 글이 너무 바보 같아서 부끄러웠다고 했다. 매일매일 너무나 성실하게 그날 날씨가 어땠는지 적었다고, 그녀 특유의 자조 섞인 조롱으로 회상했다. 그때 모드는 하루라도 일기를 쓰지 않는 것은 일종의 범죄행위라고 생각했다. '기도나 세수를 하지 않는 것만큼이나 나쁘다'면서.

모드는 새 일기장에는 '쓸 만한 일이 있을 때만' 쓰기로 다짐했다. 그리고는 곧이어 이렇게 적었다.

인생이 재미있어지려고 한다. 나는 곧 열다섯 살이 된다. 그러니 날씨에 대해선 쓰지 않기로 결심했다.

그리고 덧붙여 강조했다.

마지막으로 중요한 것. 이 일기장을 꽁꽁 숨겨두겠다!

그 무렵 모드는 여러 번 글쓰기 상을 받았다. 어릴 적에 얻은 성취의 경험은 그녀에게 용기를 북돋아주었다. 무엇보다 좋았던 것은 학교에 해티 고든 선생님이 새로 오셨다는 점이었다. 선생님은 모드의 문학에 대한 열정을 격려해주었다. 심지어 모든 학생에게 매주 글짓기를 하도록 했다. 글 쓰는 일은 모드에게는 놀이였다. 무언가를 '끄적이면' 시간이 훌쩍 흘렀다. 모드는 "아아, 글을 쓸 수 있는 한 우리는 삶을 아름답게 만들 수 있어!" 하고 감탄했다.

고든 선생님은 연주회, 야유회, 낭독회에서 모든 학생들을 격려해주었고, 매년 연말에는 학교 소풍을 직접 준비했다. 선생님이 너무나도 좋다고 모드는 일기장에 흥분하여 적었다.

고든 선생님은 전형적인 미인상은 아니었지만 눈에 띄는 외모였는데, 모드의 표현으로는 사랑스러운 미소와 곱슬거리는 금발을 가진 '진정한 숙녀'였다고 한다. 성미가 급하긴 했지만 본인의 조급함을 주체하지 못하기보다는 화가 누그러질 때까지 침묵을 지켰다. 공부 자체의 즐거움을 알려줌으로써 동기를 부여하는 힘을 가진 선생님이라며, 모드는 고든 선생님을 존경했다.

고든 선생님은 '캐번디시 문학회'에 참여하며 학생들에게도 참여를 격려했다. 그야말로 모드에게 필요했던 지원이었다. 맥닐 부부는 문학회를 시간 낭비라고 무시하며 모드가 참여하지 못하게 했기 때문이다. 모드에게 문학회는 책과 문학에 대한 이야기를 나눌 수 있는 유일한 곳인데도 그랬다. 하지만 다른 학생들이 모두 참여하는 상황에서 모드만 혼자 집에 있을 수는 없었다. 결국 모드는 마침내

허락을 받아내 그토록 갈망하던 문학회에 참여할 수 있게 되었고, 사람들 앞에서 낭독하는 것까지 허락받았다.

모드는 첫 낭독 작품으로 「어린 순교자The Child Martyr」를 선택했다. 한 이웃의 말에 따르면 그때 모드는 '눈을 반짝이며 양손을 꼭 움켜쥔 채' 낭독했다고 한다. 그 이웃은 빨강머리 앤이 실제로 어떻게 생겼는지 알고 싶다면, 흥분으로 떨고 있는 모드가 딱 그랬다고도 했다. 모드는 드디어 문학 세계에 발을 딛게 되었고, 곧 새로운 기회와 새로운 책, 그리고 첫사랑을 향한 길이 열릴 터였다.

제6장
아홉 개의 별 세기

어떤 이들은 '남자라면 모드를 보고 정신을 못 차린다'고 말했다. 모드는 특유의 재치와 생기발랄함으로 남학생들을 사로잡았다. 그런 이유로 바로 옆집에 사는 존 외삼촌의 딸 루시는 인기 많은 그녀에 대해 아마 안 좋은 이야기를 하고 다녔을 것이다. 엄한 외할머니, 외할아버지는 그 시절 모드를 그 어느 때보다도 철저히 통제했다. 모드가 그토록 좋아한 '연인의 오솔길'을 산책하기 위해 집 밖을 나설 때마다 꼬치꼬치 캐물었다. 단순히 해변을 거닐기만 해도 심문을 했다.

하지만 모드에게는 외할머니, 외할아버지가 인정해준 여자 친구가 두 명 있었다. 한 명은 모드가 '몰리'라고 불렀던 오랜 친구 아만다 맥닐이었고 다른 한 명은 모드보다 몇 살 더 많은 펜지 맥닐이었다. 여느 여학생들처럼 짝사랑에 빠져 있던 모드와 펜지는 서로 속

마음을 나누며 감성적인 시와 편지를 주고받았다.

모드와 몰리는 학교에서 가장 좋아하는 남학생 두 명에게 '스닙'과 '스냅'*이라는 별명을 지어주었다. 스닙은 네이선 록하트라는 훤칠한 체격에 반짝이는 눈을 가진, 아버지가 없는 고아이고 학교에서 가장 똑똑한 남학생이었다. 네이선은 책과 글쓰기에 열광했다. 모드가 가입 승인을 받기도 전에 이미 문학회에 들어가 있었고, 빌리기 힘든 귀중한 책 몇 권을 모드에게 몰래 챙겨다주기도 했다. 스냅은 네이선의 가장 친한 친구 존 레어드였다. 잘생기고 온화한 성품의 아이였다. 십 대 초반인 '몰리와 폴리'** 그리고 '스닙과 스냅'은 서로 떼어낼 수 없는 사총사였다. 네 사람 모두 인기와 학업 면에서 친구들이나 같은 반 학생들보다 앞섰다. 특히 모드와 네이선은 전교 1등을 두고 선의의 경쟁 구도를 형성하기도 했다.

네이선의 아버지는 네이선이 태어나기도 전에 바다에서 익사했기에 모드처럼 때이른 상실에 대해 잘 알고 있었다. 그의 삼촌 아서 존 록하트는 목사이자 존경받는 시인이었는데, 이 점은 모드의 눈에 네이선을 더 멋져 보이게 했다. 모드는 '펠릭스 목사님'***과 한평생 친구로 지냈고, 본인이 쓴 가장 훌륭한 소설 중 하나인 『에밀리, 영혼에 뜨는 별Emily Climbs』에 그를 위한 헌사를 쓰기도 했다. 모드가 학교 글짓기 경연에서 3등을 차지하면 네이선은 그녀를 제치고 2등을

---

* '스닙 스냅(snip-snap)'이란 무언가를 자를 때 나는 소리를 나타내는 의성어로, 우리말로는 '싹둑싹둑'으로 표현할 수 있다.
** 사라 오웬이 쓴 아동도서 『몰리와 폴리의 모험(The Adventures of Molly and Polly)』은 쌍둥이 주인공 몰리와 폴리가 일상 속에서 겪는 흥미진진한 모험을 다룬다.
*** 아서 존 록하트 목사의 필명

했다. 소설 속 앤과는 달리, 모드는 우아한 경쟁자였던건지, '나보다 잘했다'며 네이선을 인정했다.

모드는 네이선 록하트에게 이성으로서의 감정을 표현하지는 않았고 오히려 동지에 가까웠다. 장난치고 다투고 화해하고 서로를 지지해주었다. 모드가 십 대 때 쓴 일기장에는 모드와 스닙이 잘 지내는지, 아니면 또 서로 오해하고 있는지에 따라 그녀의 감정 기복이 나타난다. 모드는 일기장에 이렇게 적었다.

스닙은 정말 좋은 남자애고, 우리는 매우 친한 친구이다. 그 애는 책에 열광하고 나 또한 그렇다. 그리고 다른 모범생들은 우리가 그들은 이해할 수 없는 것에 대해 이야기한다며 싫어한다.

1889년 11월, 모드의 열다섯 번째 생일을 몇 주 앞둔 어느 날, 모드와 몰리는 예배를 마치고 추위와 어둠 속에서 집으로 걸어가던 중이었다. 그때 스닙이 그들을 집까지 바래다주겠다고 했다. 이건 한 젊은 여자의 삶에 있어 중대한 사건이었다. 모드가 처음으로 젊은 남자의 팔을 잡고 걸은 밤이었으니까. 모드는 바보가 된 기분이었다고 표현했지만, 몰리와 함께 잠도 자지 않고 밤새도록 그 순간에 대해 이야기했다.

유감스럽게도, 그 사건에 대해 이야기한 사람은 그들만이 아니었다. 또 다른 두 명의 소녀가 네이선이 모드를 집까지 데려다주는 것을 우연히 본 것이다. 캐번디시에서 소문은 재빨랐다. 이튿날 전교생이 다 알고 있을 정도였다.

몇 주 뒤 모드와 몰리, 그리고 네이선은 다시 한 번 '집으로 향하는 달콤한 산책'을 즐겼다. 그러자 이번에는 더 심한 험담으로 이어졌고, 이를 두고 여학생들은 몇 달 동안이나 실랑이를 벌였다. 무성한 소문과 추측들이 모드와 몰리의 순수한 일탈보다도 더 빨리 퍼져나갔다. 결국 화가 치민 해티 고든 선생님이 모든 여학생들을 자리에 앉혀놓고 사태를 수습했다. 모드가 칭찬받아 마땅한 점은 그녀가 싸움이나 험담에는 전혀 관심이 없었고 정직하고 솔직하게 본인의 평판을 지키려 했다는 것이다. 또 문학회와 같은 사교 모임에 참석할 수 있는, 새로 얻게 된 자유를 위태롭게 하고 싶지도 않았다.

어느덧 모드는 아가씨처럼 보이기 시작했다. 어릴 때 황금빛 금발이던 머리칼은 색이 더 짙어졌는데, 처음에 가을 낙엽색으로 변하더니 시간이 지날수록 거의 진갈색에 가까워졌다. 특히 눈이 독특했는데, 동공이 너무나도 커서 푸른색이나 회색이 아니라 검정색처럼 보였다.

지금껏 늘 모드는 네이선을 그저 '좋은 벗'으로 표현했지만 그와 다툴 때마다 쓸쓸해했다. 모드는 일기장에 이렇게 적었다.

아, 이런. 기분이 우울하다. 네이선이 나한테 화나 있는 게 틀림없다.

그를 짜증나게 하려던 것은 절대 아니었다. 나는 형편없는 멍청이다. 나도 안다. 그런데 나도 어쩔 수가 없다.

그러고선 며칠 후에는 다시 네이선과 좋은 친구 사이라고 적었다.

그는 분명 좋은 남자애고, 똑똑하고 지적이라며 이건 다른 아이들에게 해줄 수 있는 어떤 표현보다 더 좋은 거라고 모드는 고집스럽게 주장했다.

캐번디시에서 모드는 늘 친구들과 잘 어울리지 못했지만, 십 대가 되자 점차 자신의 내면의 삶과 외면의 삶을 잘 구분하게 되었다. 자신이 있는 그대로, 오롯이 존재할 수 있는 곳은 없었다. 모드는 '내가 살고, 움직이고, 외적으로 존재해온 세계와는 정말이지 매우 다른' 내면의 공간을 따로 만들었다. 어떤 모드는 학교에 갔고, 열심히 숙제를 했고, 교회에 갔고, 입을 꾹 다물고 지냈다. 또 다른 모드는 딴 세상 속 존재들과 함께 즐겁게 놀고, 상상의 나라를 다스리고, 악마와 싸웠다. 이러한 현실과 상상의 세계는 자주 충돌했고, 나란히 둘 수 없었다. 모드는 그 둘을 분리해두는 법을 터득하게 되었다. 물론 대가가 따랐지만.

친척들은 모드더러 지나치게 심오하고 은밀하다며 비난했다. 사촌 루시의 험담 또한 상황에 전혀 도움이 되지 않았다. 모드의 에밀리 시리즈 중 한 장면에서 여주인공은 사람들이 왜 자신을 은밀하다고 생각하는지 궁금해하며 말한다.

"아마도 내가 사람들 사이에서 지루해지거나 그들이 싫어질 때면 갑자기 나만의 세계로 들어가 문을 쾅 닫아버리는 습관이 있기 때문인 것 같아."

모드는 일기장에 "지난번에 우리가 다퉜을 때, 나는 정말이지 지독하게 외로웠다."라고 적었다. 네이선 록하트는 모드가 이야기를 나눌 수 있는 가장 친한 친구였다. 네이선은 종종 모드와 몰리를 따라와 함께 긴 산책을 했다. 그들은 함께 토론회나 강연에 참석하거나 썰매를 타고 언덕을 내려갔다. 이 삼총사에게는 안정감과 편안함이 있었다. 모드는 일기장에 이렇게 적기도 했다.

우리 셋은 여러 가지에 대해 이야기했다. 슬픔에 잠기지 않고 진지하게. 우리 모두 슬픔에 잠기기에는 지나칠 정도로 행복했으니까.

모드가 열다섯 살이 되던 해, 새로운 로맨스 열풍이 캐번디시 학교를 휩쓸었다. 9일 밤 연속으로 별 아홉 개를 세고서 처음으로 악수하는 상대가 진정한 사랑이 된다는 믿음이었다.

1890년 2월 17일, 네이선 록하트는 아홉 번째 별을 센 뒤, 어느 여자아이와 악수했다. 하지만 몰리와 모드에게조차 그 여자애의 이름을 밝히지 않았다. 모드는 그에게서 무엇이든 한 가지 질문을 받아 공명정대하게, 피하지 않고 대답하겠다고 약속하여 그 이름을 겨우 알아낼 수 있었다. 네이선은 용기 내어 물었다. "너는 남자인 친구들 중에서 누가 제일 좋아?"

모드는 다소 무뚝뚝하게 답했다.

"넌 다른 캐번디시 남자애들보다 머리가 조금 더 좋고, 난 머리 좋은 사람이 좋아. 그러니까 네가 제일 좋은 것 같아. 네가 나한테 장난친 걸 생각하면 내가 왜 그래야 하는지 모르겠지만."

네이선은 이튿날 학교에서 다음과 같이 적힌 쪽지를 모드에게 전해주었고, 그녀는 이를 일기장에 옮겨 적었다.

내가 계획을 바꿔서, 네 눈에는 딱딱하고 건조하면서 단순해 보일지 몰라도 지금 내 마음은 복음서만큼이나 진지해. 그러니까… 모든 여자인 친구들 중에 내가 가장 존경하는… 아니지, 말도 안 되는 소리지. 내가 사랑하는 사람은… 나와 악수한 여자아이, 나와 마음이 잘 통하는 여자아이, L. M. 몽고메리야.

그런 용감한 쪽지를 써서 애정에 굶주린 여자아이에게 먼저 손 내민 그 청년을 존경하지 않을 수 없다. 네이선 록하트는 앤 셜리가 결혼한 이후에도 평생 진심으로 사랑한 그 유명한 길버트 블라이스의 초기 모델일 확률이 높다. 길버트처럼 네이선은 모드와 대적할 만한 라이벌이었고 진정한 친구이자 동료 지식인이었으며, 성격은 한결같고 다정했다. 사진 속에서 그는 마르고 잘생겼으며, 금발의 곱슬머리와 커다란 귀, 그리고 강렬하면서도 침착한 눈빛을 가진 소년이었다. 강한 턱선과 굳게 다문 입은 그만의 고집을 보여준다. 다른 여자아이들은 네이선에게 푹 빠져 있었다. 그리고 그는, 누가 봐도 모드에게 푹 빠져 있었다.

그러나 모드는 혼란스러워했다. 한편으로는 매우 뿌듯해하며 일기에 "그앤 나를 제일 좋아하기만 한 게 아니라…. 나를 사랑했다!"라고 적었다. 모드는 네이선이 다른 여자아이의 이름을 적은 건 아닌지 걱정하며, 편지에 적은 이름을 즉시 바꿀 준비를 하고 있었다. 네이선의 친구 존 레어드의 이름으로. 모드는 솟구치는 기쁨을 느끼며, 왠지 이상하고 바보 같은 승리감을 느꼈다. 전엔 자신의 사랑받을 능력을 의심하며 누군가가 나를 그 정도로 좋아해줄 수 있을까,

하고 생각했는데, 이제는 한 치의 의심도 없이 알았다. 누군가가 자신을 그 정도로 좋아할 수 있었고, 좋아했다는 것을.

하지만 그와 동시에 모드는 완전히 바보가 된 기분이었다. 다음번에 네이선과 단둘이 있을 때를 생각하면 왠지 두렵기까지 했다. 네이선은 현명해서 억지로 밀어붙이지 않았다. 모드에게 한 번 더 편지를 주긴 했는데, 그 편지는 역사 속으로 사라졌다. 우리가 알 수 있는 것은 모드가 그를 좋아했는지 싫어했는지, 확실하지 않았다는 것뿐이다. 모드는 그를 어떤 면에서는 좋아했고, 또 어떤 면에서는 싫어했다.

모드는 그해 남은 학기 동안 네이선을 피해 다니며 그가 다른 친구들에게 잘 둘러싸여 있도록 했다. 그들은 온갖 말썽을 일으켰다. 어느 한 봄날에는 학교 전체를 싹싹 닦다가 오래된 학교 난로를 폭발시킬 뻔한 일도 있었다. 산사나무꽃 소풍을 갔고, 그해 마지막으로 학교 콘서트를 열었다.

모드는 네이선이 다음에는 또 어떤 애정 담긴 말이나 행동을 할지 여전히 두려워했다. 그와 단둘이 시간을 보내는 것을 피했다. 몇 년 후, 그와 연인이 되었다면 재앙이었을 거라고 적었다. 모드는 하소연했다.

> 도대체 왜, 한평생 내가 가장 '좋아한' 남자들은 내가 '사랑할' 수는 없는 사람들인 걸까?

어쩌면 이것은 모드의 사생활에서 매우 중요한 질문일지도 모른다. 그녀는 남자를 보는 눈이 형편없었다. 늘 잘못된 남자를 사랑했다. 모드는 우정이 사람들 사이의 비슷한 점에 기반한다고 믿었고, 열정적인 사랑은 그것과는 다르다고 생각했다. 네이선과 덜 친했더라면, 네이선이 덜 비슷했더라면, 모드가 그렇게 쉽게 거절하지 않았을 수도 있다.

그해 봄, 모드는 사랑 대신 우정을 제안했고, 네이선은 이를 받아들였다. 하지만 마지막 학기가 끝나자 그는 계속해서 모드에게 구애하려 했다. 헛수고였다. 모드는 자신의 뜻에 확신이 있었다.

모드가 직접 관찰한 결혼생활은 대부분 동등하지 못했다. 외할머니 루시 맥닐은 성미 고약한 남편을 견디기 위해 본인의 의지를 굽히고 집안일을 늘 혼자 해내야 했고, 필요에 따라 남편의 눈을 피해 몰래 뭔가를 해야 했다. 외할머니, 외할아버지의 결혼생활이 어린 모드에게 배우자를 찾아 나서도록 동기를 부여해주었을 리 없다.

네이선 록하트가 사랑을 고백했을 때, 두 사람은 겨우 열다섯 살이었다. 교제를 생각하기에는 너무 어렸고 꿈이 컸다. 네이선도 여러모로 모드만큼 의지가 강했기 때문에, 만일 둘 다 캐번디시에서 계속 머물렀다면 둘 사이에서 무언가가 꽃피었을 수도 있다. 하지만 그해 여름, 거부할 수 없는 초대가 예상치 못하게 모드를 집과 네이선 록하트로부터 멀리 떼어놓았다. 모드가 그 부름에 저항하기 위해서는 아홉 개의 별 그 이상이 필요했을 것이다.

제7장

사랑하는 아버지와
프린스앨버트

1890년 4월, 열다섯 살의 모드는 아버지 휴 존이 캐나다 서부로 자신을 불러 함께 살 생각을 하고 있다는 것을 알게 되었다. 휴 존 몽고메리는 재혼해서 새 가정을 꾸리기 시작했고, 토지 관리와 부동산 사업에서 자리를 잡으려던 참이었다. 그는 다시 완전한 한 가족을 만들 생각이었다. 모드는 처음에 도저히 믿을 수가 없어서, "더 생각해보기도, 뭐라고 말하기도 두렵다."라고 일기장에 털어놓았다.

그런데 8월이 되자 아버지의 생각은 친할아버지인 도널드 맥도널드 상원의원이 서쪽 서스캐처원 주로 향하는 긴 기차 여행에 모드를 데려가겠다는 확실한 계획으로 변해 있었다. 매사에 조심스럽던 맥닐 부부는 캐번디시에서만큼이나 좋은 교육을 받을 수 있다는 확신에 찬 말을 몇 번이고 들은 후에야 그곳에서 모드가 1년, 혹은 그 이상 지내는 것을 허락했다. 휴 존은 자신이 아내와 가족을 부양할 수 있음을 증명해 보인 셈이다.

모드는 사랑하는 아버지와 다시 함께할 수 있기를 간절히 바랐다. 이제 막 십 대에 들어선 소녀는 엄격한 외할머니, 외할아버지가 정한 규칙들에 본격적으로 반항하기 시작하던 참이었으니까. 모드는 그들이 젊은 청년들이 함께 모이는 일이라면 무엇이든 허락하지 않는다며 씩씩거렸다.

여태껏 모드와 까칠한 외할아버지는 단 한 번도 편한 사이였던 적이 없긴 했지만 그 무렵 부쩍 더 끊임없이 서로 치고받으며 싸웠고, 외할머니가 매번 두 사람의 말다툼을 해결할 수는 없었다. 걱정하면서도 다른 한편으로는 안도한 노부부는 발랄한 십 대 손녀에게 서부로 가 다시 아버지와 함께 사는 것을 허락해주었다.

모드는 이사 소식에 너무나 기뻐 어쩔 줄 몰라 했다. 어머니라고 부를 사람을 만나기만을 늘 기다려왔고, 새 의붓어머니를 사랑할 준비가 완벽하게 되어 있었다. 새로운 곳을 여행할 생각에, 그리고 당연히 아버지와 재회할 생각에 매우 설렜다. 그런데 캐번디시를 떠나기 하루 전날에야 몇 가지 의구심이 들었다. 외딴섬 프린스앨버트를 좋아하게 될까? 그리고 새 의붓어머니를 '진짜 친어머니처럼' 사랑할 수 있을까?

1890년 8월 9일, 모드는 큰 기대감에 부푼 채 여행길에 올랐다. 이번에는 쾌활한 사촌들과 함께 지내는 대신 상원의원인 할아버지의 으리으리한 집에서 지냈다. 할아버지는 동화책에서 튀어나온 것 같았다. 할아버지는 잘생기고, 친절하고, 유쾌하고, 외향적이었다. 모드를 보고선 너무나도 깡말라서 부츠 속이 텅 비어 보인다며 최선을 다해 잘 먹었다.

할아버지는 모드를 캐나다 총리 존 A. 맥도널드 경과 그의 우아한 아내에게 소개해주어 그녀를 깜짝 놀라게 했다. 조그마한 시골 마을 캐번디시 출신의 열다섯 살 소녀는 무척 들떴지만 모드는 정신을 똑바로 차리려 노력했다. 모드가 일기장에 적은 바에 의하면 존 경은 잘생기진 않았지만 호감형 얼굴이었다. 그의 아내는 인상적이었지만 못생겼고, 그보다 모드의 눈에는 그녀의 옷차림이 너무 촌스러워 보였다. 모드에겐 그게 가장 심각했다.

프린스앨버트는 새로운 캐나다 연방에서 가장 멀리 떨어져 있어서, 이곳에 가려면 모드와 할아버지는 나룻배와 기차, 마차를 타는 긴 여정을 견뎌야 했고, 그런 다음에도 기차를 여러 번 갈아 타야 했다. 가파르고 위험한 길의 연속이었다. 기차는 이따금 속도가 느려져 기다시피 했고, 소가 어슬렁거리며 선로로 들어오면 멈추기도 했다. 숲이 우거진 메인 주의 언덕을 넘어 몬트리올 주를 통과했고, 황량한 온타리오 주의 북부 미개척지를 지나갔다. 모드는 의지하던 공책을 옆에 놓고 열차 창가에 붙어서 꼼짝 않고 앉아 있었다. 그녀 말에 따르면, 몬트리올은 괜찮은 도시였다. 하지만 절대 그곳에서 살고 싶지는 않았다. 모드는 도시 여자가 아니었다. 해안가가 보일 때마다 황홀한 기분이었고, 집 생각이 절로 났다.

할아버지는 서부로 향하는 긴 여정에서 모드와 함께 시간을 보내려 노력했지만, 귀가 좀 어두웠다. 게다가 그 당시 기차는 시끄럽고 먼지투성이여서 대화는 불가능했다. 모드는 조막만 한 침대칸에서 지냈다. 너무나 좁아터져서 자꾸 무의식적으로 허리를 펴 앉으려다

천장에 머리를 박았다. 모드가 혼자 안전하게 돌아다닐 수 있는 유일한 곳은 여성 전용 발코니였는데, 여기서도 그저 앉아서 누군가가 말을 걸어오기만을 기다리는 것밖에 할 수가 없었다. 어느 노부인은 모드에게 질문을 퍼붓다가 모드가 장로교 신도임을 알게 되자 아무 말 없이 사라졌다. 또 다른 한 미국 여인은 처음에는 심각하고 과묵해 보였는데 알고 보니 상냥하고 다정한 사람이었다. 모드는 그녀가 핼리팩스에서 내릴 때 매우 아쉬워했다.

기차가 새로운 도시에 멈출 때마다 할아버지는 몇 시간 동안이나 사라졌기 때문에 모드는 스스로 자신을 챙겨야 했다. 모드는 마음을 단단히 먹고 열차에서 내려 기차역 주변을 걸어 다녔다. 주로 위니펙* 같은 마을을 돌아다녔는데, 위니펙에 대해서 모드는 '누군가가 집과 길들을 한 움큼 내던져버리고는 뒷정리하는 것을 잊어버린 것처럼' 보였다고 적었다. 그럼에도 진짜 마을은 아마 훨씬 더 희망찬 곳일 거라며 스스로를 위로했다. 물론 그 근처에라도 가볼 수 있을지는 모르겠지만.

1890년 8월 18일, 그 고된 여행을 시작한 지 일주일도 더 지나서, 모드와 할아버지는 리자이나라는 서부 마을에 도착했다. 그곳에는 아주 놀라운 소식이 그들을 기다리고 있었다. 우편물을 확인하러 간 할아버지가 얼마 뒤에 모드를 보고 싶어 하는 특별한 친구를 데려왔다고 말했다. 문을 열자마자 보인 아버지의 품에 달려가 안겼다.

---

* 캐나다 중부의 매니토바 주의 주도

모드는 아버지 휴 존을 5년 동안 보지 못했었다. 아버지는 여전히 모드가 사랑한 유쾌하고 다정한 모습 그대로였다. 부녀는 너무 기뻐서 울다 웃었다. 그 짧은 재회의 순간은 힘들었던 여정을 모두 보상해주었다. 아버지는 당시엔 황량하기만 했던 리자이나* 주변을 마차로 구경시켜주었지만 모드는 그에게서 눈을 뗄 수가 없었다.

이튿날 그들은 카부스**와 사륜 짐마차를 타고 프린스앨버트로 돌아왔다. 시골 풍경은 푸른색의 화려한 야생화로 온통 뒤덮여 있었다. 그때 프린스앨버트는 역사가 30년도 채 안 된, 강기슭을 따라 형성된 정착지에 불과했다. 너무 신생도시라 자체 기차역을 갖고 있지도 않았다. 모드가 도착한 해인 1890년, 프린스앨버트의 인구는 서부에 정착한 캐나다 원주민을 빼면 1,000명이 조금 넘는 정도였으니까. 고향 캐번디시는 모든 곳에 수백 년의 역사가 깃들어 있는 반면, 프린스앨버트는 정말 시골 개척지였으며 사람의 손이 별로 닿지 않은 지역이었다.

휴 존은 스코틀랜드 에글링턴 백작과 이 집안이 연관되어 있다고 믿어서, 수수한 새 집에 '에글링턴 빌라'라는 고귀한 이름을 붙였다. 휴 존은 자기 상사의 의붓딸이자 철도회사를 운영하는 백만장자의 조카인 메리 앤 맥레이를 만나 결혼했다. 둘은 3년 동안 배틀포드에서 살다가 식구가 점점 많아지자 다시 이사 왔다. 그해 8월 오후 모드가 큰 희망을 품고 온 이곳은 그녀의 새로운 꿈의 집이었다.

모드는 새어머니와 그녀의 두 살 반 된 매우 예쁜 아기이자 이복

---

* 캐나다 서스캐처원 주의 주도
** 화물 열차 뒤에 있는 승무원 차량

자매인 케이트를 만났다. 가장 최근에 이 집에 온 식구는 에디트 스켈턴, 에디라는 모드 또래인 집안일을 도와주는 여자아이들이었다. 모드는 에디와 작은 방을 함께 쓰며 빠른 속도로 친해졌고, 그만큼 빨리 스물일곱 살의 새어머니가 싫어졌다. 알고 보니 모드는 어머니의 가사 도우미 겸 무급 유모 역할을 하기 위해 서부로 불려온 것이었다. 식구라기보다는 하인 취급을 받았다. 모드는 다른 사람들과 함께 있을 때는 아버지를 기쁘게 하기 위해 새어머니를 '어머니'라고 불렀지만 머지않아 그것조차도 하지 않게 되었다. 평소에 메리 앤 몽고메리는 의붓딸에게 그저 '몽고메리 사모님'일 뿐이었다.

휴 존은 야망이 가득한 어린 아내를 만족시키기에는 너무 적게 벌었다. 그는 토지 평가사, 경매인, 부동산 중개업자, 지역 내 철도 안전 감독관으로 동시에 여러 가지 일을 했다. 할아버지는 재정적으로도 도움을 줬고, 이곳에서 일자리 구하는 것도 이미 도와주었다. 이제 휴 존은 혼자 힘으로 해야 했다. 그에 반해 부유하고 안락한 집안에서 자란 메리 앤 몽고메리는 남편에게 돈을 더 많이 벌라며 징징거렸고 그의 원대한 꿈들을 비웃었다. 집에 이미 어린 아이가 한 명 있는 상황에서 또 임신한 메리 앤은 모드가 집에 있는 것이 싫었다. 휴 존이 큰 딸을 애칭으로 부르자 유치하다며 그러지 못하게 했다. 부녀가 단둘이서 시간을 보낼 때마다 늘 못마땅해했다. 그녀는 모드에게 그 무엇도 해주지 않기로 작정했고, 식사 때 모드의 컵에 차를 따라주는 것까지도 거부했다.

모드는 자신을 친딸처럼 반겨줄 식구들을 기대하며 왔다. 하지만 반가운 존재이기는커녕 신데렐라 같은 존재가 되었다. 몽고메리 부인은 외출할 때 식료품 창고 문을 걸어 잠그고 나갔다. 메리 앤은 때로는 모드에게 아무 말도 하지 않고 며칠을 보낼 때도 있었다. 심지어 자신을 나이 들어 보이게 할까 봐, 키가 167센티미터 정도로 제법 컸던 모드가 머리를 위로 올려 묶지 못하게 했다. 모드는 심한 향수병을 앓았다. 유일하게 그녀가 프린스앨버트에 계속 있도록 해준 것은 좋은 교육에 대한 희망과 '사랑으로 마구 반짝이는 눈'으로 그녀를 바라보는 아버지뿐이었다.

모드와 에디는 마을 내에서 학비가 무료인, 같은 작은 공립학교에 다녔다. 학생은 고작 아홉 명뿐이었는데 남학생 여섯 명, 그리고 몽고메리 부인의 이복자매 애니 맥타가르트를 포함한 여학생 세 명이 있었다. 젊은 존 머스터드(진짜 웃긴 이름이라고 모드는 일기장에 적었다) 선생님은 몽고메리 부인의 옛 친구였다. 존 머스터드는 교육을 잘 받았고 야심이 있었으며 성직자가 되기 위해 공부하고 있었다.

한편 오래된 프린스앨버트 학교가 불에 타서 소실되는 바람에 모드와 학교 친구들은 예전에 호텔이었던 마을회관에서 수업을 들었다. 조그마한 교실은 무도회가 열리는 밤마다 여성 탈의실 역할을 겸해서, 학생들은 다음 날 아침 바닥에서 머리핀, 깃털, 꽃, 그리고 때로는 깨진 손거울도 쉽게 볼 수 있었다. 교사 내에는 경찰 본부와 마을 교도소가 위치하고 있었고 경범죄자와 취객들이 교실 바로 뒤에 수감되어 있었다. 한번은 그곳에 구경 간 모드가 실수로 교도소 독방에 갇힌 적도 있었다.

새로 온 머스터드 선생님은 금발에 큰 키, 푸른 눈, 그리고 매우 잘 다듬은 금빛의 콧수염을 가진 굉장한 미남이었지만 모드는 그가 싫었다. 모드는 선생님이 아주 훌륭한 목사가 될 것이라고는 생각하지 않았다. 오랫동안 의붓어머니의 친구였다는 점도 마음에 들지 않았다. 존 머스터드는 똑똑했지만 암기 위주로 재미 없게 가르쳤고, 모드에게 익숙했던 고든 선생님의 에너지가 그에게는 없었다. 그는 권위적이었고, 제멋대로 구는 남학생들에게 가죽 채찍을 휘두르는 것도 서슴지 않았다.

모드는 학교 수업을 들으며 교사 학위를 취득하기로 결심했다. 학생들이 많이 들어오면서, 학교에 가는 것이 더 좋아졌다. 교사 학위을 받으면 미래에 활용하기도 좋을 터였다. 게다가 그녀의 계획을반대할 외할아버지도 옆에 없었다.

10월이 되자 어린 에디는 집을 떠났다. 몽고메리 부인은 에디에게 모드를 감시하도록 강요했지만 의리가 있었던 에디는 거절했다. 휴 존은 늘 사업차 멀리 나가 있었고 어떻게든 돈을 벌고자 노력했다. 모드는 점점 더 많은 집안일을 떠맡게 되었고 새어머니와 사이가 틀어지기 시작했다. 몽고메리 부인은 고향에서 온 모드의 편지를 뜯어 읽기까지 했다. 아마 모드가 숨겨놓고 꽁꽁 잠가두지 않았다면 분명히 모드의 일기까지 읽었을 것이다.

그해 겨울에 프린스앨버트에 기록적인 한파가 찾아왔고, 기온은 영하 한참 밑으로 떨어졌다. 또한 겨울은 몽고메리 가정에 예상치 못한 신사 손님도 불러왔다. 존 머스터드가 직접 찾아온 것이다.

그가 찾아온 날 저녁, 아버지는 외출 중이어서 모드는 새어머니에게 달려가 존 머스터드가 왔다고 말했는데 몽고메리 부인은 이상하게도 옷도 다 챙겨 입고선 1층으로 내려오려 하지 않았다. 메리 앤 몽고메리는 의붓딸에게 딱 맞는 짝을 찾았다고 확신하며, 두 사람 사이를 진전시키기 위해 최선을 다하고 있었다. 결국 모드는 그날 저녁 머스터드 선생님의 접대를 맡게 되었다. 이때를 시작으로 계속 그런 저녁이 여러 번 이어졌다.

모드는 똑똑하고 명랑했으며 성실한 학생이었고, 존 머스터드는 그런 그녀가 목사 아내로 적합하리라고 판단했을 것이다. 모드는 전혀 그렇게 생각하지 않음을 넌지시 알리는 그녀의 힌트를 존 머스터드는 전혀 알아채지 못했다. 모드의 냉랭함이 노골적인 무례함에 가까웠는데도 그는 의욕을 잃지 않았다. 밤이면 밤마다 계속해서 모드를 찾아왔고 그럴 때마다 몽고메리 부인은 상황에 맞게 사라졌다.

학교에서 존 머스터드는 종종 특별한 이유 없이 풀죽어 있거나 부루퉁해 있었다. 하지만 한 손에 모자를 들고 매주 모드를 찾아왔다. 모드는 흥분해서 씩씩거렸다. "진짜 따분한 사람이야!"

겨울과 봄 내내, 머스터드 선생님은 환영받지 못하면서도 계속 방문해왔다. 모드는 그의 구애를 견딜 수가 없었다. 모드의 아버지까지도 놀리기에 동참하며, 저녁식사 중 '머스터드'를 건네달라고 할 때마다 피식피식 웃었다.

그해 봄, 모드는 소중한 두 명의 새 친구를 사귀었다. 바로 윌과 로라 프리처드 남매였다. 마을 대부분의 여자아이들처럼, 로라는 동네 수녀원 부속 사립학교에 다녔다. 하지만 몽고메리 부인은 무상 교육을 받을 수 있는 상황에서 굳이 모드에게 큰돈을 쓰려 하지 않았기 때문에 두 사람은 같은 학교를 다닐 수 없었다. 그래서 방과 후에 함께 모일 수 있는 방법을 고민했다. 로라와 모드는 상상할 수 있는 온갖 주제에 대해 몇 시간이고 즐겁게 이야기할 수 있었다. 모드가 말했다.

"우리는 모든 면에서 영혼의 단짝 같아."

로라의 오빠 윌은 모드가 반에서 가장 좋아한 친구였다. 그는 빨간색 머리카락과 밝은 녹색 눈을 가졌고 한쪽 입꼬리만 올리는 개구쟁이 같은 미소를 지니고 있었다. 어두침침한 교실에 생기와 밝은 에너지를 불어넣었다. 윌이 처음 온 날, 그는 모드 뒷줄에 앉아 모드의 아름다운 머리칼이 바로 앞에 있어서 집중할 수가 없다고 말했다. 윌은 모드를 매혹시키는 타고난 따뜻함을 갖고 있었고 머지않아 모드와 농담하며 쪽지를 주고받을 정도로 가까워졌다. 그러면서 불쌍한 머스터드 선생님을 미치게 만들었다. 세 친구는 달빛을 받으며 오랜 시간 함께 자전거를 타며 농담하고, 이야기하고, 하늘의 별을 관찰했다. 이때 모드는 살면서 처음으로 진정한 영혼의 단짝을 찾았다고 확신했다.

그해 겨울 또 하나의 기쁨이 찾아올 준비를 하고 있었다. 모드는 할아버지가 가장 좋아한, 신나는 케이프 르포르스* 이야기를 절대 잊은 적이 없었다. 모드는 그 내용을 바탕으로 시를 써서 지역신문 《샬럿타운 패트리어트》로 보냈고, 어느 날 모드의 아버지가 전해준 《샬럿타운 패트리어트》 한 부에는 모드가 직접 쓴 시가 전 세계가 볼 수 있도록 인쇄되어 있었다! 신문을 쥔 손은 덜덜 떨렸고, 그녀의

---

* 프린스에드워드섬과 관련된 비극적인 전설

이름을 적은 알파벳이 춤을 추었다. 드디어 여기 진짜로, 내 글이 있었다.

모드는 그 날을 '살면서 가장 자랑스러운 날'이라고 표현했다. 휴 존은 즐거운 마음을 겉으로 드러내며 모드를 하늘 높이 치켜세워준 반면 그의 아내는 신문을 곁눈질로 흘끗 보고 축하 한마디 건네지 않았다.

그해 겨울, 아기가 태어날 무렵 휴 존은 갑자기 정치로 전향했다. 하지만 그랬듯 그의 운과 타이밍은 좋지 않았다. 그는 아버지가 이어온 보수당과의 우호적 관계를 뒤로하고 자유주의 정당 쪽으로 돌아섰다. 그리고 그 즉시 의회에서 자리를 잃었다.

2월에 메리 앤은 아들 도널드 브루스를 출산했다. 그녀는 에디를 대신할 여자아이를 고용해 그녀에게 모드가 소중히 여겼던, 남쪽 풍경이 보이는 방을 내주었다. 하지만 새로 온 그 여자아이는 며칠밖에 버티지 못했다. 몽고메리 부인이 너무 삐딱하게 굴고 까다로워서 견딜 수가 없다고 했다. 메리 앤은 새로운 가사 도우미를 찾는 시늉조차 하지 않았다. 그 대신 모드에게 일을 시켰다. 아기가 자주 칭얼거리자 메리 앤은 신경이 곤두서 있었다. 메리 앤은 모든 에너지를 친자녀들을 돌보는 데 쏟았다. 나머지 집안일 뒤치다꺼리는 전부 모드에게 맡겼다.

모드가 집안일과 학업을 병행하는 것은 불가능했다. 선택은 뻔했다. 모드는 학교를 완전히 그만둘 수밖에 없었다. 그녀는 버틸 수 있을 때까지 최대한 버텼지만 소용없었다. 그럼에도 모드는 아버지의 기분을 너무 상하게 할까 봐 불평하지 않았다. 하지만 소녀는 그때부터 평생 자신을 괴롭히는 두통을 앓기 시작했다.

모드는 일기장에만 자신의 고민을 털어놓았다. 글쓰기는 그녀의 유일한 탈출구였다. 계속해서 시, 이야기, 기사를 썼고 일기도 썼다. 샬럿타운 신문에 실린 시는 그녀에게 희망을 주었다. 모드는 부지런히 자신이 숭배한 예술 활동을 이어나갔다. 훗날 이 시기에 대해 "대단한 글을 쓰겠다는 야망의 불꽃에 나의 영혼이 그을리기 시작했다"고 썼다. 그녀의 에세이는 《프린스앨버트 타임스》와 《서스캐처원 리뷰》에 실렸고 위니펙 지역신문에 다시 실렸다. 또 다른 이야기는 글짓기 대회에서 우승해 《몬트리올 위트니스》에 실렸다. 모드의 아버지는 자신의 말을 들어주는 사람이라면 누구에게든 모드를 칭찬했다. 그러나 모드의 새어머니는 모드가 매번 새로운 성취를 이룰 때마다 대놓고 무시했다. 하지만 모드는 이제 열여섯 살이었고 의지가 확고했다.

모드는 몇 년 전 잡지에 실린 시 「프린지가 달린 젠티안 꽃The Fringed Gentian」을 오려 자신의 포트폴리오에 붙여두었다. 이를 에밀리 시리즈에서 인용했고, 훗날 재출간된 본인의 회고록 『험난한 길The Alpine Path』의 제목으로 사용했다. 그녀는 십 대 때 고향에서 수천 킬로미터 떨어진 곳에서 등골만 휘고 아무런 보상도 받지 못하는 집안일을 하면서 그 시의 구절에 의지했다.

속삭이고 피어나네, 그대 꿈속에
내 어찌 높이 오르리
그 험하고 가파른 알프스 산을

숭고한 높이로 이어지는
그 머나먼 정상, 어찌 도달해
참된 명예와 영광을 얻으리
그 눈부신 두루마기 위에 겸허히
한 여자의 이름을 올릴 수 있으리

모드는 이제 더 이상 학교에 갈 수 없었지만 계속 교회 행사와 주일학교에 나가며 즐거움을 찾았고, 학교 낭독회에 참여하여 지역 신문에 재능에 대한 특별한 찬사가 실리기도 했다. 아버지는 어느 때보다 더 자주 집을 비웠고, 메리 앤 몽고메리는 어쩔 줄 몰라 했다. 모드가 집안일을 다 끝내고 나면 그녀를 감시하는 사람이 아무도 없었다. 처음으로 혼자 사교 활동을 했다. 터보거닝* 파티, 소풍, 견학, 심지어 근처 군인 막사에서 열린 댄스파티에도 참석했다. 아마 외할머니와 외할아버지가 봤다면 경악했을 것이다. 당연히 모드는 알리지 않았다.

모드는 정신 없이 사교 활동을 이어가면서도 집을 늘 지독하게 그리워했다. 친구 펜지에게 자신이 캐번디시로 돌아가게 되는 날은 살면서 가장 행복한 날일 것이라고 편지를 썼다. 그녀는 좋은 교육을 받고 교원 자격증을 취득하겠다는 큰 기대를 안은 채 프린스앨버트까지 왔지만 그 모든 것이 무너져버렸다. 그토록 원하던 독립마저 식상해졌다. 마치 좋아하는 불량식품을 드디어 다 먹을 수 있게 된 어린아이처럼, 모드는 자신의 새로운 자유에 영양분이 부족하다

---

* 앞쪽이 위로 구부러진, 좁은 썰매인 터보건을 타고 언덕을 미끄러져 내려오는 겨울 스포츠

고 느꼈다. 아무도 그녀를 보살펴주지 않았고, 아무도 그녀의 행복을 고민하지 않았다. 그녀의 진정한 친구는 윌과 로라 프리처드뿐이었는데, 둘 다 낮엔 학교를 갔다.

존 머스터드는 계속해서 저녁마다, 때로는 일주일에 세 번이나, 모드를 찾아왔지만 그녀는 긍정적인 반응을 전혀 보이지 않았다. 지금쯤이면 그의 의도는 뻔했다. 뻔한 것을 무시하는 재주를 가진 모드도 분명히 알고 있었다. 하지만 모드는 자신에게 구애하는 그가 신학에 대해 이야기할 때만 흥미를 느낄 뿐 그 밖의 거의 모든 주제에 있어서 지루해 죽을 지경이었다. 모드는 새어머니가 존 머스터드를 괜찮은 남자로 생각하는 것이 너무 싫었다. 모드는 안정감보다 더 많은 것을 원했고, 영혼의 단짝을 갈망했다. 존 머스터드 면전에서는 간신히 예의를 차렸지만 일기장에서는 그를 잔인하리만치 비웃었다. 그는 모드가 살아가는 동안 자신이 그녀의 충직한 친구가 될 것임을 증명해야 했다.

모드가 무시한 것과는 달리, 그는 앞길이 창창한 똑똑한 청년이었고, 유명하고 매우 존경받는 목사가 되었다. 언젠가 모드는 "증오란 길 잃은 사랑에 불과하다."라고 적었다. 훗날 그녀는 자신이 십 대 시절에 저지른 무례함을 후회하고, 일찍이 존 머스터드가 왜 그렇게 무모하게 자신에게 헌신했는지 골똘히 생각해보게 된다.

그 불쌍한 청년은 마침내 용기를 내 모드에게 그들의 우정이 다른 무언가로 발전할 수 있다고 생각하는지 물었다.

"무언가로 발전하는 게 과연 가능할지 전 잘 모르겠네요, 머스터드 선생님." 하고 모드는 쌀쌀맞게 대답했다.

그의 눈에는 눈물이 맺혔지만 모드의 눈은 건조했다. 모드는 오랫동안 이어진 헛된 구애가 끝났다는 생각에 안도했다.

대체 존 머스터드가 왜 그렇게 견뎠는지 절대 이해할 수 없다. 나는 예쁜 소녀긴 했지만 결코 한 남자의 혼을 쏙 빼놓고 상사병에 시달리게 할 정도의 미인은 아니었다. 그럼에도 그는 계속해서 미친 듯이 들이댔고, 나는 계속해서 단호하게 거절했다. 나는 늘 그 사건에 대해 묘한 수치심을 느꼈다.

봄이 되자, 모드가 다시 고향 캐번디시로 돌아가는 것으로 결정되었다. 새어머니는 부루퉁한 십 대 의붓딸을 해치우게 되어 기뻤다. 메리 앤은 작별인사를 위해 역에 나오지도 않았다. 그 어떤 남자보다 온화한 모드의 아버지는 티격태격하던 다툼이 끝나서 다행이라고 생각했을지도 모른다. 왜냐하면 모드가 불평하지 않는다 하더라도 메리 앤 몽고메리는 아무런 죄책감도 느끼지 않았으니까.

녹색 눈동자를 가진 늠름한 윌 프리처드와의 작별인사는 존 머스터드에게 인사할 때와는 매우 다르게 느껴졌다. 모드는 윌이 자신이 알고 지낸 사람 중 가장 좋은 남자애라고 표현했다. 그에 대한 마음이 얼마나 강렬한지 끝까지 인정하지 않으면서도 그랬다. 모드가 스스로 거짓말을 한 것이라면 확실하게 잘한 것이다. 어쨌든 그녀는, 젊은 신예 소설가가 아니던가. 모드는 윌이 그저 친오빠 내지는 절친한 동지 같다고 적었다.

하지만 모드는 프린스앨버트에서의 마지막 며칠을 무언가를 기다리며 초조하게 보냈다. 시간이 바닥나고 있었다. 윌 프리처드는 모드에게 늘 예쁜 말들을 해주었지만, 존 머스터드처럼 분명하게 표현하지는 않았다. 로라 프리처드는 모드에게 그녀가 떠나면 윌의 가슴이 찢어질 거라며 모드를 안심시켰다. 로라는 모드에게 말했다.

"내가 아는 건 이거야. 오빠는 네가 밟는 땅까지도 정말이지 숭배한다는 것."

윌은 모드의 사진과 머리카락 몇 가닥을 달라고 했고, 그녀가 늘 끼는 작은 금반지 하나를 손가락에서 살살 빼냈다. 모드는 시인했다. '그런데…. 그렇게 조심스러워하지 않아도 괜찮은데.'

마지막 작별인사는 슬프고 몽환적이었으며 그들은 꽤 격식을 차렸다. 윌은 다음 날 짧은 여행을 떠날 예정이었다. 그는 작별인사를 하기 위해 손을 내밀며 "아주 행복한 시간 보내. 날 잊지 말고."라고 말했다. 그는 봉인된 이별 편지를 모드에게 주었다. 둘은 악수를 하고 헤어졌다.

그날 밤, 모드는 윌의 편지를 열어보았다. 편지에 윌은 그녀를 사랑한다고 고백했다. 하지만 그는 이미 마을을 떠난 뒤였다. 그렇게 멀리 있지만 않았더라면, 하며 모드는 그의 뒤를 쫓아갔을 수 있었을지도 모른다고 고백했다. 그러나 모드는 그렇게 하지 않았고, 다음 날 아침 고향으로 향하는 열차에 올랐다.

그 당시에 젊은 여자가 그런 길고 끔찍한 여정을 혼자 떠난다는 것은 도저히 생각할 수 없는 일이었다. 그럼에도 모드는 그렇게 혼자 떠났다. 그녀에게는 다른 선택지가 없었다. 고독에 찬 십 대 소녀는 끊임없이 지루하게 이어지는 수 킬로미터의 대초원을 지났다. 붐

비는 인파 사이, 인석에 세 명이서 앉아 그 시간을 버텨냈다. 모드는 할 수 있는 최대한 토막잠을 잤다. 여러 번 열차를 갈아타고 낯선 도시들에서 하룻밤 묵을 숙소를 직접 찾아야 했으며 동반자 없이 홀로 험한 도시 길거리를 걸어 다녀야 했다. 혼자 다니는 그녀는 도둑이나 범죄자들의 목표물이 되었다. 그녀는 열여섯 살이었고 몸매가 호리호리하며 굴곡이 있었다. 모드는 이제 더 이상 아이가 아니었다.

L. M. 몽고메리의 삶과 작품 연구에 있어 뛰어난 권위자 중 하나인 메리 루비오는 아주 단호하게, 이렇게 쓴 적이 있다. "멀쩡한 아버지라면 열여섯 살 된 딸아이가 홀로 먼 길을 떠나는 것을 허락할 리 없다."

모드는 두 눈을 똑바로 뜨고 어려움과 정면으로 맞섰다. 그녀는 전원 풍경을 보며 감탄했고 오대호의 물보라를 즐겼으며, 일요일 밤 술집에서 소음에 둘러싸인 채 눈부신 전기 조명 아래에서 메모를 끄적이며 시간을 보냈다. 토론토에서 모드는 친척들을 보러 갔지만 그들은 집에 없었다. 결국 다섯 시간 동안 가정교사와 아이들과 사교적으로 이야기를 나누며 시간을 보냈다.

그녀가 탄 열차는 새벽 다섯 시에 오타와에 도착했지만 만나기로 예정되어 있던 할아버지는 늦잠을 자버렸다. 할아버지는 매우 서둘러서 다행히도 모드를 따라잡았다. 모드는 할아버지와 함께 더 많은 시간을 보내기를 바랐지만, 할아버지는 그녀를 재빨리 프린스에드워드섬으로, 이번에는 제대로 된 인솔자와 함께 돌려보냈다.

1891년 9월 5일 모드가 프린스에드워드섬에 도착했을 때, 그녀를

마중 나온 사람은 아무도 없었다. 모드는 홀로 대기실에 앉아 두 시간을 보내다가, 다시 기차를 타고 켄싱턴으로 갔다. 여전히 아무도 나타나지 않았다. 쓸쓸한 귀향 같았던 것은 사실이었다고 그녀는 솔직히 말했다. 그러나 이에 굴하지 않고, 모드는 마차 일꾼들을 고용해 파크코너로 갔다. 파크코너에 도착하자 애니 이모와 존 이모부, 그리고 사촌들은 모드를 기쁘게 반겨주었다. 모드는 며칠을 더 지내면서 여전히 캐번디시에 있는 외할머니, 외할아버지가 자신을 환영하거나 불러주기를 기대했다.

그런데 아무런 소식도 오지 않았다. 모드는 기다리고 또 기다렸다. 결국 파크코너에 사는 삼촌 크로즈비가 그녀를 가엾게 여겨 캐번디시까지 태워다주었다. 모드는 눈에 익은 풍경을 보자마자 즉시 기운을 차렸다. 집의 모습이 조금씩 보이기 시작하면서부터는 너무나도 흥분한 나머지 마차에서 떨어질 뻔했다. 가엾은 크로즈비 삼촌은 아마 자신이 미친 여자아이를 떠맡고 있었다고 생각했을 거라고 그녀는 회고했다. 모드는 이렇게 적었다.

"우리가 사랑했던 곳이 예전처럼 우리를 사랑해주지 않는다고는 생각하지 마라."

모드는 구혼자들은 경계했을지 몰라도 프린스에드워드섬의 나무와 호수, 붉은 흙과 푸른 바다는 열정적으로, 거리낌 없이 사랑했다. 아버지와 함께하는 가정생활에 대한 꿈은 이제 영영 끝나버렸다. 그녀만의 새로운 꿈의 집을 지어야 했다.

제 8 장
잼 속에 든 알약

캐번디시에 도착한 모드를 맞아준 것은 외할아버지의 그 어느 때보다 심한 짜증과 모드가 세운 계획에 대한 반대뿐이었다. 외할아버지는 손녀가 집에서 얌전히 지내기를 바랐고, 좀 더 주부답게 수공예를 배우는 데 집중하기를 원했다. 사실 모드의 수공예 솜씨가 뛰어나기도 했다. 모드는 능숙하게 퀼팅과 바느질을 했고 자수를 놓았으며 빵을 구웠다. 하지만 맥닐 부부는 손녀의 목표와 야심에 대해 몰라도 너무 몰랐다.

모드가 돌아오자마자 처음으로 방문한 장소는 예전에 다니던 교실 하나짜리 학교였다. 그곳에서 늘 모자를 걸어놓던 못을 발견했는데, 그 바로 위에 네이선이 특별한 암호로 새겨놓은 그녀의 이름이 보였다. 앞쪽에는 모드가 친구들과 함께 앉던 옛날 책상들이 있었고, 뒤쪽에는 낡은 목재 문에 이제는 더 이상 존재하지 않는 연인들의 이니셜이 새겨져 있었다. 처음 언뜻 봤을 때, 예전 모습 그대로인 것 같았다.

다음 날인 토요일, 모드는 몰리와 함께 다시 학교를 찾아갔다. 창문을 밀어 올리고 안으로 기어들어갔다. 안타깝게도 그곳은 버려진 지 오래된 것처럼 보였고, 줄지어 있는 의자들은 모두 텅 비어 있었다. 모드와 몰리는 다시 밖으로 기어 나와 근처 숲으로 살금살금 걸어 들어갔다. 네이선 록하트와 잭 레어드가 뒤따라오길 내심 기대하며, 그들의 익숙한 휘파람 소리를 찾아 귀를 기울였다. 하지만 네이선은 저 멀리 아카디아 대학에 가 있었고, 잭은 이미 학교에서 강의를 하고 있었다. 고작 1년 지났을 뿐인데 모드에게는 '세월'이 흐른 것처럼 느껴졌다.

친구들이 모두 앞으로 나아가는 동안, 안타깝게도 모드는 뒤처져 버렸다. 프린스앨버트에서 아주 소중한 1년을 잃은 것이다. 그 어느 때보다도 대학의 꿈이 멀어진 느낌이었다. '공부를 조금만 더 할 수 있다면!' 하고 그녀는 안타까워했다. 그 꿈은 불가능해 보였기 때문이다. 맥닐 부부는 모드의 대학 교육을 지원해줄 의사가 전혀 없었다. 지원해줄 수 있는 쉬운 방법이 있거나 모드가 그에 필요한 학업 준비를 마쳤다 해도 마찬가지였다.

고든 선생님은 모드를 응원하는 몇 안 되는 사람 중 하나였다. 선생님은 그해 학예회를 정성들여 준비하면서 모드와 옛 제자들에게 도움을 청했다. 모드는 학예회 준비에 온 힘을 다했다. 강당 꾸미기, 청소, 좌석 배치를 도왔으며, 좋은 연기를 선보여 관중으로부터 박수갈채를 받았다.

고든 선생님의 격려에 힘입어, 모드는 뒤처진 학업을 보충하겠다는 간절한 마음을 갖고 그해 겨울 독학을 준비했다. 영국사, 자연 지리학, 라틴어, 기하학, 그리고 영문학을 공부했다. 이 모든 공부는 모드를 외롭거나 방황하지 않게 해주었다. 이 몇 년 동안 그녀가 쓴 소설, 시, 에세이의 분량은 실로 놀라웠다. 그녀 곁에는 몰리와 펜지 등 오랜 친구들이 있었다. 모드는 캐번디시 문학회에도 참여하면서 일찍 일어나 혼자서 늦게까지 공부했다.

그런 모드의 노력을 외할머니는 눈치챈 것이 틀림없었다. 그해 2월, 외할머니는 웬일로 그녀답지 않게 깜짝 놀랄 만한 일을 저질렀다. 늘 익숙한 습관대로 생활하고 고립되어 지내던 외할머니가 갑자기 파크코너에 있는 친척들을 방문하기로 결심한 것이다. 그것도 아무 동행자도 없이.

외할머니가 가서 정확히 어떤 말을 하고 어떤 행동을 했는지는 아무도 모른다. 하지만 외할머니가 집으로 돌아왔을 때, 어찌된 일인지 열여섯 살의 모드가 몇 달 동안 파크코너에서 친척들에게 음악 수업을 해주며 함께 살기로 정해져 있었다. 무엇보다 기적 중에서도 더 기적 같았던 일은, 모드가 수업료를 받게 된다는 것이었다.

애니 이모와 존 이모부는 예전에는 단 한 번도 음악 수업에 대한 관심을 보인 적이 없었다. 그들의 형편으로는 감당하기 어려운 사치였다. 하지만 외할머니에게는 따로 모아놓은 돈이 조금 있었다. 외할머니가 농장에서 추가로 일하면서, 그리고 하숙생들을 받으며 번 돈이었다. 그러므로 외할머니가 직접 모드의 급여를 지불했을 가능성이 매우 높다. 그렇게 하면 모드가 좀 더 사교적인 집안에서 시간을 보낼 수 있었을 테니까. 그리고 외할아버지가 눈치채지 못하게 모드의 주머니에 어느 정도의 교육비를 슬쩍 넣어줄 수 있는 방법이기도 했다.

모드는 애니 이모와 존 이모부네 집에서 행복한 3개월을 보냈다. 썰매 타기, 가족 파티, 결혼식이 있었던 파크코너는 삶과 활기로 떠들썩했다. 근방에는 다른 친척들도 살았는데, 그중에는 모드의 잘생기고 똑똑한 친척 에드윈 심슨도 있었다.

모드의 문학계에서의 장래도 더 밝은 쪽으로 흘러갔다. 주일학교 잡지에 그녀의 동화가 실리기 시작했는데, 이야기의 결말이 지나치게 설교적이었다. 어린 독자들을 위한 이야기들 중 그녀가 가장 좋아한 종류는, 그녀 말로 '잼 한 숟가락 속에 든 알약처럼' 설교가 몰래 숨어 있지 않은, 매우 발랄하고 유쾌한 이야기였다. 이 밝은 이야기는 출간되자마자 큰 주목을 받았다. 노스웨스트 주의 부총독은 할아버지에게 모드를 칭찬했고, 모드의 사진과 그녀가 쓴 다른 소설들을 요청했다.

이제 윌 프리처드는 그저 수천 킬로미터 떨어진 곳에 사는 펜팔 친구일 뿐이었다. 또 네이선 록하트는 모드 집에 놀러왔을 때 모드에게 머리가 제법이라며, 언젠가 무언가를 이뤄낼 수도 있겠다고 거만하게 말했다. 우선 대학부터 갈 수 있어야 한다고 덧붙였지만. 어쨌든 모드는 계속해서 글 쓰고 꿈꾸고 희망을 품었다.

세상은 그녀를 남겨두고서 앞으로 나아가고 있었다. 심지어 언제나 믿음직스러웠던 고든 선생님도 캐번디시를 떠나 오리건 주로 갔다. 모드는 극심한 상실감을 느꼈다. 그녀는 진정한 친구를 잃어버렸다면서 아주 슬퍼하며 이렇게 적었다.

"선생님은 이 곳에서 나의 꿈과 노력을 응원한 마지막 친구였다."

하지만 모드는 틀렸다. 그녀에게는 매우 강력한 지지자가 한 명 남아 있었다. 바로 외할머니 루시 맥닐이었다. 모드는 파크코너에서 음악 수업을 해주며 돈을 조금 벌기는 했지만, 그 돈은 대학 학비를 충당하기에 부족했다. 그래서 그녀는 샬럿타운 근처의 프린스오브웨일스 대학에 진학하는 것을 목표로 정했다. 교원 자격증을 취득할 수 있는 가장 가까우면서 가장 저렴한 곳이었기 때문이다. 하지만 모드에겐 이 소박한 목표마저도 턱없이 멀게만 느껴졌다.

그해 가을, 루시 맥닐은 아무도 모르게 옛 사위 휴 존에게 편지를 써서 딸의 교육에 제발 뭐라도, 어떤 것이든 좋으니 보태달라고 부탁했다. 그가 답장하지 않자, 외할머니는 얼마 안 되는 자신의 생활비 계좌에서 돈을 빼내 부족한 금액을 직접 채워 넣었다. 개인적으로나 금전적으로나 위대한 희생이었다. 이 뜻밖의 횡재 덕분에 프린스오브웨일스 대학을 향한 모드의 꿈이 한층 가까워진 듯했다. 훗날 말한 것처럼 그해는 분명 그녀 인생에서 최고로 행복한 해가 될 터였다.

제9장
최고로 행복한 해

할머니로부터 경제적 지원을 얻게 되자, 이제 모드가 해야 할 일은 그저 열심히 노력하는 것뿐이었다. 어떤 것도 그녀의 노력을 막을 수 없었다. 모드는 학교로 돌아와 어려운 프린스오브웨일스 대학 입학시험을 준비했다. 친한 옛 친구들이 그리웠지만, 한편으로는 다시 교실로 돌아온 것만으로도 흥분되었다. 예전에 앉던 전나무숲이 보이는 자리에 앉았고, 쉬는 시간에는 혼자서 긴 산책을 했다. 이를 악물고 공부했으며, 손에 잡히는 대로 책을 읽었다.

한번은 같은 반 빨간색 머리 남학생을 놀리는 바람에, 그와 몇 개월 동안이나 말하지 않은 일이 있었다. 이 일화는 『빨강머리 앤』에 반영되어 있다. 소설에서는 앙심을 품은 사람이 빨강머리 앤이었지만.

모드는 캐번디시 학교에 새로 부임한 젊은 교사인 셀레나 로빈슨 선생님을 점점 좋아하게 되었다. 두 사람은 대학 입시를 열심히 준비했고, 6월이 되자 기대감과 불안감에 부풀었다. 딱 한 가지 장애물만 넘어서면 되었다. 공부를 조금만 더 하고 싶다는 한낱 환상에 불과해 보이던 모드의 꿈이 손에 잡힐 듯 말 듯 가까이 와 있었다.

1893년 7월, 열여덟 살의 모드는 설렘과 두려움으로 가득 차서는 샬럿타운으로 떠났다. 입학시험은 일주일 내내 이어졌다. 아주 철저하고 고단한 일이었다. 모드는 일기에 이렇게 적었다.

난 아직 살아 있긴 하다. 하지만 너무 피곤해서 그만한 가치가 있는지는 잘 모르겠다!

오전에는 희망에 찬 60명의 낯선 사람들이 있는 방에서 영어 시험을 치렀다. 그 날 오후에는 끝까지 자리에 앉아서 역사 시험을 무사히 마쳤다. 다음 날 일정은 그보다 더 심했다. 농학, 지리학, 프랑스어, 산수 시험이 모두 같은 날이었으니 말이다. 이튿날 아침에는 라틴어, 대수학, 그리고 '공포의' 기하학 시험이 있었다. 그녀는 이렇게 적었다.

"무지 어려웠어!"

2주 뒤, 지역 신문에 합격자 명단이 실렸다. 소리 없이 슬쩍 지나가기란 불가능했다. 친구들, 이웃들, 친척들이 공식 결과를 모두 공유했다. 누군가는 승리감으로 우쭐거렸고 누군가는 수치심으로 움츠러들었다. 지원자 264명 중에서 모드는 상위권인 5등을 했고, 그녀의 성적은 최고 점수와 21점밖에 차이가 나지 않았다.

그 좋은 소식을 듣고 외할머니, 외할아버지가 무슨 말을 했는지에 대해서는 기록이 없다. 모드는 영광스러운 밤을 자축하기 위해 홀로 붉은색과 금색이 어우러져 반짝이는 노을이 있는 해변으로 갔고, 영광으로 희미하게 빛나는 수면 위를 넘실넘실 지나가는 배들의 모습을 바라봤다.

같은 해 8월 모드는 사랑하는, 연로한 친할아버지 도널드 몽고메리 상원의원이 파크코너에서 별세했다는 비보를 전해 들었다. 할아버지는 막대한 재산의 대부분을 막내아들 제임스에게 남겼다. 늘 운이 없는 휴 존은 그저 명목상의 금액만 받았다. 모드는 자신이 이룬 성취를 매우 자랑스러워했던 할아버지로부터 아무것도 기대하지도, 받지도 않았다. 남자 사촌들은 교육비에 대해 걱정할 필요가 전혀 없었다. 그들의 앞날을 위한 비용은 할아버지가 이미 지불했으니까. 그러나 여자는 이런 지원을 기대할 수 없었다. 모드를 도와주는 것이라고는 근엄하고 감정을 잘 드러내지 않는 외할머니 루시 맥닐과 본인 스스로의 노력이 전부였다.

그해 9월 외할머니는 혼자서 모드를 대학에까지 태워주었다. 외할머니가 말에 마구를 채워 손녀와 모든 짐을 싣고 샬럿타운으로 마차를 몰아 울퉁불퉁한 진흙길을 40킬로미터 달리는 동안, 외할아버지는 부루퉁한 채 집에 있었다. 샬럿타운은 만여 명의 주민들로 북적이는 작은 마을이었다. 가는 동안 두 사람은 거의 대화를 하지 않았다. 이번에도 모드는 사랑하는 캐번디시를 떠나기가 아쉬웠다. 하지만 그녀는 열심히 앞으로 나아가고 있었다.

모드는 샬럿타운에서 최대한 저렴하게 지낼 수 있는 하숙집을 미리 구해놓았다. 하숙집 주인인 맥밀런 아주머니는 맛없는 음식과 비위생적인 생활 환경을 제공해주었고 난방을 너무 약하게 트는 바람에 실내 온도가 영하로 떨어지는 일이 흔했다. 모드는 침대 위에 옷을 쌓아 담요로 썼고, 바닥에 깔린 양탄자까지도 사용했다. 하지만 모드의 룸메이트인 발랄한 여자애, 메리 캠벨이 열악한 환경을 보완해주었다. 모드와 메리 캠벨은 곧바로 친한 친구가 되었고, 쭉 친하게 지냈다. 그들은 "추워, 추워." 하며 키득거리곤 했는데, 이는 매일 나오던 기름진 삶은 양고기에 둘이 함께 붙여준 별명이었다. 어느 날 밤, 메리는 빵 속에서 작은 비누 한 조각을 발견하기도 했다. 주문하지도 않았는데!

두 아가씨는 보트를 타러 가기도 하고, 오페라 공연과 야유회, 소풍도 갔다. 무료 강연에도 참석했는데 이 중에는 어느 유명 전도사(초기의 대중 심리학자)가 한 강연들도 있었다. 그는 모드와 메리를 제외한, 그곳에 온 모든 여자아이들을 개종시켰다. 메리는 자신이 다른 사람들처럼 그에게 속아 넘어갔다면 모드로부터 가차 없는 놀림을 당할 것임을 알고 있었다.

하지만 모드가 다른 그 무엇보다 중시하고 우선시한 일은, 학업에 매진하는 것이었다. 돈과 시간을 절약하기 위해 수업의 두 배를 공부했다. 그래서 프린스오브웨일스에서 2년 과정을 1년 만에 마쳤다. 모드보다 부유한 여학생들은 즐기면서 여유롭게 공부했지만 모드는 최대한 빨리 교원 자격증을 취득해야 했다. 모드는 프린스오브웨일스 대학에서의 소중한 한 해 동안 농학, 화학, 기하학, 그리스어, 원예학, 위생학, 라틴어, 로마사, 학교경영, 삼각법 등 열네 개의 수

업을 들었다. 모든 순간이 너무나도 좋았다. 프린스오브웨일스 대학
에서 겪은 모든 것을 즐거워하며, 그 와중에도 소설과 시를 썼다.

난생처음으로 모드는 자신의 작품에 대한 보상을 받았다. 고료를
받은 것이다. 《레이디스 월드Ladies World》지에 실린 「제비꽃의 마법
Violet's Spell」이라는 제목의 시 덕분이었다. 모드는 이런 성공의 징표에
마음이 들떴다.

그리고 프린스오브웨일스 대학에서 또 한 명의 영혼의 단짝 겸
지지자를 만났다. 바로 무뚝뚝한 카벤 교수님이었는데, 그는 사람들
뒤에서 모드를 칭찬할 뿐 아니라 그녀의 작품에 감동받아 칭찬하는
글을 기고하기도 했다. 학생들 중에서도 친구를 만들긴 했지만 모드
는 너무 까다로웠다. 나태한 선생들에 대한 인내심이 적었고, 수업
시간에 동상처럼 앉아 있기만 하던 부잣집 여학생들에 대한 인내심
은 그보다도 적었다.

모드의 하숙집 주인 아주머니는 피츠로이 거리를 따라 더 먼 곳
으로 이사했다. 새 집은 예전과 다름없이 쾌적하지 않았음에도, 메
리 캠벨과 모드는 정신없이 마구 뒤섞인 박스들과 함께 아주머니를
따라갔다. 이번에 모드는 3층에 있는 안쪽 방을 차지했다. 어느 날
저녁, 몇 시간 동안 구애하던 반갑지 않은 한 남자를 맥밀런 아주머
니가 집 안으로 들여보냈다. 이때 모드는 처음이자 마지막으로 딱
한 번 맥밀런 부인에게 맞서서 제발 예고 없이 구혼자들을 집에 들
이지 말아달라고 부탁했다. 특히나 이 성가신 청년은 안 된다고. 그
가 또다시 찾아온다면 분명하게 잘라 말해달라고. "명심하세요!" 하
고, 모드는 놀란 주인 아주머니의 어깨를 붙들고 낭랑한 목소리로

외쳤다. 그런 뒤 방을 뛰쳐나갔다.

물론 좀 더 반가운 남자들도 있었고, 그들은 기꺼이 즐겁게 상대해주었다. 그중에는 언젠가 그녀가 잘 자라고 굿나잇 키스를 해주다가 들켜버린 사촌 잭 서덜랜드도 있었다. 모드는 여전히 저 멀리 프린스앨버트에 있는 끈질긴 존 머스터드로부터 사랑앓이가 담긴 편지들을 받았다. 모드를 가장 한결같이 에스코트해주는 렘 맥레오드라는 이름의 청년도 있었는데 모드는 그와 가벼운 관계를 유지했다. 그녀는 렘과 여기저기 드라이브하는 것을 좋아했고 그를 유쾌하고 좋은 청년으로 생각했다. 하지만 렘을 만나는 건 일주일에 한 번이면 충분하다고 여겼다.

샬럿타운에서 모드는 새로운 종류의 자유를 경험했고, 욕망과 야심으로 에너지가 채워졌다. 모드의 말에 따르면, 그때 모드는 적게 자고 적게 먹었으며 쓸 수 있는 돈이 거의 또는 전혀 없었다. 그럼에도 불구하고 살면서 그렇게 행복한 적이 없었다. 활기가 넘치는 행사에 하나둘 참석했고, 자신만큼 책, 정치, 사고의 세계에 관심 많은 사람들로 둘러싸여 지냈기 때문이다. 혹독하게 공부해 스스로를 단련시키는 와중에 친구들은 그녀에게 도피처가 되어주었다. 맥밀런 아주머니 하숙집이 아무리 혼란스러워도, 그녀는 당황하지 않았다.

그해 말, 두 배나 많은 것을 공부해야 했음에도 불구하고 모드는 학생 126명 중에서 6등을 했다. 그중 영어 연극, 문학, 농학, 학교경영에서 반 1등을 차지했다. 결코 가볍게 여길 만한 성취가 아니었다. 낙제한 학생이 무려 50명에 달했으니까.

그해 졸업식에는 모드의 기말 작품 수필이 소개되었다. 모드는 세

익스피어의 『베니스의 상인』에 대해 썼는데, 샬럿타운 지역 신문은 그녀가 한 연설의 내용과 전달력을 모두 높이 평가했다. 모드의 연설은 졸업생 대표나 지역 부총독이 한 연설보다도 높은 평가를 받았다. 어떤 기사는 모드를 십 대 조지 엘리엇으로 비유하며 그녀의 수필을 '문학계의 보석'으로 표현했다.

맥닐 부부는 현장에서 모드의 연설을 직접 듣지 못했다. 둘 다 모드의 졸업식에 참석하지 않았기 때문이다. 모드는 졸업 시험을 통과한 후, 며칠 겨우 숨만 고르고 나서 더 어려운 자격 시험을 해치우기 위해 앞으로 나아갔고, 1급 교원 자격증을 취득했다.

외할아버지는 속으로는 이러한 성취에 감동을 받았을지 몰라도 겉으로는 아무런 내색을 하지 않았다. 또다시, 늙어가는 외할머니 혼자서 손녀와 손녀의 짐을 모두 싣고 집으로 마차를 몰았다. 집으로 향하는 모드의 마음은 이번만큼은 혼란스러웠다. 사랑하는 캐번디시를 볼 생각에 설레었지만, 그럼에도 뭐든 잘 풀렸던 즐거운 한 해를 두고 떠나기가 아쉬웠다.

제10장
비드포드의 여교사

외할아버지는 모드가 이룬 여러 성취에 감동받지 않았을뿐더러, 오랜만에 돌아온 손녀에게 아무런 도움도 주려 하지 않았다. 교직은 똑똑하고 젊은 여자가 세상으로 나아갈 수 있도록 열려 있는, 몇 안 되는 존경받을 만한 직업 중 하나였다. 그럼에도 모드가 직장을 찾을 가능성은 여전히 희박했다. 남자는 늘 여자보다 먼저, 더 많은 보수를 받고 고용되었는데, 여성에게 있어 교직은 결혼 전에 취하는 일시적인 조치일 뿐 평생 직장이 아니라는 인식 때문이었다. 그렇다고 모드의 이력이 탄탄한 것도 아니었다. 그녀와 경쟁하는 다른 지원자들은 대학을 3년 동안 다녔지만 모드는 고작 1년 다녔을 뿐이었으니까.

모드는 프린스에드워드섬에 있는 수많은 학교에 지원했는데, 그녀 앞을 가로막는 장애물이 하나 더 있었다. 좋은 학교들은 모두 개별 면접을 요구했던 것이다. 모드가 일자리를 구하기 위해서는 학교에 직접 가야 했는데, 외할아버지는 모드를 면접 장소로 태워다주지 않으려 했다. 게다가 아내나 손녀에게 속아 넘어가지 않으려고 말이나 마차를 아예 빌려주지도 않았다. 집에서 꼼짝 못하던 모드는 다른 지원자들이 하나둘 일자리를 차지하는 것을 절망적인 심정으로 지켜봐야만 했다.

결국 막판에서야 모드는 비드포드라는 매우 작은 마을에서 교사직을 제의받았다. 급여는 적었고 규모도 작은 데다 시설도 제대로 갖추지 못한 곳이었다. 모드는 목요일에 고용되어 그 주 토요일에 도착할 예정이었다. 그녀는 두려움과 기대감으로 부풀었다. 집을 떠나기 전날 밤, 모드는 일기장에 앞으로 어떤 일이 일어날지 미래에 대한 걱정을 늘어놓았다. 새로운 사람들 속에서의 새로운 삶이 시작될 터였다. 그녀는 사랑하는 캐번디시를 그리워할 게 분명했다. 당연한 일이었다. 하지만 만일 힘들고 고되더라도 넉넉한 부를 가져와 준다면 이 일은 성공이라고, 혼자 다짐했다.

친구인 루와 펜지는 오전 다섯 시에 모드를 역까지 태워주었다. 서서히 폭풍이 일고 있었지만 두 친구 덕분에 모드는 정신 없이 웃으며 갈 수 있었다. 비드포드로 향하는 열차 여행까지도 즐거웠다. 학교를 본 모드는 그제야 흥분을 가라앉힐 수 있었다. 학교는 헛간처럼 꽤나 예술적인 모습이었고 헐벗은 것처럼 몹시 황폐한 언덕에 휑하니 자리 잡고 있었다. 그날 밤 모드 몽고메리는 미래의 제자 한 명을 만났다. 자신보다 키가 무려 두 배 가까이 큰 소녀였다. 모드는 낯선 땅의 이방인이 된 것 같았고, 눈앞에 놓인 일을 하기에 자신이 부족하다고 느꼈다. 누군가가 모드를 '선생님'이라고 부를 때마다 깜짝 놀랐고 웃음이 터져 나오려는 걸 꾹 참아야 했다.

월요일 오전이 되면 모드는 너무나도 두려움에 사로잡혀 웃을 수가 없었다. 그녀는 옷자락을 질질 끌고 다니는 여섯 살에서 열세 살 사이 아이들 스무 명을 상대했다. 비드포드는 가난한 동네였고, 모드가 가르치는 여러 학생은 신체적, 정신적 문제를 갖고 있었다. 그녀가 처음 보자마자 우려했던 것처럼 학교는 커다랗고, 텅 비어 있고, 지저분했다. 그리고 여름에는 펄펄 끓었다. 젊은 여교사 모드는 아이들의 이름을 모두 적고, 짧게 연설을 했다. 그때마다 모드는 본인이 뭐라고 했는지 거의 의식하지 못해서, 삶의 그 어느 때보다 스스로가 바보 같고 엉뚱한 곳에 있는 것 같은 기분이었다고 쓴 적이 있다.

첫날 오후에 모드는 너무 지쳐서 울고 싶은 심정이었다. 하지만 준비가 안 되어 있어 안타깝긴 했어도, 학생들이 명석하고 열성적이라는 것을 깨달았다. 차 한 잔을 마시고 나자 모드는 활력이 솟아났다. 아직 십 대였던 모드에게는 억누를 수 없는 젊음의 낙천성이 있었다.

모드는 감리교 목사와 그의 아내, 그리고 그들의 예쁘고 어린 일곱 살짜리 딸(반에서 모드의 닮은꼴 학생 세 명 중 하나이자, 알고 보니 열성적인 학생)과 함께 쾌적한 집에서 지낼 수 있게 되었다. 에스티 목사님은 집을 비우는 일이 잦았기 때문에 목사님의 여유로운 아내 에스티 사모님은 모드가 집에서 함께 지내는 것을 좋아했다. 목사관은 풍경이 아름다웠고, 학교로부터 불과 800미터 거리에 있었다. 모드는 이제껏 본 것 중에 가장 큰 방에서 지냈고, 방에서는 만灣이 훤히 내다보였다. 모드는 머지않아 에스티 사모님과 꼬마 모드를 좋아하게 되었다.

비드포드는 모드가 도착하자마자 반갑게 맞아주었다. 평일에 모드는 선생님 역할을 하느라 너무 바빠서 향수병을 느낄 틈이 없었다. 또 주말에는 블루베리를 따러 가고 차를 마셨으며, 저녁식사를 하고 달빛 아래에서 드라이브를 하고 피크닉을 가느라 바빴다. 모드 본인도 깜짝 놀란 점은, 알고 보니 자신이 인기 많은 선생님이었다는 것이다. 매주 그녀가 수업하는 교실 문 앞에는 학생들이 점점 더 많이 나타났다. 한 달이 지나자, 학생이 스무 명에서 서른여덟 명으로 늘어났다. 몇 명은 모드보다 나이가 많았다. 모드는 학생들을 좋아했고, 그들이 매우 친절하다고 칭찬했다. 학생들은 손으로 직접 딴 꽃들을 모드의 책상 앞에 놓으며 애정을 드러냈다. 모드의 표현을 빌리자면 그 자리가 '진정한 꽃의 정원'이 될 때까지 꽃을 가져다주었다.

모드는 강의를 하면서 겪게 된 어려움까지도 즐겼다. 교실엔 들쑥날쑥 다양한 지적 수준과 나이로 구성된 학생들의 수가 끊임없이 늘어난다는 문제 외에도, 강의와 관련 없는 다른 여러 가지 문제들도 많았다. 지역에서 제공해준 불쏘시개와 수업 용품들은 부족해서 모드는 자신의 사비로 직접 수업용품을 사야 했다. 매일 밤 교실을 치우고 불 끄는 일도 그녀 몫이 되어버렸다. 직접 모든 수업 내용을 옮겨 적고, 나이 많은 학생들이 시험을 준비하는 걸 도와주고, 낭독회를 준비하고, 밤 늦게까지 답안지를 채점하는 등 수업 관련 업무도 엄청났다. 지역 장학사들의 위압적인 방문에 학생들을 대비시키는 일까지도 모드는 도맡아 했다. 이 모든 일을 하고서 1년에 200달러도 채 안되는 금액을 받았다.

에스티 목사관은 모드의 긴 하루 끝에 안식처가 되어주었다. 모드가 앞서 경험한 형편없는 음식과 꽁꽁 얼어버릴 것 같은 추운 하숙환경과는 달리, 젊은 에스티 사모님은 집을 깔끔하고 우아하게 관리했다. 또한 사모님은 좋은 말동무이자, 뛰어난 요리사였다.

하루는 한 목사가 방문했는데, 그를 맞이하며 에스티 사모님은 케이크를 만들었다. 손님을 초대한 사모님은 자신이 실수로 케이크에 리니먼트제*를 첨가했다는 사실을 눈치채지 못했다. 다른 식구들은 모두 그 끔찍한 맛의 케이크를 한입 베어 먹고 놀라서 멈칫했는데, 목사는 조용히 케이크 한 조각을 끝까지 다 먹었다. 모드는 이 유명한 사건을 훗날 『빨강머리 앤』으로 가져왔고, 소설에서는 불쌍한 앤이 케이크를 만들다 실수한 것으로 설정했다. 에스티 사모님은 소설 속에서 앤의 실수를 부드럽게 위로해주는 목사 부인과 닮았다.

모드는 그 집의 가장인 에스티 목사님을 사모님보다는 덜 좋아했는데, 목사님을 보고 모드는 좀처럼 만족시키기 어려운 자신의 외할아버지를 떠올렸기 때문이다. 모드는 에스티 사모님이 너무 자주, 너무 쉽게 남편의 말을 따른다고 생각했다. 게다가 그는 모드에게조차 강요하기를 서슴지 않았다. 목사는 모드에게 감리교 교회에서 오르간 연주자를 맡도록 강요했다. 모드는 장로교회에서 예배를 드리

---

* 근육통 완화에 사용되는 연고

고, 사람들 앞에서 연주하는 것을 한평생 싫어했는데도 말이다. 낭독과 오르간 연주는 완전히 다른 일이었다!

모드는 육촌 윌 몽고메리와 가까워졌다. 둘은 모드가 가장 좋아하는 주제인 책에서부터 러시아의 외교정책, 그리고 대중을 위한 교육에 이르기까지 다양한 분야에 대해 길고 흥미로운 대화를 나눴다.

어느 날 아침, 윌과 그의 가족은 모드를 보트에 태우고 노를 저어 버드 아일랜드로 소풍을 갔다. 그런데 누군가가 보트를 훔쳐간 탓에 그들은 오도 가도 못하게 되었다. 그날은 서늘한 가을날이어서, 해가 지자 따뜻함은 흔적도 없이 싹 사라졌다. 소풍 온 사람들은 버드 아일랜드에서 먹을 것도, 지낼 곳도 없이 밤을 보내야 할 처지에 놓였다. 다행히 그때 웬 남자들이 장대를 사용해 사람들을 가까운 섬으로 이동시켜주었고, 그곳에서 윌은 직접 나룻배를 만들었다. 그들은 자정이 지나서야 비로소 무사히 집으로 돌아왔다. 이번 일로 모드는, 고조할머니가 앞서 그랬듯 보트 여행을 멀리 하고 마른 땅에서만 붙어 지내기로 맹세했다.

모드는 강의나 새 친구들 때문에 바쁘지 않을 때는 편지로 세상과 소통했다. 그녀는 편지를 쓰는 것도 받는 것도 좋아했다. 특히 재미있는 소식들로 가득하고 내용이 긴 편지들이 그녀에게 딱 적절했다. 머스터드 선생님이 드디어 구애를 포기한 것 같아서, 모드는 안심했다. 윌과 로라 프리처드, 메리 캠벨, 프린스오브웨일스의 오랜 대학 동기들에게서 정기적으로 소식을 들었다.

모드는 비드포드에서 학생들을 가르치며 행복한 한 해를 보냈지만, 외로움과 우울함에 시달릴 때도 있었다. 그녀의 감정 기복은 갈

수록 점점 더 심해져 다스리기가 어려울 지경이었다. 모드는 늘 매우 감정적이었다. 어떤 날엔 기쁨에서 절망까지 다양한 감정을 하루에 다 겪었다. 어른이 되어가며, 감정은 더 깊어졌다. 특히 기분이 처질 때는 더 아래로, 깊숙이 내려갔다.

모드가 살던 시절에는 정신질환에 대한 이해가 거의, 아니 전혀 없었다. 그리고 정신질환 진단을 받더라도 치료가 매우 허술했다. 예를 들어, 모드와 동시대를 살던 영국 작가 버지니아 울프는 극심한 조울증을 앓았는데, 그녀의 조울증 '치료법'은 일찍 잠자리에 들고, 글쓰기와 사람들과 어울리는 걸 피하고, 우유를 많이 마시는 것 정도였다.

모드는 일기에 속마음을 털어놓으며 위안을 얻었다. 모드는 아직 십 대였지만 나이에 비해 너무 일찍 늙고 지쳐버린 느낌이었다. 그녀가 가진 영광과 꿈은 더 이룰 수 없게 된 것 같았고, 어린 시절은 멀어진 것처럼 느꼈다. 특히 이제는 다른 사람들에게 나이 많고 지혜로운 선생님 역할을 해야 했기 때문에 더 그랬다.

모드의 기분은 바닥을 쳤다가도 다시 튀어오르곤 했다. 친구들과의 가슴 뛰는 재회, 프린스오브웨일스로의 짧은 방문, 쇼핑하러 가는 여행, 목사관 고양이를 돌보며 보내는 저녁, 달빛 아래 새틴 리본처럼 빛나는 눈길을 달리는 드라이브…. 이 중 어느 하나만 있어도 모드의 기분을 황홀경 수준으로 끌어올릴 수 있었다.

그해 10월, 친구이자 에스코트를 해주었던 렘 맥레오드가 모드를 향한 열렬한 마음을 고백하며 그녀를 깜짝 놀라게 했다. 모드는 늘 렘을 가벼운 마음으로 만나는 남자라고 생각했는데, 어느 날 밤 그는 진지하게 마음을 고백했다. 너무 진지해서 그를 타이를 수도, 농담처럼 웃으며 넘어갈 수도 없었다.

"모드, 할 말이 있어서 이렇게 왔어요. 당신을 너무나도 사랑해요."

그는 자기 마음을 고백하며 모드의 마음은 어떤지 물었다.

"혹시 다른 남자가 있는 건가요?"

모드는 솔직해야 한다는 생각에, 다른 남자는 없다고 답했다. 다만 공부에 집중하기로 결심했다고 말을 덧붙였다. 그러자 순간 렘은 그녀의 말에 끼어들었다.

"공부를 다 마치면 우리 둘 사이 모든 게 괜찮아지는 건가요?"

모드는 몸을 휘청거리며 계속해서 거절을 이어갔다. 결혼을 생각하기에 자신은 너무 어리다고.

"나도 어려요." 렘이 고집스럽게 말했다.

"진심이에요, 모드. 나도 정말 어려요. 그러니 언젠가는 당신이 날 꼭 받아주면 좋겠어요."

그는 모드에게 성공과 행복을 빌어주며 말했다.

"당신이 잘 지내길 빌어요. 진심이에요."

그의 프로포즈는 감동적이고 품위 있었지만 부질없는 짓이었다. 모드는 렘을 좋게 생각했고 앞으로도 쭉 그럴 예정이었다. 하지만 그녀는 왠지 렘은 잘나가는 사업가가 되어 다른 여자를 만나 결혼할 것 같았다. 그리고 그 예상은 정확했다. 모드는 슬퍼하며 적었다.

"한 남자에게 당신과 결혼할 수 없다고 말하는 건 정말이지 끔찍해."

이내 루 디스턴트라는 이름의 새 구혼자가 나타나서는 모드에게 흔쾌히 긴 드라이브를 시켜주었지만 모드는 남자에 대해 점점 냉소적으로 변해가고 있었다. 모드는 루에 대해 이렇게 적었다.

"그는 정말이지 아주 유용한 사람이다."

하지만 루가 보낸 사랑의 시는 몇몇 유명 잡지에서 단어 하나하나를 그대로 베껴낸 것이라 모드에게 큰 폭소를 자아냈다. 루는 '그녀는 너무나도 작았다', '자그마한, 순수한 꽃봉오리' 등 자신이 특별히 좋아했던 구절에 밑줄을 긋곤 했다. 그렇다고 해서 모드는 그가 파티와 강연에 에스코트를 못하게 하지는 않았다. 그의 선물도 계속해서 받았다. 루는 모드를 방문할 때마다 새로운 소설책을 가져다주었다. 특히나 다행스러운 점이었다. 감리교 목사관에는 '하찮은' 독서거리 따위는 전혀 없었기 때문이다. 모드와 루는 즐겁고 유쾌한 잡담을 나누었다. 비록 모드가 반농담조로 혼자서 시와 도넛과 보낸 오후만큼 만족스럽지는 않다고 적긴 했지만. 모드는 가능한 한 시간을 내어 한 손에 책을 들고 난로 옆에서 웅크린 자세로 있곤 했었다.

그해 봄, 토론토의 《레이디스 저널》은 모드의 시 중 한 하나인 「걸프만에서On the Gulf Shore」를 받아주었다. 모드는 "받은 보상은 찬사와 명예였다."라고 담백하게 적었지만, 인정을 받았다는 데에 매우 기뻐했다. 《레이디스 저널》은 영향력 있는 유명 여성 잡지였다. 모든 발전의 징표가 더 많은 노력을 기울이도록 모드를 자극해주었다. 바쁜 시기에도 그녀는 수백 편의 이야기와 시를 썼고, 그 와중에 일기장에도 풍부한 일상 속의 활동, 생각, 발견들을 적어두었다.

모드는 간절함을 그녀의 커리어에도 이어갔다. 그녀가 프린스오브웨일스 대학에서 보낸 한 해는 아주 즐거웠지만, 그녀가 기대했던 만큼의 새로운 기회를 열어주지는 못했다. 그래서 그녀는 핼리팩스의 명성 높은 댈하우지 대학에서 1년 과정의 교과를 들어보기로 했다. 공부를 이어가면 본인의 집필 경력에도 도움이 될 것이라고 확신했고, 언론사 쪽 일자리를 구하는 데까지 이어질지도 모른다는 희망을 몰래 품었기 때문이다. 당시 핼리팩스는 급속도로 상업, 이민, 사회적 변화의 중심지로 자리매김하고 있었다. 모드는 문학사 학위 전 과정을 밟을 형편은 되지 않았지만 비록 1년이라도 '진정한 도시'로 가서 '진정한 대학'을 다니는 것이 의미 있는 변화를 만들어줄 것이라고 믿었다(혹은 믿으려 노력했다).

모드는 1년 내내 절약하고 저축했다. 비드포드에서의 생활비를 아껴 급여 180달러 중 100달러를 저축할 수 있었다. 그러나 댈하우지에서의 소중한 1년을 감당하기에는 부족한 금액이었다. 하지만 이번에도 다시 한번 외할머니가 모드가 꿈을 이룰 수 있도록 본인이 직접 모은 돈 중 80달러를 전해주었다. 돈에 쪼들리던 농부에게 80달러는 어마어마한 선물이었다. 이는 외할머니가 일생 동안 저축한 돈의 상당 부분이었다.

외할아버지는 당연히 모드가 댈하우지로 진학하려는 계획을 강력히 반대했다. 모드는 외할머니조차도 자신의 계획을 진심으로 찬성하거나 이해하지 못한다고 믿었다. 하지만 그들 말고는 도와줄 사람이 아무도 없었다. 휴 존은 여전히 딸의 교육에 아무것도 보태주지 않았고, 모드의 경제력에는 한계가 있었다. 마지막으로 딱 한 번 더, 외할머니 혼자 대신 나서주었다.

모드는 애정 어린 작별인사와 송별회로 가슴이 벅차올라서는 비드포드에서의 교직 첫 해를 마쳤다. 모드에게는 60명이 넘는 제자가 생겼다. 모든 여학생이 모드가 떠나는 모습을 보며 울었고 여러 성인 여성들도 울었다. 모드도 감동을 받아 눈물을 흘렸다. 모드는 아이들이 서서히 그녀의 마음속으로 들어와 있었다고 썼다. 학생들은 송별회를 열어주었고 각자 조금씩 돈을 보태서 모드에게 은색 테두리로 된 보석함을 사주었다. 아이들은 각자 부케와 양치식물을 한 아름씩 가져왔고, 모드는 아이들의 작별인사를 스크랩북에 고이 보관했다.

모드는 6월에 비드포드를 떠나면서 그해를 매우 행복한 해라고 칭했다. 하지만 결코 무탈하게 퇴장한 것은 아니었다. 또다시, 거의 생각지도 못한 한 젊은 남자가 진지하게 다가왔다. 바로 그 '유용한 사람' 루 디스턴트였다. 모드는 렘 맥레오드에게 그랬듯, 루에게도 곧 자신을 잊게 될 거라고 설득하며 가능한 최대한 부드럽게 거절했다. 하지만 이번에는 그녀가 잘못 판단했다. 몇 년 후 루 디스턴트를 다시 만났을 때 그는 상심에 빠져 있었고, 낡은 양복의 옷깃 아래에 여전히 수 년 전 모드가 준 선물을 지니고 있었다.

모드는 캐번디시 고향에서 여름을 보냈다. 그곳에서 그녀는 생애 처음으로 다른 곳에 대한 향수병을 앓았다. 마을에 있는 유일한 친구는 셀레나 로빈슨 선생님이었고, 셀레나가 뉴 글래스고로 떠나자 모드는 상실감에 빠졌다. 외할머니는 모드에게 최선을 다해 경제적인 지원을 해준 반면 감정적 지원만큼은 조금도 해주지 않았다. 외할아버지는 노발대발하며 반대했다. 캐번디시 이웃들과 친구들은 모드의 계획을 듣고 놀라움을 금치 못해 혀를 끌끌 찼다. 어떤 여자

는 모드에게 공부를 더해서 도대체 뭘 하려는 거냐며 다그치듯 물었다.

"목사가 되고 싶은 건가요?"

1895년 9월 16일, 이제 칠십 대인 모드의 외할머니는 다시 한번 외손녀가 가야 할 곳으로, 이번에는 프린스에드워드섬을 가로질러 댈하우지로 향하는 나룻배가 있는 노바스코샤로 데려다주었다. 모드는 샬럿타운에 들러 친구들과 함께 편안한 밤을 보냈다. 한편 외할머니는 마차를 다시 돌려 아무런 도움이나 동승자도 없이 몹시 고된 기나긴 여정을 견디며 다시 캐번디시로 돌아갔다.

제11장
핼리팩스!

핼리팩스HALIFAX!

스물한 살의 모드는 1895년 9월 17일, 일기장에 이 도시명을 전부 대문자로 적었다. 그녀가 쓴 바에 따르면, 자신이 그곳에 도착한 중대한 순간이었으므로 '대문자로 적을 만한' 가치가 있었다! 프린스 에드워드섬에 비하면 폭이 약 7킬로미터에 길이가 약 3킬로미터인 반도 핼리팩스는 모드 눈에 거대한 대도시로 보였다.

핼리팩스에는 조선소와 철로와 공장을 가동시키는, 전 세계에서 가장 분주한 항구 중 하나가 있었다. 이 도시는 가스등, 노면전차, 전화기, 새로 갓 지어진 시청 건물 등 온갖 새로운 현대 문명의 이기를 자랑했다. 웅장한 대저택들로 이루어진 우아한 동네가 있는가 하면, 이민자 빈곤층으로 빽빽한 공동주택과 공장 들도 있었다. 신축

대극장과 오페라하우스는 2,000명의 관객을 수용할 수 있었다. 객석은 진홍색 벨벳 천으로 씌워져 있었고, 벽에는 빨간색과 금색이 어우러진 벽지가 붙어 있었다. 한편, 무거운 세탁물 자루를 등에 짊어지고 도시를 누비는 중국인 이민자들도 있었는데, 그들은 하루에 무려 스무 시간이나 일했다.

모드는 핼리팩스가 자신의 커리어를 발전시켜줄 거라고 믿었다. 분명, 그 모든 시끌벅적함 속에서 누군가가 저널리즘이나 출판업계 일자리를 제안해주지 않을까 기대했다. 모드는 외딴 프린스에드워드섬을 떠나온 참이었다. 지원서에 찍힌 PEI* 소인마저 사람들에게 특이하고 세련되지 못한 인상을 심어줄 것만 같다고 생각했다.

모드가 다니게 된 댈하우지 대학은 생긴 지 얼마 되지 않아 아직 검증되지 않은 기관이어서, 모드만큼이나 풋내기에 가까웠다. 1818년에 무종파 대학으로 설립된 그곳은 처음 세워진 50년 동안은 복도를 지나다니는 학생이나 선생님이 단 한 명도 없었다. 첫 졸업반은 모드가 비드포드에서 다닌 교실 하나짜리 학교보다도 학생 수가 적었다.

'HALIFAX'라고 대문자로 쓸 정도로 뜨거웠던 그 도시에 대한 열정은 빠른 속도로 사라졌고 그 빈자리는 곧 향수병으로 채워졌다. 하지만 모드는 그곳에서 자신의 시간을 최대한 잘 활용하기로 결심했다. 다른 댈하우지 여학생들이 3.5층인 높은 곳에서 옹기종기 모여 함께 생활하는 동안, 모드는 물리적으로나 다른 면에서나 그들보다 낮은 위치에 있었다. 댈하우지 여학생들은 대부분 부유했다. 대

---

* 프린스에드워드섬의 약자

학생활은 단순히 결혼 전에 재미삼아 해보는 실험에 불과했다. 그들이 충분한 시간을 갖고 공부할 동안, 모드는 이번에도 2년의 커리큘럼을 1년 만에 해치웠다.

모드가 있던 기숙사에서는 학생들에게 엄격한 규정을 두었다. 그중 모드가 가장 싫어해서 가장 자주 어겼던 것은 10시에 취침해야 한다는 규정이었다. 모드는 몇 번이나 옷을 다 입은 그대로 한 손에 책을 들고 쏜살같이 달려가 침대 속으로 들어갔다.

"정말이지 흉측하고 우울한 아파트야."

부유한 댈하우지 여학생들은 모드에게 쌀쌀맞게 굴었다. 캠퍼스 그 자체도, 모드에겐 그저 '헐벗은, 흉한 땅 위에 있는 커다랗고 흉한 벽돌 건물'일 뿐이었다. 모드는 가문비나무가 줄지어 선 숲이 있는 작은 캐번디시 교사와 근심걱정 없고 화기애애했던 프린스오브웨일스 대학을 그곳과 비교하지 않을 수가 없었다.

사랑받고 싶은 만큼이나 사랑해주고 싶은 마음이 강했던 모드는 여가 시간에 중국인 이민자 자녀들에게 과외 수업을 하기 시작했다. 그리고 자연이 주는 위로를 찾아 긴 산책을 했다. 관광객들은 잘 가꿔진 정원과 분수대, 연주대가 있고 새로 지어 세련된 공원 '퍼블릭 가든스'로 벌떼처럼 몰려들었지만 모드는 달랐다. 사람들에게 비교적 덜 알려진 '포인트 플레즌트 공원'이 더 좋았다. 그곳에서 초록색 나무들 사이로 언뜻언뜻 보이는 새파란 물과 끝없이 펼쳐진 야생화를 보면 마치 집에 온 기분이 들었다.

게다가 모드에게는 분명히 뜻밖의 장소에서 아름다움을 찾는 특별한 재능이 있었다. 10월에 모드는 매일 병원과 빈민가 지역을 지나며 산책했는데, 그게 너무 좋았다고 고백했다. 그녀는 열정적으로 새로운 시와 소설을 썼고, 관광을 하고 핼리팩스의 기념비적 건축물을 방문했다. 난생처음으로 축구 시합에 참여하는 데 온 에너지를 다 쏟아보기도 했다. 함께 도시를 돌아다닐 사람을 찾지 못할 때는 용기 내어 혼자 모험을 떠났다. 그리고는 혼자만의 시간을 즐겼다.

그러던 10월의 어느 밤, 모드는 두통으로 일찍 잠자리에 들었다. 다음 날 아침, 댈하우지 양호교사가 모드의 방 안을 살짝 들여다본 후, 단번에 진단했다. 홍역이었다! 홍역에 걸린 댈하우지 학생은 한 명 더 있었다. 모드가 늘 싫어하던 심통스러운 미스 리타 페리였다. 딱한 두 학생은 눈 깜짝할 사이에 병원 치료실 침대로 옮겨졌다. 그들은 2주 동안 격리되었고, 간단한 차와 토스트만 먹는 철저한 식단을 따랐다. 처음에 모드와 미스 페리는 지독하게 아파서 다른 건 신경 쓸 겨를이 없었는데, 차차 회복하니 지루함과 고립감을 견디기가 힘들어졌다. 허술한 식단도 힘들기는 매한가지였다. 비좁은 방에 내버려진 두 소녀는 온갖 것들에 대해 자유롭게 이야기를 나눴는데, 주로 남자와 음식에 대해서였다. 어느덧 둘은 서로를 더 좋아하게 되었다.

치료실의 친절한 간호사는 환자들에게 소설을 읽어주며 마음의 양식을 쌓도록 했다. 다른 댈하우지 여학생들은 매일 편지를 보냈고 창밖에 서서 한 주 동안의 가십거리를 팬터마임으로 표현했다. 미스 페리와 함께 회복한 후, 모드는 다른 여학생들이 지내는 곳에서 조금 더 가까운 3.5층으로 올라가 혼자만의 아늑한 방에서 지내게 되었다.

모드는 그해 겨울 다른 학생들을 따라잡겠다고 마음을 단단히 먹고 학업에 매진했다. 외할머니와 자신이 마련한 돈을 단 한 푼도 낭비하지 않기로 결심했으니까. 집으로 보내는 편지에는 자신이 공부에 얼마나 오랜 시간 매달렸는지 강조했다. 하지만 일기장에는 핑크색 실크된 옷깃이 달린 크림색 크레이프 드레스를 입고, 옅은 핑크색 실크 리본을 머리에 달고 교회 모임에 참석한 내용을 즐겁게 적기도 했다.

병까지 앓아 야위고 수척해진 모드는 매일 향수병과 싸웠다. 바쁘게 지내는 게 도움이 되었다. 이는 모드가 일찍이 터득한 기술이었다. 하지만 크리스마스가 되자 집을 방문하고 싶은 마음이 간절해졌다. 댈하우지 여학생들은 모두 각자 집으로 떠났다.

그런데도 외할머니가 명절 동안 학교에서 지내라고 조언하자 모드는 마음이 아팠다. "겨울 빙판길은 피하는 것이 상책이야."라고 외할머니는 편지에 적었다. 모드는 외할머니 말의 속뜻을 알았다. 모드가 집을 방문하는 것은 득보다는 골칫거리가 더 많을 터였다. 특히 외할아버지에게는. 외할아버지는 모드를 만나거나 다시 학교로 데려다주는 일에 신경을 쓰고 싶지 않아 하셨으니까.

모드는 가족 내에서 본인의 위치를 그해 크리스마스에 분명히 알수 있었다. 학교에는 다른 어떤 여대생도 홀로 남겨져 있지 않았으니까. 모드는 댈하우지 교사 몇 명과 함께 휴일을 보냈고, 그중에는 모드가 '조물주가 틀림없이 남자로 만들기로 계획해놓았는데 이름

표가 그만 뒤바뀌어버린 것 같다'고 표현한, 막강한 미스 커도 있었다. 그중 두 명의 선생님들 사이에 불화가 있었는데, 모드는 더 큰 싸움으로 번질까 봐 무어라 말하기 어려웠다.

그럼에도 그해 크리스마스가 끝날 무렵, 모드는 결국 다 즐거웠다고 적었다. 맛있는 저녁식사를 했고 거실에서 몇 사람들과 즐거운 밤을 보냈으니까. 모드는 자신의 특별한 재능을 갈고닦고 있었다. 무엇이든 자신에게 주어진 것을 최대한 잘 활용하고, 가장 힘든 상황 속에서도 유머를 찾는 재능 말이다. 이는 모드가 직접 만들어낸 젊은 여주인공들에게 전수해줄 재능이었고, 향후 수년 동안 그녀를 지켜줄 자원이었다.

연휴 동안 캐번디시에 새로운 소식이 하나 있었다. 그 당시에는 그저 사소해 보이는 소식이었다. 캐번디시에서 오랫동안 지낸, 사랑받는 아치볼드 목사가 다른 곳의 일자리를 수락해 18년 만에 마을을 떠난다는 것이었다. 그때까지만 해도 모드는 새로 오는 성직자가 자신의 미래에 얼마나 중요한 인물이 될지 알 수 없었다. 그저 '다른 목사가 오게 된다면 정말 이상할 것 같다'고만 적었을 뿐.

모드는 댈하우지 대학에서 공부를 잘했지만, 존 머스터드 밑에서 배운 이후론 공부에 대한 흥미를 조금 잃기도 했다. 몇 년 뒤, 모드는 자신의 소중한 그 1년을 해외에서 자유롭게 보냈으면 좋았겠다고 생각하기도 했다. 어찌 되었든, 모드는 라틴어 시험에서 가장 좋은 성적을 얻었고, 그외 다른 모든 과목에서는 1, 2등을 차지했다. 영어만 빼고…. 영어는 낙제했다! 충격을 받은 그녀는 두 배로 노력했다.

1896년 2월 15일, 모드는 또 하나의 놀라운 첫 경험을 맞았다. 모드는 그 날짜를 절대 잊지 않았는데, 그날이 그녀의 글 쓰는 삶의 큰 전환점이 되었기 때문이다. 난생처음으로, 모드는 자신의 예술작품으로 진짜 돈을 '벌었다'. 모드는 일주일치 피아노 수업료와 동일한 금액인 5달러를 벌었다. 그것도 시 한 편으로. 《이브닝 메일》지에서 주최한 대회에서 '인내심이 더 많은 건 남자일까요, 여자일까요?'라는 주제에 답하면서 수상했다. 벨린다 블루그래스라는 필명으로 자신의 주장을 운문으로 적었다. 모드의 답변은 이미 예상했겠지만, 여자였다.

모드는 그 귀한 5달러를 오래도록 남을, 영광스런 성취를 상기시켜줄 수 있는 것에 쓰기로 했다. 그녀는 훌륭하게 장정裝幀된 테니슨, 롱펠로, 휘티어, 바이런의 시집들을 샀다. 며칠 뒤, 모드는 단편소설로 필라델피아 잡지사 《골든 데이즈Golden Days》로부터 또 한 장의 수표를 받았다. 이 신예작가는 아주 기뻤고, 격려받는 느낌을 받았다. 게다가 부자가 된 기분까지 들었다!

그다음 두 달 동안 뜻밖의 재물운이 들어왔다. 3월, 모드는 《유스 컴패니언The Youth's Companion》에 실린 시로 12달러를 벌었다. 이는 특히나 만족스러웠다며 흡족해했는데, 모드는 컴패니언 사에서는 최고의 글만 취급한다고 생각했기 때문이다. 며칠 뒤, 또다시 《골든 데이즈》에서 「사과 따는 시간The Apple Picking Time」이란 제목의 시에 대해 300달러를 보내왔다.

캐번디시 친척들과 이웃들마저도 모드가 이룬 이런 성과들만큼은 무시할 수가 없었다. 이 소박한 사람들에게 문학계의 평판이야 아무런 의미가 없었지만 현금만큼은 부정할 수가 없었으니까. 댈하

우지에서의 실험적인 1년이 끝나가고 있었기 때문에 타이밍은 이보다 더 좋을 수 없었다. 4월에 모드는 댈하우지 대학에서의 마지막 시험을 치렀다. 그리고 "내 평생 마지막 시험이다!" 하며 기뻐서 어쩔 줄 몰라 했다.

하지만 시간이 흐른 후 다시 봤을 때, 댈하우지 대학에서 보낸 한 해는 결국 실패로 남았다. 모드에게는 일자리를 가질 아무런 기회도 오지 않았다. 세상에서 자신만의 길을 만들어나가던 그녀의 능력은 그 어느 때보다 불안했다. 이제 갈 곳이라고는 집뿐이었다. 모드는 3.5층에 있는 자신의 아늑하고 작은 방을 뒤로한 채 다시 캐번디시, 그리고 불확실한 미래로 향했다.

제12장
벨몬트와 심슨스러운 심슨

또다시 모드는 자신이 불리한 상황에 놓였음을 깨닫게 되었다. 학교에 직접 찾아가 면접을 볼 수 없었기 때문이다. 외할아버지는 남자가 해야 할 교사 일을 하겠다고 나서는 어리석은 모드를 도와줄리 없었다. 하지만 모드에게는 훌륭한 새 지지자가 생겼다. 그해 파크코너를 방문했을 때 조금 더 잘 알게 된, 잘생기고 영리한 육촌 에드윈 심슨이었다.

에드윈은 심슨가의 잘생긴 인물과 명석한 두뇌를 물려받았다. 그는 교사로 일하면서 대학에 가기 위한 돈을 충분히 저축해놓은 상황이었다. 그런 그가 이제 모드를 대신해 자신이 일하던 학교에 일자리를 물어봐주었다. 캐번디시에서 약 48킬로미터 떨어진 벨몬트의 지역 사회 학교에 모드가 일자리를 구할 수 있도록 도와주었던 것이다.

모드는 그해 여름 외할머니, 외할아버지와 함께 시간을 보냈다. 그녀는 이제 더 이상 어린아이가 아니었다. 그리고 몇 년간의 학교 교육도 확실히 다 끝났다. 어느 날 모드는 연인의 오솔길에서 긴 산책을 하고 예전에 다니던 교회를 방문했다. 설교단에 나이 든 아치볼드 목사가 안 보이자 이상하다고 생각하기도 했다. 2층 여름철 서재에서 그녀는 네이선 록하트가 보낸 연애편지를 비롯해 옛 편지들을 다시 읽었고, 예전의 그 즐거운 나날로 다시 돌아가고 싶은 간절한 욕망에 사로잡혔다.

그녀의 어릴 적 꿈들 중 몇 가지는 드디어 실현되고 있었다. 모드는 또다시 《골든 데이즈》로부터 단편소설의 원고료로 5달러 수표를 받았다. 캐번디시에 있는 이웃들과 친구들은 그녀의 '행운'을 부러워했지만 이 성공을 이루기까지 얼마나 많은 실망이 있었는지 아는 사람은 거의 없었다. 젊은 작가는 알프스 산을 오르기 위해 얼마나 길고 느린 등반을 해야 하는지 이제 막 깨닫는 중이었다.

그해 여름 모드는 내성적으로 변했다. 철학서를 읽고 자기만의 영적인 세계관을 고민하기 시작했다. 일요일마다 성실하게 교회를 두 번씩 나가면서도 일기장에는 이렇게 털어놓았다.

"언제든 일요일에 교회는 한 번만 가도 충분한 것 같다."

모드가 생각하는 완벽한 안식일이란 '엄숙하고 위대한 숲 한가운데'로 도피하는 것이었다. 그곳에서 그녀는 자연과 직접 영혼을 교감할 수 있었다. 하지만 캐번디시 사람들에게 자신의 생각을 설교할 정도로 어리석지는 않았다. 모드는 씁쓸해하며 적었다.

"내가 이 사실을 말했다면 동네 독신녀들은 공포에 질려 죽어버리겠지."

8월에 모드는 육촌 에드윈 심슨네 집에서 몇 킬로미터 떨어진 벨몬트에서 교사로 일하기 위해 나섰다. 처음 며칠 밤은 심슨가에서 (에드윈은 이미 대학으로 떠나고 난 뒤였다) 지내며 그 식구들을 관찰했다. 알고 보니 그들은 좀 이상했다. 에드윈에게는 형제가 세 명 있었다. 거대한 손과 발을 가진 완벽한 거인 풀턴, 버턴, 그리고 모드가 보기에 그중에서 그나마 제일 '덜 심슨스러운' 알프. 모드가 '여태 만나본 사람 중 가장 기운 없어 보이는 인간'이라며 무시한 에드윈의 어린 여동생 소피도 있었다. 다행히, 모드 옆에는 그녀를 위로해준 메리 로슨 할머니도 있었다. 메리 로슨 할머니는 심슨가가 몇 년 동안이나 근친결혼을 해서, 그 혈통이 너무 강했다고 주장했다.

'심슨스러운 심슨 가족들'과 며칠을 불편하게 보낸 후, 모드는 새로 일하게 된 학교와 더 가까운 곳에서 하숙하기 위해 떠났다. 벨몬트 마을은 마치 한 폭의 그림 같았고, 말피크 만과 가까운 곳에 위치해 있었다. 하지만 모드가 마을 사람들을 처음 봤을 때, 언뜻 소름끼치는 불길한 예감이 들었다.

벨몬트 학교는 눈에 띌 정도로 황량한 언덕 위에 덩그러니 자리잡고 있었고, 학생들의 출석률은 저조해서 교실에는 꾀죄죄하고 볼품없는 아이들 열여섯 명만이 나와 있었다. 건물은 작았고 가구는 듬성듬성 배치되어 있었다. 난로 연통은 아직 설치되어 있지도 않았다. 학교에 도착한 모드는 아이들이 쓸쓸한 얼굴로 차가운 난로를 둘러싸고 함께 웅크리고 있는 모습을 보았다. 상당수는 놀라울 정도로 학업에 뒤처져 있었다. 비록 그중에는 부유한 신탁관리자의 조카라는 한 젊은 여자가 있긴 했지만. 그런데 그녀는 프린스오브웨일스 대학의 2급 교직원 일자리를 준비하면서 모드가 이와 관련된 모든 준비를 자발적으로 도와주기를 기대했다.

모드의 하숙 환경도 그녀에게 도움이 안 되기는 마찬가지였다. 새 하숙집 주인 프레이저 아주머니는 요리를 잘하고 집도 깨끗하게 잘 관리했지만, 모드의 방은 옷장보다 겨우 조금 클 뿐이었고 잔인할 정도로 추웠다. 바람이 쉭쉭거리며 방 안으로 새어 들어왔다. 심지어 어느 날 아침에는 일어나 보니 베개가 눈으로 뒤덮여 있기도 했다. 벨몬트 교사엔 간헐적으로 작동하는 스토브가 있어서 그나마 조금 나았다. 모드는 그저 밤낮으로 어떻게 하면 따뜻해질까 하는 생각뿐이었다.

모드는 기회가 될 때마다 심슨가로 도망쳤지만 머지않아 자신도 모르게 특이한 삼각관계에 빠지게 되었다. 사촌 알프는 그런대로 좋아서 기꺼이 그와 함께 놀러 가고 드라이브도 했다. 하지만 몸집이 커다란, 병약한 사촌 풀턴은 모드가 자기 남동생과 어디로 가기만 하면 질투심이 폭발했다. 풀턴은 알프와 모드가 밖으로 발을 내딛는 순간 창문으로 달려가 그들의 움직임을 하나하나 관찰했다.

모드는 심슨 가족을 포기하기가 너무나도 싫었지만, 풀턴이 다음에는 또 어떤 일을 저지를지 몰라 두려웠다. 풀턴은 창문에 얼굴을 딱 붙인 채 모드를 몰래 지켜봤다. 그를 볼 때면 모드는 어머니에게 거절당한 구혼자 중 한 명이 정신이 나가 스스로 목을 매달아 자살했다는 이야기를 떠올렸다. 모드는 잠을 잘 못 자기 시작했다. 몇 안되는 행복했던 순간은 옛 친구들과 함께 가끔이나마 교외로 놀러 가거나 훌륭한 이야기꾼이었던 메리 할머니와 몰래 만나 단둘이서 시간을 보낼 때였다.

1월에 모드는 자체 파이프로 난방이 되는, 더 넓고 따뜻한 2층 프레이저네 방으로 올라가는 것을 허락받았다. 따뜻함을 누리면서 모드는 마치 새롭게 태어난 기분을 만끽했다. 그해 겨울, 방문 전도사가 매주 일요일 벨몬트에서 신앙부흥 전도집회를 열었는데, 모드는 이를 두고 '끔찍하게 단조로운 이곳 삶 속에서 반가운 즐거움'이라고 인정했다. 사람들로 꽉 차 있어서 앉을 자리가 부족하긴 했지만.

모드의 광적인 팬인 사촌 풀턴 심슨은 화가 가라앉은 대신 눈에 띄게 모드를 모욕하는 행동을 일삼았다. 모드가 자신이 드디어 '심슨스러운' 사랑의 족쇄로부터 벗어났다고 생각하는 바로 그 순간, 살면서 받아본 그 어떤 것보다도 놀라운 편지를 한 통 받았다. 멀리 떨어진 대학에 가 있는 잘생긴 육촌 에드윈 심슨이 보낸 편지였다. 모드와 에드윈은 그가 떠난 후로 몇 차례 편지를 주고받았다. 그의 편지는 늘 길었고, 재미있는 소식으로 가득했다. 이번 편지도 평소와 비슷했는데, 다섯 번째 페이지 중간에 느닷없이 에드윈이 모드에게 고백했다. 굳이 편지로 이렇게!

"지금 내가 느끼는 감정을 당신에게 말해야겠어요. 바로 당신을 사랑한다는 거예요."

모드는 하마터면 편지를 떨어뜨릴 뻔했다. 그녀는 그에 대해 아는 것이 거의 없었다. 둘은 파크코너에서 처음 만난 이후로 서로 모르는 사람처럼 지냈다. 더 어렸을 때는 에드윈 심슨을 보고 참을 수 없을 정도로 허영심과 자만이 심하다는 인상을 받았다. 그는 토론에 뛰어나고 대중 연설을 훌륭하게 잘한다고 알려져 있어서, 가족들은 그에게 대단한 것들을 기대하긴 했다. 하지만 에드윈과 모드가 함께 보낸 시간은 이틀도 채 되지 않았다. 그녀에게 고백했다가 한순간의 망설임도 없이 즉각 거절당한 다른 청년들과 함께 보낸 시간보다도 훨씬 적은 시간이었다.

그런데 의외로 모드는 망설였다. 그해 여름, 육촌 에드윈은 모드가 예전에 알던 것보다 더 나은 사람이 되어 있었다. 그가 갑자기 자신의 뜨거운 마음을 고백한 것에 비하면 모드는 이상할 정도로 차분하게 그를 평가했다. 에드윈 심슨은 잘생겼고, 부드러운 짙은 색 머리카락과 조각 같은 이목구비를 가졌으며, 영리했고 교육을 잘 받은 사람이었다. 둘은 배경과 취향이 비슷했다.

모드는 외할아버지, 외할머니가 반대할 것을 예상했다. 외할아버지, 외할머니는 이 심슨 친척들을 전혀 좋아하지 않았고, 더구나 외할아버지는 육촌끼리 결혼하는 것을 격렬하게 반대했다. 게다가 그보다 심각한 것은, 에드윈이 침례교 신도라는 점이었다. 장로교파인 맥닐 가문에게는 심한 모욕이었다. 모드는 마침내 다음과 같이 결론을 내렸다.

"하지만 내가 그를 좋아한다면 매우 적절한 결혼이 될 거야."

물론, 여기서 한 가지 문제는 모드가 에드윈을 '좋아하지 않았다'는 것이다. 하지만 그녀는 거절 의사를 확실하게 표현하지 않았다. 에드윈이 그녀에게 즉각적인 답변을 강요하면, 모드는 안 된다고 말해야 할 것 같다고 조심스레 답장했다. 그가 인내심과 의지를 갖고 기다린다면 모드가 그를 좋아하게 될지도 몰랐다.

에드윈은 자신 있게 답했다. 그는 모드의 거절을 거절했다. 또 한 편의 장문의 편지를 썼고, 더 긍정적인 답변을 바라며 기다리겠다고 했다. 그는 본인을 꽤 괜찮은 남자로 생각했음에 틀림없었다. 에드 윈은 다니는 대학의 신문사에서 편집장을 맡았고 토론계의 헤라클 레스로 불렸다. 자신의 현 관심사가 법이라고 주장하면서 언젠가 성공한 변호사가 되겠다는 의지를 매사에 거리낌 없이 드러냈다. 그는 영리하고 멋졌고 의지가 강했으며, 말이 많았다.

작은 벨몬트에 갇힌 모드는 삶의 그 어느 때보다 외로웠다. 미래의 가능성이 줄어들었다. 새 교직 일은 고단했다. 모드가 문학적 인지도를 조금씩 얻고 있는 것은 사실이었다. 어느 멋진 하루, 다른 두 잡지사에서 그녀의 소설 두 편을 수락했고, 이 사건은 그녀에게 상당한 용기를 북돋워주었다. 그럼에도 그녀는 반농담조로 '투덜이 책'이라고 부르던 일기장에 이렇게 적었다.

"이런…. 대체 삶은 살아갈 가치가 있는 걸까?"

그리고 지금처럼 피로하고 몹시 지친 자신에게는 뭐든 별 소용이 없을 수도 있다고 결론 내렸다.

모드가 덜 외로웠더라면 자신의 직감에 더 충실했을 수도 있다. 과거에 그녀가 심슨가에서 메리 할머니와 같이 방을 쓰던 며칠 동안, 둘은 심슨가 식구들을 한 명 한 명 따져본 적이 있었다. 덤벙대고 병약한 풀턴 심슨은 그가 보인 정신이상에 가까운 심한 집착을 통해 알 수 있듯, 누가 봐도 이상했다. 그의 동생 알프는 함께 있기에는 그럭저럭 괜찮았지만 춤을 안 췄다. 모드 입장에서 이는 용서할 수 없는 죄였다. 어린 여동생은 따분했다.

에드윈 심슨은 형제들 중에서는 최고였다. 결코 칭찬은 아니었다. 그는 자랑이나 말을 도무지 멈출 줄 몰랐다. 에드윈의 안절부절못하는 태도와 긴장할 때마다 나타나는 틱장애는 모드의 정신을 산만하게 만들었다. 늘 손을 떨고, 얼굴을 씰룩거리며 말하고, 손가락을 탁탁 두드렸다. 에드윈은 최근 몇 년 사이 조금 나아진 듯 했지만, 모드는 사촌이 자신의 배우자가 될 수 있을지 판단할 수 있을 만큼 충분한 시간을 그와 함께 보내지 못했다.

4월이 되자 모드는 한 가지 결심을 했다. 다음 해에 벨몬트로 돌아가지 않기로. 모드는 벨몬트에 완전히 질린 것처럼, 극소수 몇 명을 제외하고는 그곳 사람들이 야만인 그 자체라고 했다. 그녀의 감정은 우울에서 갑자기 흥분으로 바뀌었다. 그해 봄 내내 모드는 안절부절못하며 잠을 못 이뤘다.

4월 중순, 프린스앨버트에서 가슴 아픈 소식을 담은 편지가 한통 왔다. 로라 프리처드의 오빠, 재미있는 걸 좋아하며 활발했던 너무나 소중한 바로 그 윌 프리처드가 독감 합병증으로 갑작스럽게 세상을 떠났다는 것이다. 모드는 너무 슬퍼 속이 메스꺼웠다. 믿을 수가 없었다. 그녀의 쾌활하고 온화한 프린스앨버트 고향 친구가, 그녀의 영혼의 단짝이, 사라졌다니. 괴로워하며 그녀는 윌이 자신에게 마지막으로 쓴 장문의 편지를 다시 읽었다. 오래된 포플러 나무에 둘의 이름 이니셜을 새기고 해 질 녘 함께 산책하던 것이 마치 바로 어제 일어난 일처럼 느껴졌다. 모드는 자신이 윌 프리처드를 사랑했다는 것을 단 한 번도 인정하지 않았지만, 그가 죽고 30년이 지나서도 그와 약혼한 꿈을 꿨다. 그리고 로라 프리처드가 윌이 모드 손가락에서 살살 빼냈던 작은 금반지를 그녀에게 다시 돌려주자, 모드는 그 반지를 자기 손가락에 직접 끼우고는 죽는 날까지 빼지 않았다.

그 뒤로 몇 주 동안 모드는 쇠약하고 불안한 정신 상태로 지냈다. 학기를 마치기 위해 벨몬트로 돌아갔더니 에드윈 심슨이 직접 그녀를 찾아왔다. 모드는 외할머니와 외할아버지가 허락하지 않을 것을 알았다. 그들은 이 침례교 사촌을 마치 이교도와 같은 사람으로 취급할 것 같았다. 하지만 모드는 에드윈을 보고 '그를 좋아할 수도 있을 것 같다'는 생각이 들 때 그의 청혼을 받아들이기로 마음먹었다.

그리고 모드는 에드윈 심슨이 가장 유리한 상황에 있을 때 그를 보게 되었다. 그녀가 돌아갔을 때 에드윈은 사람들의 존경을 받으며 침착하게 교회 강당에 서 있었고, 주일학교 학생들에게 연설하고 있었다. 그는 좋아 보였다. 말도 잘했다. 에드윈은 사려 깊고 친절했으며, 함께 달빛을 받으며 집으로 걸어갈 때는 마치 선한 수습 변호사라도 된 양, 또다시 구혼했다. 그의 타이밍은 완벽했다. 며칠만 더 빨랐더라면 모드는 대답에 확신이 없었을 것이다. 몇 주만 더 늦었더라면 모드는 그를 절대 사랑할 수 없으리란 걸 깨달았을 것이다. 낭만적인 분위기에 취해 모드는 그의 프로포즈를 받아주었다. 에드윈은 그녀에게 키스하며 고마워했다.

모드는 그날 저녁 얼떨떨한 기분으로 집에 돌아왔다. 2층으로 터덜터덜 올라가서 어지러운 머리로 어둠속을 쳐다보며 한참을 앉아있었다. 그녀는 스물두 살이었다. 생전 처음으로 미래가 안정적이었다. 행복하지도 불행하지도 않았다. 하지만 이것 하나는 분명했다. 모드는 이렇게 적었다.

"이건 분명, 결혼을 약속한 남자와 막 헤어지고 온 여자가 느낄 만한 감정은 아니야."

그 후로 며칠 동안, 모드는 소름끼치게 오싹한 공포를 느끼며, 에드윈의 애무가 단순히 그녀를 차갑게 만든 것만이 아니라, 역겨움까지도 불러일으켰단 걸 알았다. 모드는 약혼반지 끼는 일을 가까스로 미뤘다. 하지만 그녀의 약혼자는 그리 쉽게 그녀의 눈앞에서 사라지지 않았다. 모드는 에드윈과 함께 보내는 저녁이 예전에 프린스앨버트의 단호하고, 재미없는 존 머스터드와 함께할 때만큼이나 괴롭다는 것을 알게 되었다. 하지만 이쯤 되니 불쾌한 감정은 자기혐오와 후회로 뒤섞였다.

모드가 자신의 약혼자에 대해 새로 알게 된 사실은 상황을 더 악화시켰다. 에드윈은 자신이 법조계에서의 성공적인 커리어를 향해 나아가는 것처럼 모드가 믿도록 행동해왔다. 하지만 둘의 약혼이 확실해지자, 에드윈은 자신의 진짜 커리어 계획을 드러냈다. 목사가 되겠다는 계획이었다. 침례교 목사라니! 모드는 늘 자신이 성직자의 생활과는 맞지 않는다고 주장해왔다. 목사 아내의 역할이 여러 면에서 자신을 제한할 것임을 알고 있었다. 에드윈은 모드가 원한다면, 매우 곤란하겠지만 자신의 계획을 포기하겠다고 마지못해 말했다. 모드는 재빨리 한발 물러났다. 에드윈의 향후 커리어는, 당시로서는 그녀에게 전혀 문제되지 않는 듯했다.

6월 중순이 되자, 모드의 얼떨떨함과 무기력은 서서히 잦아들었다. 무감각한 대신 절박한 심정이었다. 에드윈은 그녀의 신경을 거슬리게 했고 그런 그를 보면 모드는 역겨웠다. 그런데도 그녀는 이 열렬한 청년과 결혼을 약속한 상황이었다. 어쩌다 이토록 큰 실수를 저지르게 된 걸까? 그녀는 혼란스러워 했고 크게 절망하며 이렇게 적었다.

"지금 나는 전혀 모드 몽고메리답지 않아."

벨몬트는 새로운 한 쌍의 커플에 대한 가십으로 떠들썩했다. 모드는 사람들의 놀림을 즉각 피했지만 불쾌했다. 자신이 약혼했다는 사실이 떠올라 견딜 수가 없었다. 에드윈이 선하고 외모가 준수하며 영리한 것은 맞았다. 다른 것은 다 없어도 지적인 대화 하나만 있었다면 참을 수 있었을지도 모른다. 하지만 에드윈과는 그 어떤 신체적 접촉도 끔찍하게 느껴졌다.

에드윈이 가진 안절부절못하는 틱 장애와 끊임없는 수다 때문에 모드는 소리를 지르고 싶었다. 그는 모드를 지치고 지루하게 만들었다. 더 심각한 문제는 그녀의 감정을 전혀 파악하지 못한 것처럼 보였다는 사실이다. 에드윈은 모드가 자신과 약혼한 것을 매우 기뻐할 것이라 짐작했고 그래야 마땅하다고 생각했다. 그러나 모드의 세포 하나하나는 '족쇄에 저항하려는 간절함'으로 떨려왔다. 봄의 아름다움마저도 그녀를 위로해주지 못했다. 그녀의 영혼과 자연 사이에 얇은 막이 씌워진 것 같았다. 눈부신 6월의 나날을 즐거움, 에너지, 희망 없이 보냈다. 잠을 잘 수도, 먹을 수도 없었다. 하루하루가 점점 더 큰 절망으로 채워졌고, 고민을 털어놓을 수 있는 상대는 단 한 명도 없었다.

약혼을 깨는 일은 어느 시절에나 그렇겠지만, 특히 모드가 살던 시절엔 결코 가벼운 문제가 아니었다. 더구나 그녀가 살던 시대에는 사회적, 도덕적으로 고려해야 할 것 외에 법적인 문제도 있었다. 버림받은 구혼자는 법적으로 대응할 수 있었다. 그런 사건은 매우 공개적이었고 약혼을 파혼하는 여자는 누구든 평생 변덕이 심하고 신뢰할 수 없는 사람으로 낙인찍혀 살아야 할 운명이었다. 모드의 가족과 이웃들은 그녀를 늘 별나다고 여겼기 때문에 그녀가 에드윈 심슨과의 관계를 끝낸다면, 그건 가족들의 생각을 더 확고하게 해주는 일일 뿐이었다. 그리고 그녀의 미래라고는 변변치 않은 교사 자리를 여기저기 옮겨 다니고 하숙집을 하나 둘 조용히 옮겨 다니는 것밖에는 없을지도 몰랐다.

1897년의 봄은 모드에게 깊은 내적 변화의 시기였다. 그전까지는 비교적 행복하고 걱정 없는 삶을 살아왔다고 믿었고 자신의 미래를 늘 낙관적인 마음으로 바라보았다.

그해 봄, 모드는 처음으로 불안으로 인한 '새벽 3시 병'을 앓았다. 주먹을 꽉 쥔 채로 초조하게 방 안을 왔다 갔다 했고, 에드윈이 자신을 생각하며 행복해하는 모습을 상상하며 잠을 잘 수도, 앉아 있을 수도 없었다. 아름다움과 기쁨이 가득한 세상에서 모드는 집을, 캐번디시를 그리워했다. 그곳에서는 어느 정도의 평안과 안정을 찾을 수 있을 것 같았다. 모드가 젊은 시절 처음으로 맞은 '영혼의 어두운 밤'에 그녀의 생각은 본능적으로 집을 향했다. 그녀는 이렇게 적었다.

"내 눈에 언제나 삶은 공정했고 미래는 희망찼지만…. 이제는 모든 게 암울하기만 하다."

제13장
광적인 정열의 해

그해 여름 캐번디시 고향으로 돌아온 모드는 행복하지도 평온하지도 않았고, 오히려 활활 타오르다가 잦아드는 화염 속에서 빠져나온 것 같은 기분이었다. 가을이 되자 캐번디시에는 장엄한 아름다움이 찾아왔고, 그 장엄함 속의 무언가가 모드의 자신감을 떨어뜨렸다. 그녀는 실제 나이인 스물두 살보다 더 나이 든 느낌이었다. 이제 더 이상 어리고 자신감 넘치며 태평하지 않았다.

모드는 자신의 능력을 늘 자랑스러워했다. 그래서 걸핏하면 자기 주변의 '보통' 사람들과 떨어져 지냈다. 하지만 이제는 자신도 심각한 실수를 저지를 수 있음을 깨달았다. 약혼을 통해 자신의 판단력이 터무니없이 부족함을 알게 되었기 때문이다. 그녀가 받은 가정교육도, 센스와 재치도 그녀의 실수를 막아주지는 못했으니까.

그해 여름, 모드는 자신이 읽은 여러 책으로부터 큰 영향을 받았는데, 그중에서도 모드에게 특히 강렬한 인상을 남긴 책이 하나 있었다. 『세속적인 여자의 러브레터Love Letters of a Worldly Woman』*라는, 관능과 세속적인 열정을 새로운 관점에서 조명한 책이었다. 모드는 그전에는 한 번도 정욕에 대해 생각해보지 않았다. 그런 것들은 여성의 입에 올리기에는 지나치게 상스러웠고, 그녀는 금욕적인 가정에서 자랐으니까. 그런데 모드의 미래가 그녀를 점점 조여오고 있었다. 그녀는 너무 우울했고, 한계에 봉착했으며 그녀의 모든 가능성이 줄어든 것 같았다. 하지만 성性이라는 금기시된 대상으로부터 자유로워진 한 여자에 대한 이야기를 읽자 모드는 쉽게 황홀감에 빠졌다.

그와 동시에, 모드는 영적이고 영원한 것들에 대한 호기심이 날로 커졌다. 어릴 적 종교에 대해 가졌던 믿음들이 틀렸음을 깨달았다. 자신이 상상한 천국도 이루어질 가능성이 낮다고 생각하게 되었다. 영원한 지옥살이든 영원한 지루함이든 그 둘 중 하나를 선택해야 할 것 같았다. 천국은 틀림없이 끔찍이도 따분한 곳일 거라고 그녀는 결론 내렸다. 맥닐 부부는 신학적인 대화를 깊이 나누는 편이 아니었으므로, 모드는 자신의 궁금증을 해결하기 위해 의지할 곳이 전혀 없었다.

그해 스물세 살 생일을 앞두고 불안한 여름과 가을을 보낸 모드는 자신의 예전 믿음들은 떨어져 나갔지만 아직 그 자리를 새로운

---

* 루시 클리포드가 쓴 1891년작이다.

것들로 채우지 못했음을 깨달았다. 그녀는 점점 내성적으로 변했다. 친구와 소통하는 일은 거의 없었고, 있어도 극히 드물었다. 생각에 잠기고 몽상을 하면서 혼자 보내는 시간이 너무 많았다.

그 긴 약혼 과정이 다 끝날 때까지 모드는 시간을 유용하게 보낼 수 있는 방법을 찾아내려 애썼다. 외할아버지는 모드가 교사직을 구하려고 노력할 때마다 또다시 그녀를 막았다. 외할아버지는 모드에게 '더 쓸모 있고, 여자다운' 가게 점원으로 일하는 것을 제안했다. 그녀가 이를 거절하자, 외할아버지는 또 모드에게 교사 면접을 보러 가기 위해 필요한 말을 빌려주지 않았다. 10월 초, 모든 희망이 사라진 것처럼 보이려는 그 마지막 순간, 모드는 로어 베데크에 있는 작은 학교로부터 교사 자리를 제안받았다. 이번에도 그녀의 약혼자 에드윈 심슨이 개입하고 도움을 줘서 가능한 일이었다.

모드는 이 도피의 기회를 필사적으로 붙잡았다. 마침 에드윈 심슨의 친구 알프 리어드가 치의학 공부를 위해 로어 베데크를 떠나는 상황이었고, 알프가 맡던 교사 자리로 모드가 들어가게 되었다. 그녀는 자신을 환영해주는 다정한 알프네 집에 하숙인으로 들어갔다. 알프 리어드에게는 모드와 동갑인 여동생 헬렌이 있었다. 리어드네 집은 모드가 벨몬트에서 느낀 우울함이나 캐번디시에서 느낀 고독함과는 다른 신선한 변화를 제공해주었다. 모드는 따뜻하고 활기찬 가족의 집으로 들어갔다. 리어드네 집에는 자녀 여섯 명이 여전히 함께 살고 있었다. 그중에는 알프의 맏형이자 로어 베데크 주민들 사이에서 평판이 좋은 청년 허만이 있었다. 그는 아버지의 농장을 직접 물려받을 준비를 하고 있었다.

리어드네 집은 모드의 외갓집이나 파크코너에 있는 애니 이모의 행복한 가정이 지닌 가장 좋은 점들만 전부 합쳐놓은 곳 같았다. 리어드 식구들은 동네 주민들로부터 많은 존경을 받았고, 고루하지도, 특별히 지적이지도 않은 사람들이었다. 그들은 야유회를 가거나 집에서 자신들만의 오락거리를 만들면서 다 같이 함께 즐거운 시간을 보냈다. 그들은 짓궂은 장난을 좋아했고 모드의 재치와 스토리텔링 능력을 좋게 평가해주었다. 모드는 금세 그곳이 집처럼 편해졌다.

유일한 옥에 티라고는 에드윈 심슨과 맺은 끔찍한 약혼이었고, 모드는 아직 그 약혼을 끝낼 용기를 내지 못했다. 그런 그녀에게 로어베데크는 불안을 잠시 잊고 한숨 돌릴 수 있게 하는 휴식처였다.

그 마을은 프린스에드워드섬 해안의 남쪽에 위치해 캐나다 본토를 향하고 있어서 마치 더 큰 세상과 연결된 것 같은 느낌을 주기도 했다. 그곳에서 에드윈 심슨은 보이지도 생각나지도 않았다. 헬렌과 모드는 빠른 속도로 친해졌다. 모드가 가르치는 열네 명의 새 학생들은 모두 잘사는 농부 집안 자녀들이었다. 모드는 로어 베데크에서 학생들을 가르치는 일이 쉽고 즐거웠으며, 여가 시간에는 충분히 사람들과 어울리고 집필 활동을 할 수 있었다.

젊은 작가 모드에게 새로 출판할 수 있는 기회도 몇 차례 찾아왔다. 주간지 《골든 데이즈》에서 그런 기회가 여러 번 왔는데, 그 신문사는 이제 모드의 시와 소설들을 정기적으로 받아주었다. 드디어 그녀에게 편안하고 행복하게 살 수 있는 집뿐만 아니라 문학계에서의 진정한 보금자리가 생긴 것이다.

에드윈은 계속해서 모드에게 편지를 썼다. 모드는 에드윈의 길고 감성적인 편지들을 받기가 두려웠고, 답장 쓰는 일은 정말 큰 부담이었다. 멀리 떨어져 있다는 것이 그나마 다행이었다. 그해 여름, 에드윈이 캐번디시를 방문했을 때, 거실에 앉아서 에드윈이 떠들어대는 동안 모드는 잠시 양해를 구한 후 자기 방으로 달려 올라갔다. 침대 위로 몸을 던지며 모드는 울부짖었다.

"그와는 절대 결혼할 수 없어! 절대 못해, 절대, 절대!"

그런 다음에는 어떻게든 다시 냉정을 되찾고 1층으로 걸어 내려와 계속해서 그를 상대했다.

로어 베데크는 에드윈이 가볍게 들렀다 가기에는 너무 먼 곳이었다. 모드는 일부러 계속 정신없이 바쁘게 지냈다. 로어 베데크 주민들은 유명하고 예쁜 젊은 여교사를 두 팔 벌려 환영해주었다. 하숙을 제공해주는 리어드 식구들도 그랬는데, 유독 한 명이 더더욱 그녀를 환영했다.

모드는 리어드 집안의 장남 허만을 처음 만났을 때부터 그를 괜찮다고 생각했다. 키는 평균에 못 미쳤지만 성격은 좋아 보였다. 모드는 일기장에 허만에 대해 '왜소하고 피부는 다소 까무잡잡했지만, 그의 푸른 눈은 보는 사람을 강력히 사로잡았다'고 적었다. 그가 잘생겼다는 인상은 받지 못했다. 적어도 처음에는.

허만 리어드는 외모나 하는 행동이 실제 나이인 스물일곱 살보다는 더 어려 보였다. 그는 여유롭고 유머가 넘쳤는데, 모드는 남자를 볼 때 여유와 유머, 이 두 가지를 늘 중요하게 생각했다. 무사태평한 아버지나 아직까지 마음속으로 기리는 윌 프리처드나, 모두 여유롭고 유머가 있었다. 허만은 모드를 센트럴 버데크에서 열리는 침례교 집회까지 태워주었다. 둘은 그곳을 오가는 내내 농담을 나누고 수다를 떨었다.

11월의 달빛이 환히 든 어느 밤, 모드와 허만은 평소처럼 집으로 돌아오는 중이었다. 모드는 잠에 취해 있었다. 별들이 빛나는 고요하고 아름다운 저녁이었다. 마차는 눈길을 미끄러지듯 지나갔다. 허만은 말이 거의 없었다. 그는 갑자기 모드의 팔을 감싸더니 그녀의 머리를 자신의 어깨에 가볍게 기대게 했다. 모드는 저항해보려 했지만 결국에는 그의 품 안으로 끌려들어갔다. 허만의 따뜻한 손길이 전기처럼 찌릿찌릿 퍼지면서 그녀의 몸과 마음을 번쩍 깨워주었다.

모드는 훗날 이렇게 썼다. 달빛 아래 드라이브는 '광적인 정열의 해의 시작'이었다고. 꺼림칙했던 에드윈의 애무와는 달리, 허만은 살짝만 만져도 그녀를 흥분시켰다. 모드는 행복하면서도 두려워서, 목소리를 내지도 움직이지도 않았다. 새롭고 위험한 영역임을 깨달았지만 그녀는 사는 내내 이런 형용할 수 없이 황홀한 경험을 기다려왔다.

집에 도착하자마자 모드는 마차에서 풀쩍 뛰어내려 필사적으로 달아났다. 다시는 허만 근처에는 얼씬도 하지 않겠다고 맹세했다. 하지만 바로 다음 날 저녁 허만은 다시 마차에 모드를 태워주었고, 그녀의 팔을 감싸며 따뜻한 품안으로 바짝 끌어당겼다. 가벼운 접촉은 스킨십으로, 스킨십은 긴 키스로 변했다. 모드 안의 열정이 깨어났다. 불쌍한 에드윈의 포옹은 그녀를 '차갑게 얼어붙도록' 만들었지만 허만과의 첫 키스는 '모든 혈관과 신경세포 하나하나로 불꽃을 쏘아 보내는 것처럼' 느껴졌다. 날이 갈수록 모드는 이 정열의 마법에 점점 더 깊이 빠져들었다. 인정하고 싶지 않았지만, 그녀는 드디어 사랑에 홀딱 빠져서 정신을 못 차렸다.

모드는 일기장에 자신이 왜 이 마성의 젊은 농부와 결코 이루어질 수 없는지에 대한 논리적인 이유를 모두 적었다. 에드윈 심슨과의 끔찍한 관계를 끝낸다 할지라도, 허만 리어드를 향한 그녀의 열정은 완전히 미친 짓이나 다름없었다. 그에게는 농장일을 제외하면 야망이라고는 없었고, 문학이나 사상에도 관심이 거의 없었다. 말하자면 허만 리어드는 남편감으로는 꽝이었다. 그의 매력마저도 불리하게 작용한다고, 그렇게 믿으려 모드는 노력하며 이렇게 적었다.

"허만은 그저 아주 좋은, 매력적인 어린 짐승일 뿐이다!"

모드는 허만의 가족들이 자신보다 지위가 낮다며 그들을 무시하려 했지만 사실 리어드 식구는 지적이고 존경받는, 그리고 존경할 만한 농가 집안이었고 그녀가 매우 좋아한 로어 베데크의 모범적인 시민이었다. 리어드 가족은 모드를 좋아했고 그녀를 인정해주었다. 그리고 모드는 허만에게 푹 빠져 있었다. 그렇다면 대체 뭐가 진짜 문제였던 걸까?

모드에게는 자신의 일기장, 그러니까 '광적인 정열의 해' 챕터를 포함해 그 어디에서도 밝히지 않은 비밀이 있었다. 아마 그녀는 사실을 소설에만 털어놓은 것으로 보인다. 모드와 허만이 이루어질 수 없는 한 가지 중요한 이유는 허만에게 이미 미래를 약속한 다른 여자가 있었다는 점이다. 전기 작가 메리 루비오는 허만이 모드가 나타나기 한참 전부터 인기 많고 예쁜, 그 동네 출신 에티 셰르만과 어울려 다녔다고 지적한다. 아마 모드도 로어 베데크에서 틀림없이 그 소문을 들었을 것이다. 그들은 완벽한 커플이었다. 주민들 간의 관계가 매우 밀접한 그 작은 동네에서 많은 사람들이 그 커플을 좋아하고 부러워했다. 에티와 허만은 조만간 결혼할 예정이었다. 게다가 모드가 리어드 집에서 지내는 내내, 허만은 계속해서 교회와 사교행사에 에티를 데리고 다녔다.

로어 버데크 주민들은 모드 때문에 가슴앓이를 한 불쌍한 풀턴 심슨이 그랬던 것처럼, 모드가 허만 때문에 스스로를 웃음거리로 만들고 있다고 흉봤다. 모드는 허만이 집을 나설 때마다 이 창문에서 저 창문으로 옮겨 다니며 그가 누구와 함께 있었는지, 그리고 몇 시에 돌아왔는지 확인하려고 안간힘을 썼다. 이런 내용들 중 그 어떤 것도 그녀의 일기장에 기록되지 못했지만 허만과 에티의 관계는 그해 모드에게 일어난 일들을 뼈아프게 보여주었다. 모드는 스스로에게(그러니까 결국에는 다른 사람들에게) 본인이 듣고 싶은 러브스토리를 들려준 셈이다. 그녀의 일기장에는 죄책감과 환희, 흥분과 두려움이 소용돌이처럼 뒤엉켜 있었다. 하지만 모드는 있는 그대로의 사실들에 대해서는 적지 않았다.

모드는 일기장에 자신을 두 명의 열성적인 구혼자들 사이에 두고 갈등하는 젊은 여인으로 그렸다. 하지만 실제로는 그보다 더 복잡하고 덜 낭만적이었다. 모드와 허만은 둘 다 행실이 나빴고, 각자의 약혼자 뒤에서 몰래 만났다. 상황이 이보다 더 나쁠 수 없겠다 싶은 바로 그때, 에드윈 심슨이 예고 없이 불쑥 찾아왔다.

에드윈은 모드에게 이미 겨울 휴가 때 함께 놀러 가지 못한다고 설명했었다. 대신 우편으로 크리스마스 선물을 보냈었다. 그가 전부터 돈깨나 들었다고 유치하게 생색내던, 음각되어 있는 칼이었다. 그런데 12월 말 어느 날 모드가 자신의 방에 처박혀 있을 때 허만의 여동생 헬렌이 2층으로 올라와서 물었다.

"거실에 누가 왔는지 아세요?"

모드는 가슴 속에서 무언가가 철렁 내려앉는 것 같은 끔찍한 예감으로 그게 누군지 알아챘다. 반갑지 않은 에드윈 심슨일 수밖에 없었다. 리어드 식구들은 모드의 비밀 약혼에 대해 아무것도 몰랐다. 에드윈은 그날 밤 자신을 알프 리어드의 동창이라고만 소개했고, 그래서 리어드 식구들은 모두 다 함께 시간을 보냈으므로, 에드윈이 모드를 보러 왔으리라고는 상상도 못했다.

모드는 허만 리어드와 에드윈 심슨이 태연하게 거실 소파에 나란히 앉아 있는 모습을 보고 참을 수가 없었다. 자신의 책에서 이런 일이 일어났다면, 웃긴 상황으로 만들어버렸을 것이다. 하지만 이런 상황에서 모드는 그녀 특유의 유머감각을 발휘하지 못했다. 모드는 소리를 지르지 않기 위해 입술을 깨물었다. 에드윈과 리어드 가족이 자러 들어간 한참 후에야 절망감으로 몹시 흥분한 채 작은 방에서 헬렌 곁에 누웠다. 지옥 같은 밤이었다.

그렇게 나는 한 지붕 아래 두 명의 남자와 함께 있었다. 그중 한 남자는 내가 사랑하지만 절대 결혼할 수 없는 사람이었고, 다른 남자는 내가 결혼을 약속했지만 절대 사랑할 수 없는 사람이었다! 그날 밤 내가 겪은 공포와 수치심과 두려움에 대해서는 절대 말할 수 없다. 내 안에 있

155

는 모든 사악한 욕정이 풀려나 미친 듯이 마구 날뛰는 것 같았다.

에드윈은 배를 타기 위해 일찍 떠났다. 모드는 그를 다시 보기 전에 그 혐오스러운 약혼을 깨버리겠다고 스스로 맹세했다. 한편, 비밀 연인인 허만과는 부정한 밀회를 이어갔다. 그들은 만나기 위한 온갖 핑계를 찾아냈다. 허만은 난로 옆에서 책을 읽던 모드 곁으로 몰래 다가가 그녀의 숄 아래에서 그녀의 손을 잡거나, 그녀가 쥔 책을 내려놓고는 그녀를 껴안고 자신의 얼굴을 그녀의 얼굴에 비볐다. 모드는 곱슬거리는 그의 갈색 머리카락 사이로 손가락을 넣어 쓸어내렸다. 그와의 키스를 모드는 이렇게 적었다.

"그의 키스로 천국이 활짝 열리는 것만 같았다."

하지만 나중에 방에 혼자 있을 때면 모드는 수치심과 당혹감으로 얼굴이 화끈거렸다. 물론 그녀는 이것을 그 누구에게도 털어놓지 않았다. 친척에게도, 친구에게도, 친오빠의 애인 에티와 알고 지내면서 그녀를 좋아한 헬렌에게는 더더욱. 모드는 그 당시 일기에 이렇게 적었다.

> 내 안에는 열정적인 몽고메리의 피와 청교도 맥닐의 도덕심이 함께 있다. 둘 중 어느 하나도 다른 것을 통제할 만큼 강하지는 않다. 청교도 도덕심은 혈기왕성함이 원하는 대로 하려는 일을 막지 못한다. 하지만 도덕심은 모든 즐거움을 망칠 수 있고, 실제로도 정말 망쳐버렸다.

모드는 허만이 자신을 얼마나 이해하는지, 자신의 마음을 얼마나 잘 헤아리고 있는지 전혀 몰랐다. 허만은 모드가 에드윈 심슨과 비밀리에 약혼한 소문을 들었을 것이다. 모드는 허만이 자신을 그저 지조 없고 헤픈 여자로만 볼까 봐 두려웠다. 하지만 허만도 진지할 거라고 모드는 확신했다. 그가 불장난을 한 거라면…. 그녀도 이 실험에서 화상을 입었다.

20년도 훨씬 더 지나서 모드는, 그와 나눈 진한 키스와 손가락 사이로 느껴졌던 그의 헝클어진 머리카락에 대한 기억은 너무나 소중한, 하나뿐인 선물이었다고 적었다. 아이들의 목숨을 제외하고, 다른 그 어떤 것과도 바꾸지 않겠다고도 했다. 괴롭긴 했지만, 그 광적인 정열의 해를 빼면 삶의 다른 모든 부분은 우중충하고 초라해 보였다. 그녀는 절대 이 한 해를 완전히 부인하거나 반박할 수 없었고, 고통스러운 그와의 기억이 사라져버리길 바랄 수도 없었다. 그녀는 연인의 품에 안겨서 보낸 몇 시간 동안, 그 어느 때보다 살아 있는 것 같았다. 그 느낌은 그녀가 잠깐 맛본 황홀경이었다. 그녀는 그 순간을 절대 잊지 않았다.

에드윈이 다녀간 후, 허만은 며칠 동안 모드와 거리를 두고 지냈다. 크리스마스 선물로 그녀에게 초콜릿과 책을 주면서 가볍게 "모드, 선물이에요."라고만 말했다. 하지만 크리스마스 이브에 허만은 모드에게 1층으로 내려와달라고 부탁했다. 그 밤, 허만은 처음으로 모드의 침실로 들어왔다. 명목상으로는 더 많은 책과 초콜릿을 전달해주기 위해서였다. 그녀는 한 번의 충동적이고 뜨거운 키스를 나누고 그를 돌려보냈다. 하지만 둘 사이에는 마치 춤과 같은 하나의 패턴이 만들어지기 시작했다. 몇 주 동안 서로를 피하다가, 어떤 계기로 다시 뭉치고, 응접실에서 몰래 손을 잡다가 이내 어둠 속 그녀의 방에서 포옹하고, 키스했다.

이러는 와중에도 늘 허만은 여전히 에티를 만나고 있었다. 모드는 이 사실을 모든 글에서 빼놓았지만. 그는 대부분 밖에서 저녁 시간을 보낸 후 모드를 찾아왔다. 그러던 어느 운명의 밤, 자정이 되도록 그가 오지 않았다. 그러다 평소처럼 그는 잠시 들르기 위한 핑곗거리인 우편물과 초콜릿 한 상자를 가져왔다. 모드는 재잘거리기 시작했다. 둘 사이에서 전기처럼 흐르는 침묵이 끔찍이 싫었기 때문이다. 하지만 그날 밤은 웬일인지 가벼운 대화를 시도하기에 너무 피곤했다. 허만도 침묵에 잠겼다.

허만은 슬쩍 모드 옆으로 들어와 자신의 얼굴을 모드의 한쪽 어깨에 묻었다. 모드는 그에게 나가달라고 부탁했다. 그러나 허만이 고개를 들자 둘은 눈이 맞았다. 바로 그 순간, 모드는 벼랑 끝에 있는 것처럼 느껴졌다. 그러고 나서 그가 그녀를 밀어붙이는 어떤 말(정확히 무슨 말이었는지는 기록하지 않았다)을 했다. 그것은 대형 참사를 불렀다. 모드는 어렸고 빅토리아 시대의 풍습을 따랐지만 혼인 전에 사랑을 나눈 여자들과 사생아에 대해서도 잘 알고 있었다. 이 세상에 아무리 멀리 떨어진 작은 마을이라 해도 저마다 스캔들은 있기 마련이다. 모드는 결국 비틀거리며 흐느껴 울었고, 그를 돌려보냈다.

"허만, 당신은 진작에 가버렸어야 해요. 아, 그만 가주세요!"

그런 말을 듣고도 허만은 조금 더 머물렀고, 바닥으로 살며시 내려와 무릎을 꿇고 그녀를 바라보았다. 그러고는 키스를 하고 떠났다. 혼자 남겨진 모드는 스스로에게 놀랐다. 내가 정말 그 바른 교사 모드 몽고메리가 맞나? 그녀와 불명예 사이에는 그저 희미하고 흥분된 '안 돼요'라는 외침만 있을 뿐이었다. 모드는 다음 날 아침 허만을 마주할 생각에 두려웠다. 하지만 현명하게도 그는 아무 말도 하지 않았다. 그는 계속해서 며칠을 더 그녀와 거리를 두었고, 그런 다음에는 늦은 밤 그녀의 방에 다시 나타나서는 램프에 넣을 전구를 빌려달라고 부탁했다. 그들은 곧바로 예전의 그 은밀한 패턴으로 다시 돌아갔다. 껴안고, 만졌다. 모드가 곱슬거리는 그의 머리카락을 손으로 쓸어 넘기면, 그는 모드 손을 낚아채 그녀에게 매번 마지막인 것처럼 키스했다.

허만은 다음 주에 다시 찾아왔다. 이번에는 모드가 돌려보내려 해도 가지 않았다. 그는 시계를 보더니 옆에 누웠고, 맨살이 드러난 그녀의 팔에 키스했다. 그는 다시 한 번 전에 했던 요구를 은근하게, 반쯤만 들리게, 하지만 분명하게. 숨 멎을 듯한 짧은 순간, 그녀의 삶 전체가 균형을 잃고 비틀거렸다.

마지막으로 다시 한 번 모드는 거절했다. 자신의 순결을 지키기 위해서가 아니었고, 그 어떤 도덕심 때문도 아니라고 밝혔다. 임신에 대한 두려움이나 공개적인 망신 때문도 아니었다. 그녀를 막은 것은 허만 리어드가 자신을 경멸할지도 모른단 두려움이었다. 그녀가 받아들였다면, 허만이 그녀를 경멸할지도 몰랐다. 그것만큼은 감수할 수 없었다.

"절대 여기 있어선 안 돼요. 지금껏 그 누구도 없었어요. 허만, 그만 가주세요!"

"그래요, 모드. 갈게요."

허만은 반박하지 않았다.

그날 드디어 둘 사이의 무언가가 깨졌다. 어쩌면 허만은 모드가 매정하고 경험 많은 헤픈 여자가 아니며, 두 사람이 모든 것을 잃게 될 수도 있음을 깨달았을지도 모른다. 그는 다시는 모드의 방에 오지 않았다.

그해 봄, 고향에서 온 뜻밖의 소식이 단번에 모든 것을 바꾸어놓았다. 모드가 결코 무찌를 수 없는 상대, 고집스럽고 툭하면 화내는 외할아버지가 캐번디시에서 갑작스레 세상을 떠난 것이다. 그 소식을 접한 모드는 충격에 빠졌다. 그녀는 자신이 외할아버지와 친하다고 생각한 적이 한 번도 없었다. 외할아버지를 언제나 두려워했지만 외할아버지는 모드의 어린 시절을 차지하는 중요한 부분이었고, 그가 없다는 것은 상상할 수 없었다. 모드는 외할머니 옆에 있어주기 위해 서둘러 집으로 돌아갔다. 가족들의 삶이 위기에 처한 상황에서 이번만큼은 꿈보다 의리가 우선이었다. 바로 소설 속 앤이 마릴라를 보살피기 위해 초록 지붕의 집으로 돌아오기로 결정한 것처럼.

외할아버지 알렉산더 맥닐의 장례식은 엄숙하고 거대한, 동네 전체의 행사였다. 이는 같은 응접실에서 치러진 모드 어머니의 장례식에 대한 기억을 다시 불러일으켰다. 모드에게 외할아버지는 생전에 너무나도 험악하고 무서웠던 나머지, 오히려 돌아가신 후의 모습이 더 온화해 보였다. 모드는 어린 시절 자신을 괴롭혔던 한 남자에 대한 애정이 물밀듯이 밀려옴을 느꼈다. 외할아버지를 몹시 사랑했던 메리 할머니는 이야기꾼답게 외할아버지의 옛 시절을 술술 풀어놓았다. 모드는 메리 할머니의 기억을 통해 한때 장래가 유망하고 영리한 청년이었던 외할아버지의 모습을 상상할 수 있었다.

외할아버지의 죽음은 외할머니의 나약함을 드러내주기도 했다. 이제 칠십 대가 된 기력 없는 여자는 자신의 유일한 소득원인 우체국을 혼자서는 관리할 수가 없었다. 그보다 더 심각한 점은, 외할아버지가 의도를 파악하기 어렵게 모호한 유언을 남겼다는 것이다. 그래서 외할머니는 불안한 위치에 놓였다.

외할아버지는 그의 유언에서, 옆집에서 따로 사는 존 외삼촌에게 자신의 농장을 남겼다. 돈과 집안 가구들은 외할머니에게 남겼다. 그 사실을 안 존 외삼촌은 재빨리 헛간과 말을 차지했다. 외할머니는 적어도 살아 있는 동안엔 그 집에서 지낼 수 있을 것 같았다. 하지만 과연 깡패 같은 존 외삼촌이 이 약속을 얼마나 오래 지킬 수 있을지, 그리고 외할머니는 외삼촌이 집을 나가라고 압박하기 시작하면 그 상황을 어떻게 견딜 수 있을지는 아무도 알 수 없었다.

모드는 자신이 그 상황에 함께 있어준다면, 외할머니가 자기 집에서 유리한 위치를 차지할 수 있을 거라고 생각했다. 모드는 단번에 결정을 내렸다. 강의 학기가 끝나자마자 버데크를 떠나 집으로 돌아와 외할머니를 도와주기로. 모드는 곁에서 우체국 운영을 도와줄 수도, 집안일과 생활비, 그 외 모든 일을 도와줄 수도 있었다. 그리고 모드에게는 과격한 존 외삼촌에 맞설 준비와 의지도 있었다.

그러나 외할아버지의 유언은 모드가 가족 내에서 외부인으로 취급받았음을 확인시켜줄 뿐이었다. 외할아버지는 모드에게 아무것도

161

남기지 않았다. 그를 기억할 만한, 의미 있는 선물조차 없었다. 외할머니는 외손녀인 모드가 계속해서 옆에 있어줄 것이라 믿으면서 그녀에게 의지했고, 모드 또한 외할머니에게 의지했다. 둘 다 딱히 갈곳이 없었다. 그래도 둘이 함께라면, 그들 나름대로의 불안정한 독립을 이어갈 수 있을지도 몰랐다.

모드는 다른 일에도 용기를 냈다. 외할아버지의 사망 소식이 있기 며칠 전, 그녀는 드디어 육촌 에드윈 심슨에게 자신을 이제 그만 놓아달라고 애원하는 편지를 썼다. 그녀는 아무런 변명도 하지 않았다. 전적으로 자기 자신의 탓이라고 적었다. 그녀는 약혼자가 자신을 경멸하며 거절할 것으로 기대했다.

그런데 오히려 에드윈은 스무 장짜리 '안달난' 편지로 답했다. 모드가 자신에 대한 안 좋은 소문을 들은 것인지, 아니면 지금껏 보낸 편지들이 너무 지루했었는지 물었다. 가슴 아픈 한 편의 글이었다. 에드윈은 평소와는 달리 겸손하고 감정적이었다. 어쩌면 모드가 다시 마음을 돌릴지도 모른다고 믿고 있는 것 같았다. 그는 모드를 너무 많이 사랑해서 쉽게 포기하지 못했다.

모드는 자신이 처한 상황이 아이러니하게 느껴졌다. 그녀가 정말 사랑한 비밀 연인 허만은 그녀의 마음을 절대 알지 못했고, 알려고 하지도 않았다. 하지만 에드윈 심슨은 그녀를 진심으로 사랑했다. 그녀는 이렇게 적었다.

"그가 나를 사랑하는 만큼, 아니, 내가 다른 남자를 사랑했던 만큼 그를 사랑했더라면!"

하지만 모드는 충분히 오랫동안 스스로를 속이면서 고통스럽게 살아왔다. 이제는 현실을 마주해야만 했다. 그리고 에드윈 또한 그 사실을 받아들이도록 해야 했다. 모드는 다시 한 번, 자신에게 그럴 만한 자격은 없는 것 같다고 느끼면서도 에드윈에게 동정을 호소하며, 자신을 자유롭게 놓아달라고 애원하는 글을 썼다.

에드윈은 또다시 장문의 편지로 답했는데, 이번 편지는 더 확고하고 법률적인 톤이었다. '충분한 사유 없이는' 모드를 이 약혼에서 풀어주지 않을 것이라고 했다. 모드가 그를 사랑하지 않을뿐더러 그를 절대 좋아할 수 없고 그들의 약혼이 '끔찍한 족쇄'처럼 느껴지기 시작했다고 말한 내용은 충분한 근거가 되어주지 못한 것이 분명했다. 에드윈은 모드를 3년 동안 자유롭게 풀어줄 것을 제안했다. 하지만 그 기간에도 그들은 계속 매우 가깝게 지내며 서로에게 편지를 써야 했다. 3년 후에도 모드가 여전히 그를 사랑할 수 없다고 느낀다면, 그때는 그 약혼을 취소하는 데 동의하겠다는 것이었다.

모드는 겁에 질렸다. 에드윈의 계획은 3년짜리 징역 선고로 보였다. 그녀는 씁쓸하면서도 화가 난 투의 편지를 썼고, 곧바로 후회했다. 자신을 덫에 덜려 사납게 사냥꾼의 손을 물어뜯는 야생동물로 비유했다. 어떻게 해서든 그녀는 에드윈이 자신으로부터 벗어나길 잘했다고 생각하게 만들어야 했다.

모드의 사나운 편지는 효과가 있었다. 며칠 뒤, 에드윈은 그녀의 사진을 돌려주었다. 편지봉투에서 사과꽃 한 줌이 흩날리며 떨어져 내렸다. 모드가 사과꽃 가지를 꺾어 머리에 꽂던 날 에드윈이 챙긴 기념품이었다. 그녀는 이제 자유였다.

허만 리어드는 모드에게 그녀를 기억할 수 있게 사진을 한 장 달

라고 했다. 그는 그녀와 단둘이 만나기 위해 함께 늘 가던 장소에 숨어서 그녀를 기다렸다. 모드가 떠나기 전날 밤, 허만은 그녀를 꼭 껴안았고, 두 사람은 열정적으로 키스하고 헤어졌다. 모드는 허만에게서 자신을 떼어내는 것이 너무나도 힘들었다. 결국 허만을 향한 그녀의 사랑은 지저분했고, 혼란스러웠고, 스스로 지치게 만들었고, 바보 같았다. 그리고 영원했다. 그녀는 그를 절대 잊지 않았다. 상심한 모드는 삶이 끝난 것처럼 느껴졌다. 끝났으면 좋겠다는 마음도 컸고. 그녀에게 이렇게 뜨거운 시절은 다시는 오지 않을 것만 같았다.

다음 날 아침 허만 리어드는 모드를 배웅하기 위해 역으로 나와 다른 사람들 사이에 서 있었다. 개인적으로 작별인사를 할 시간도, 할 곳도 없었다. 점점 멀어져가는 허만의 왜소한 체구는 모드가 승강장에서 본 그의 마지막 모습이었다.

제14장

꿈의 집으로 돌아와서

모드는 로어 버데크를 떠날 때만 해도 앞으로 13년 동안 대부분의 시간을 집 안에서만 보내게 될 줄은 몰랐다. 그렇게 될 줄 알았더라면, 용기를 내지 못했을지도 모른다. 모드는 캐번디시에서의 첫 일주일을 허만 때문에 가슴 아파하고 버데크를 그리워하며 비참하게 보냈다. 돌이켜보니 버데크는 그녀의 외로운 삶 속에서 아름다운 오아시스와 같았다.

모드는 유년시절을 보낸 곳으로 다시 돌아왔지만, 여전히 어릴 때에 갇혀 있는 것처럼 느껴졌다. 늙어가는 외할머니는 모드가 본인과 똑같이 살 것으로 기대했다. 외할머니는 점점 더 초조해하고 자기만의 틀 안에서만 생활했다. 본인이 9시에 잠자리에 들면, 젊은 손녀도 9시에 잠들기를 바랐다. 본인이 일주일에 한 번 목욕하면, 모드도 반드시 일주일에 한 번만 목욕해야 했다.

모드는 캐번디시에서 자신이 이방인이나 다름없다며 소외감을 느꼈다. 그녀가 좋아한 옛 친한 무리들 중 너무나도 많은 친구들이 떠났기 때문이다. 모드는 늘 그랬듯, 책과 자연으로 도피했다. 예전 편지들을 다시 읽었고, 상당수는 불태워버렸다. 과거에 가벼운 마음으로 쓴 일기를 훑어보며 자신의 삶이 얼마나 즐거웠고, 또 쉬웠는지를 확인하며 놀랐다.

하지만 작가로서의 진정한 수련 또한 이 힘든 시기에 시작되었다. 강의도, 원치 않는 약혼의 구속도, 사회의 방해물도 없던 이때 모드는 모든 에너지를 글쓰기에 쏟았다. 그녀는 장시간 일하는 법을 깨우쳤다. 실패가 두렵지 않았다. 심지어 실패에도 익숙해져 있었다. 작품 허가서를 받고, 추가로 작품을 보내달라는 요청이 들어오는 등 사기를 북돋아주는 새로운 문학적 성취도 이루었다. 집필 자체가 이런 슬픈 나날들 속에서 큰 위로가 되었다.

모드는 포플러와 전나무가 심어져 있는 숲과 붉은 토끼풀 밭이 내려다보이는, 사랑하는 2층 여름 스위트룸으로 돌아왔다. 아마 그곳은 세상에서 유일하게 그녀의 상심을 치유해줄 수 있는 장소였을 것이다. 집은 고요했고, 마치 꿈에서나 나올 법한 분위기를 풍겼다.

그 후 2년에 걸쳐 혹독한 현실이 하나둘씩 닥쳤다. 충격의 연속이었다. 버데크를 떠난 바로 다음 해인 1899년 여름, 모드는 미스터리하고 활력 넘치던 마성의 젊은 연인 허만 리어드가 독감으로 갑자기 세상을 떠났다는 충격적인 소식을 듣게 되었다. 외할머니가 지역 신문에서 그 소식을 읽고는 모드에게 별일 아니라는 듯 전해주었다. 그녀는 모드와 허만의 뜨거운 과거에 대해 아무것도 몰랐으니까.

일기장 속에 나타난 모드의 첫 반응은 격렬하고 거칠었고, 극심한 슬픔으로 가득했다. 그녀는 차라리 그가 죽었다고 생각하는 편이 더 쉬웠다고 고백하며 이렇게 덧붙였다.

생전엔 그럴 수 없었지만, 죽고서야 다 내 것이 되었네. 그 어떤 여자도 그의 마음속에 들어가거나 그의 입술을 키스하지 못하게 내 것이 되어 버렸네.

허만의 사망 소식과 동시에 모드 안에 숨겨져 있던 모든 질투심이 밖으로 터져 나왔다. 장례식 도중에나 그 이후에나 모든 사람이 기억한 인물은 당연히 에티 셰르만이었다. 에티는 오랫동안 진심으로 허만을 애도했다. 그녀는 허만의 무덤에 파란 물망초*를 심었다. 온 마을이 허만을 애도하고 가엾은 에티를 동정했다. 허만의 장례식은 크게 행해졌다. 하지만 모드는 장례식 그 어디에도 참석하지 못했다. 그의 사망 소식을 담은 신문 기사는 모드의 스크랩북 속으로 들어갔다. 모드에게는 그를 기억할 수 있는 사진이 단 한 장도 없었다. 그래서 유명 잡지에서 오려낸, 꿈꾸는 듯한 표정과 짙은 색 머리칼을 가진, 제복 입은 한 청년의 사진을 가리키며 '마치 그를 찍은 것 같다'고 주장했다. 하지만 허만의 실제 기록물들이 보여주는 바에 따르면 모드가 스크랩한 그 사진 속 남자는 젊은 농부와 전혀 닮지 않았다.

이제 영혼의 세계로 간 허만은 자신이 얼마나 모드의 마음 속 깊

* '나를 잊지 말아요'라는 꽃말을 가진 꽃.

169

이 들어왔는지, 모드가 자신을 얼마나 사랑했는지 알 수 있을까? 그 생각을 하자 섬뜩했지만, 그만큼이나 참을 수 없었던 것은 서늘하고 냉담한 영혼이 된 허만의 유령이 차갑게 그녀 옆을 스쳐지나가는 모습을 떠올릴 때였다. 모드는 자신도 허만처럼 싸늘하게 죽은 채 그의 품에 안겨 누워 있고 싶었다.

그해의 남은 시간 동안, 모드는 냉정을 되찾으려 애썼지만 그럴 수 없었다. 그녀는 예전의 생활 방식을 계속 이어가려고 노력했다. 모드는 친척들을 방문하고, 동네 재봉 모임에 가입하고, 파이 소셜*에 참여하고, 캐번디시 문학회에서도 활동했다. 하지만 어릴 적 그토록 소중했던 것들은 본래의 빛을 잃어버렸다. 모드는 나이가 들어버린 느낌이었고, 외로웠고, 결혼하지 못한 여자의 끝자락에 있는 아웃사이더가 된 기분이었다. 이웃들이 함께 어울릴 때 모드는 숲으로 훌쩍 떠났다. 다른 청년들은 새로운 취미로 자전거 타기에 열광하고 있었지만, 모드는 사진학을 공부했다. 시와 소설을 썼고, 마치 책에 취한 사람처럼 독서를 했다. 그녀가 캐번디시 공공 대출 도서관의 도서를 선정하게 되었기 때문이기도 했다.

1900년 1월엔 또 하나의, 더욱 더 충격적인 사망 소식이 전해졌다. 이 소식 또한 모드의 삶의 균형을 뒤흔들어 놓았다. 서스캐처원 주에서 온 전보에 이렇게 짧게 적혀 있었다.

휴 J. 몽고메리 금일 사망. 사인은 폐렴.

---

* 함께 모여서 파이를 먹는 사교 모임

평온하고 행복하게, 고통 없이 고이 죽다.

모드는 아버지의 사망 소식에 너무 놀라 할 말을 잃었다. 그녀는 삶의 대부분을 곁에 부모 중 한 명이 없이 헤쳐왔지만, 이제 모드는 완전히 고아가 된 것이다. 6개월 동안은 아버지의 죽음에 대해 단 한 글자도 쓸 수가 없었다. 작가로서의 야망도 그와 함께 죽은 듯했다. 비록 아주 멀리 떨어져 살긴 했어도, 모드는 늘 아버지가 이 세상 어디에선가 자신을 사랑하고 자랑스러워한다고 믿으며 위안을 얻어왔었다. 그녀가 적은 문장에서도 그때 느낀 끔찍한 애처로움과 아이러니를 느낄 수 있다. 모드는 이렇게 적었다.

"당신의 '꼬마 모드'를 혼자 남겨두고 떠나신 건가요? 아버지답지 않았어요."

사실 모드의 아버지는 그녀를 늘 혼자 두었는데도.

모드는 스물다섯 살밖에 되지 않았지만 이미 극심한 상실을 경험했다. 그녀의 젊은 어머니, 소중한 친구 윌 프리처드, 외할아버지, 간절히 원했지만 닿을 수 없었던 허만 리어드, 그리고 이제는 사랑하는 아버지까지. 아버지와의 이별로 몇 달 동안이나 모드는 죽을 것만 같은 슬픔 속에 맥없이 잠겨 있었다. 하지만 동시에 그녀는 자유로워졌다. 모드는 한 치의 의심도 없이 앞으로는 홀로 세상에 맞서야 한다는 것을 알았다.

단어들은 그녀의 구원이자 일이었으며, 희망이었다. 조금씩, 예술이 다시 그녀에게로 돌아왔다. 모드는 냉정한 눈으로 자기 자신을 찬찬히 살펴봤다. 자신에게 부족한 점과, 강점을 따져서 적어봤다. 그녀에게는 금전적인 자원이 거의 없었다. 돌아가신 아버지가 남기고 간 200달러와 그녀가 따로 저축해놓은 100달러가 있었으며, '허울만 좋고 부실한 학벌'이 있었다. 그리고 딱 쥐꼬리만 한 월급을 받는 교사가 될 수 있을 정도로만 훈련을 받은 상황이었다. 그녀는 솔직하게 적었다.

"나는 그 누구에게 어떠한 영향력도 갖지 못한다."

하지만 모드는 젊고 에너지가 넘쳤다. 삶이 주는 온갖 슬픔에도 불구하고 삶을 사랑했다. 아무도 믿어주지 않는다 해도 자신만큼은 스스로를 믿었다. 그녀는 자신에게 '글을 끄적이는 재주'가 있다고 확신했다. 필력을 발휘해 매년 조금씩 더 많은 돈을 벌었다. 그해 그녀는 100달러 가까이 벌었다. 생활비로 충분한 금액은 아니었지만 경제적 독립이 점점 가까워지고 있었다. 모드에게는 강렬한 에너지가 있었다. 주변 사람들 말로는, 그녀에게는 뭔가를 이뤄내는 재주가 있었다. 모드는 흔들리지 않는 마음으로 미래를 마주하겠다고 다짐했다.

그해 여름, 모드에게 뜻밖의 기회가 찾아왔다. 댈하우지 대학을 다닐 때부터 야심이 큰 학생이었던 모드는 신문사에서 커리어를 시작하기를 갈망했었는데, 대학 때 알던 지인이 모드에게 편지로 《핼리팩스 에코》라는 석간신문사에서 교정자를 찾고 있다고 알려준 것이다. 그러면서 혹시 모드가 이 자리에 관심이 있는지 물었다. 급여로는 일주일에 5달러를 받게 될 거라고 했다. 이제껏 교사 일로 번 것보다 훨씬 많은 금액이었다. 그리고 이 자리는 더 나은 기회로 이어질 가능성도 있었다. 모드와 외할머니는 놓치기 너무 아까운 기회라고 판단했다. 모드는 사촌 프레스콧에게 자기가 떠나고 없는 동안 외할머니와 함께 집에 있어달라고 부탁했다. 프레스콧은 마지못해 그러겠다고 했다.

모드는 캐번디시를 떠날 생각에 에너지가 다시 불타올랐고, 여름 내내 성실하고 모범적으로 생활했다. 다른 사람들이 왁자지껄 떠들면 함께 떠들었고 다른 사람들이 춤을 추면 따라 춤췄다. 모든 교회 활동에 직접 참여했을 뿐 아니라 원예와 요리, 제빵, 그리고 할머니가 중요시한 수공예에도 전념했다.

청소년 소설 출판사들과 교회 관련 잡지들이 고정 고객이 되어서, 이제 모드는 그들의 청탁을 받아 소설을 썼다. 모드는 그때 쓴 글들이 모드가 가장 좋아하는, 신나고 유쾌한 글은 아니었지만 교훈을 잘 삽입한 글들이었다고 고백했다. 그녀는 이력에 점점 새로운 잡지들을 추가하게 되었고, 매번 편집자들을 기쁘게 해주고자 노력했다. 그녀가 작업한 분량은 실로 대단했고, 그녀는 늦은 시간까지 오래 일하면서도 즐거워하며 생각했다.

"아, 이 일이 너무 좋아!"

모드는 9월에 인터뷰를 하러 잠시 핼리팩스에 갔는데 바로 신문사에 취직하게 되었다. 바쁜 핼리팩스Halifax(이번에는 전부 대문자가 아니다)에 간 첫 해에 모드는 향수병을 앓았다. 그다음에는 해마다 더 심해지고 겨울이면 특히 그녀를 괴롭혔던 우울증에 시달렸다. 모드는 아마 오늘날 계절성 우울증으로 알려진 병에 시달렸을 것이다.

그녀가 살던 시절에는 이 질환을 일컫는 명칭이 따로 없었고, 제대로 된 인식과 치료법도 없었다. 시곗바늘이 움직이듯, 모드의 감정은 11월 그녀의 생일 무렵부터 서서히 어두워지기 시작해서 겨울철 해가 짧아지면서 점점 더 심해졌고, 5월 말이나 6월에 햇빛과 따스함이 돌아오고 나서야 비로소 나아졌다. 그녀는 겨울에는 지치고 무기력했고, 봄과 여름에는 잔뜩 긴장하고 초조해했다. 햇빛의 유무에 따라 주기적으로 나타난 이 증상은 조울증이 진행되고 있음을 보여준 한 가지 징후였을 수도 있다.

하지만 모드에게는 우울증에 빠져 있을 시간이 없었다. 그녀는 새로 맡은 역할을 반드시 잘해내야만 했다. 모드는 에코 사 편집부에서 유일한 여성 직원이었다. 모드는 교정 업무 외에도 일종의 언어 만능인 역할을 맡아야 했다. 교열, 전화응대, 칼럼 집필, 그리고 각종 사회적 사건들을 다루었다. 하지만 부고는 허용되지 않았다. 모드는 씁쓸해하며 적었다.

"분명 장례식은 우리 사회에 설 자리가 없다."

모드는 조간신문의 사설을 추려 배포하는 홍보 일도 했다. 또 지역 사업체들을 인터뷰했고, 동네 상점들을 칭찬하는 지나치게 부풀린 기사들을 써냈다. 이에 만족한 어느 모자 상인은 모드에게 새 모자를 선물했고, 모드는 기쁜 마음으로 받은 적도 있었다.

《에코》지에 모드는 신시아라는 필명으로 '티 테이블에 둘러앉아 Around the Tea Table'라는 제목의 칼럼을 연재하기도 했다. 그 지역의 관광 명소에서부터 패션 트렌드와 취미에 이르기까지 다양한 내용을 가볍게 다루었다. 사회적 사건과 관련된 편지가 오지 않으면

지어내는 것도 그녀가 해야 하는 일이었다. 물론 그건 그녀가 가장 싫어한 일이었다.

에코 사는 이따금 신문에 연재소설을 실었다. 한번은 「왕실의 약혼A Royal Betrothal」이라는 영국 왕실 로맨스물을 연재하던 때, 이야기의 마지막 부분이 우편물 속에서 분실되자 모드는 새 결말을 만들어내라는 지시를 받았다. 모드는 자신이 로맨스물에도, 왕실에도 아는 게 거의 없다며 반발했다. 하지만 담당 편집자는 고집을 굽히지 않았다. 그러던 어느 날 모드는 열차에서 어떤 여자 두 명이, 「왕실의 약혼」이 한없이 질질 끌더니만 마지막엔 활기찬 결말을 맞았다고 말하는 것을 들었다. 모드는 기뻐했고, 그때 이후로 신문사 연재물에 문제가 생길 때마다 나서서 직접 해결해주었다.

그런 와중에도 모드는 청소년 팟보일러*를 쓸 시간을 냈다. 작품은 문학적으로 그리 자랑스럽진 않았지만, 신문사에서 버는 것보다 훨씬 많은 돈을 벌 수 있었다. 그리고 모드는 '내가 숭배하는 예술과 딱 맞는, 올바른 형태'라고 믿는 글도 꾸준히 썼다.

모드는 부산스러운 핼리팩스가 도무지 익숙해지지 않았고, 그 안에서 여기저기 돌아다녔다. 끊임없이 나타나는 우울증, 그리고 향수병과 싸우던 모드는 이렇게 적었다.

"군중 속에서의 외로움만큼이나 외로운 것은 없다."

그녀의 침실에서는 늘 음울한 뒷마당이 보였다. 하지만 언제나 그랬듯, 그녀는 우울함에 맞서 싸웠다. 대학시절에 알던 친구를 다시

---

* 오로지 돈벌이를 목적으로 만든 작품, 통속소설.

만나 그녀와 어울려 지냈다. 에코 사 영업부에서 일하는 여자와도 친해졌다. 그리고 어쩔 수 없을 때는 혼자서라도 시내전차를 타러 갔고, 오랫동안 걸어 다녔다. 모드는 난생처음으로 유니버설리스트 교회Universalist Church*에서 예배를 드렸는데, 이는 모드에게 종교행사라기보다는 강의나 콘서트처럼 느껴졌다. 그녀를 둘러싸고 벌어진 작은 사고조차도 지나고 나서 돌이켜보면 어쩐지 재미있었다. 일어난 모든 일이 그녀의 예술을 위한 소재가 되었다.

모드는 이 새로운 자유 속에서 활짝 피어났다. 원하는 대로 생각하고, 원하는 대로 글을 썼다. 누구도 그녀를 검열하거나 반대하지 않았다. 모드는 자신의 생각과 관찰한 내용들을 일기장에 쏟아냈다. 바로 여기, 청소년 팟보일러에서가 아니라 그녀의 일기장 페이지들 속에서 작가의 유머, 예리한 눈, 그리고 진정한 서사의 천재가 서서히 나타나는 것을 볼 수 있다.

5월이 되자 모드의 겨울철 슬럼프는 지나갔다. 늘 그랬듯 그녀의 생각은 프린스에드워드섬의 집으로 향했다. 모드는 신문사 일을 즐기긴 했지만, 북적거리는 핼리팩스만큼은 조금도 좋아지지 않았다. 그리고 사촌 프레스콧과 외할머니의 사이가 별로 좋지 않다고 들었다. 모드는 사촌이 외할머니에게 모질게 구는 것은 아닌지 의심스러웠다. 또 다시 의무감이 그녀를 집으로 이끌었다. 모드는 자신이 외할머니에게 도움이 되어줄 수 있는 한, 외할머니를 떠나지 않겠다고

---

* 18세기에 등장한 '유니버설리즘'은 하느님의 목적이 예수의 거룩하신 은혜를 통해 모든 사람을 구원한다고 믿는다.

다짐했다. 자신과의 약속을 잘 지키는 모드는 마지막 순간까지 의리를 지켰다.

집으로 돌아온 모드는 존 외삼촌이 외할머니에게 집을 포기하라고 압박해왔다는 사실을 알게 되었다. 외삼촌은 외할머니를 다른 친척의 손에 맡기고, 자기 아들 프레스콧이 그 집을 차지하길 바랐다. 외할머니와 모드가 이에 저항하자, 외삼촌은 그다운 매정함으로 대응했다. 그는 모드와 외할머니로부터 완전히 등을 돌려버렸다.

외삼촌은 옆집에 살면서도 모드와 외할머니를 위해 손가락 하나까딱하지 않았다. 마치 그들의 행복과 편안함을 방해하는 데서 쾌락을 느끼는 것 같았다. 그의 분노는 지칠 줄 몰랐다. 자기 어머니가 병상에 눕게 될 때까지 찾아오지도 않았다. 그때까지 외할머니에게 그렇게나 걱정을 많이 끼쳤으면서도.

모드는 오래된 농가에서 사람들과 어울릴 수 있는 일이라면 무엇이든 했다. 외할머니와 교회활동에도 계속 활발하게 참여했다. 모드는 요리와 청소를 했고, '남자가 하는 일'로 여겨지던 더 강도 높은 집안일도 했으며, 우체국 운영을 도왔다. 친척 중 어느 누구도, 단 하루 동안만이라도 도와주겠다고 선뜻 나서지 않았다. 모드의 의지를 꺾어버리려 한 것이라면, 그들은 상대를 잘못 골랐다. 모드의 의지는 오히려 더 확고해졌고, 늙고 허약한 외할머니도 끈질기게 버텼다.

모드는 의리를 지켜 한 가지 중요한 보상을 받았다. 캐번디시에는 '영혼의 단짝'이 남아 있지 않았다. 모드의 소꿉친구 펜지는 성인이 되면서 모드와 취향과 관심사가 점점 멀어지더니 평범한 유부녀가 되었다. 모드와 친한 대부분의 여자 친구들은 이미 결혼을 했고, 남자 친구들은 대체로 섬을 떠난 상황이었다. 그런데 그해 가을, 노라 레푸르게이라는 이름의 신임 교사가 마을에 왔다. 노라는 활발했고, 똑똑하며, 매력적이고, 독립적이었으며 유머감각이 많았다. 모드는 자신의 새 친구를 '하느님의 긍정적인 선물'이라고 불렀다. 둘은 모든 면에서 꼭 맞았고, 그 작은 캐번디시 안에서 그런 일이 가능하다는 사실이 기적 같았다고 모드는 주장했다.

겨울에 노라는 모드의 집에서 하숙을 시작했다. 모드와 노라 둘 다 외모가 수려한 이십 대 중반의 미혼 여성들이었다. 주변 사람들은 그들을 한심한 노처녀로 보았지만 그들은 전혀 그렇게 생각하지 않았다. 둘은 함께 교환 일기를 썼다. 가벼운 놀림, 날카로운 비평, 사적인 농담과 말도 안 되는 이야기들을 가득 적었다. 마을의 몇몇 남자들에 관해서도 적었고, 서로 신랑감 후보 이 남자, 저 남자와 사랑에 빠졌다고 우기기도 했다. 캐번디시 교회의 목사인 이완 맥도널드를 처음 언급한 곳도 바로 이 교환 일기장이다.

어느 날 모드는 노라가 감기에 걸리는 바람에 목요일 밤 교회 모임에 혼자 가게 되었다. 모드는 자기 눈으로 직접 '새로 온 그 인물'을 한번 자세히 보고 싶었다. 혹시 그가 '미래의 그 남자'가 될지 또 누가 아냐며 장난스럽게 적었다.

> 오늘 아침 스코틀랜드의 하일랜드 출신 목사가 설교를 해주었는데, 그는 정말이지 '싸랑'스러워서 모든 여자들이 그에게 빠져들었어. 가슴이 어찌나 콩닥거리던지, 찬송가를 겨우 연주했다니까. 아직은 약하니까 여기서 그만 멈추는 게 좋겠어.

그녀는 그 정말이지 '싸랑'스러운 신임 목사의 첫 인상에 대해서도 적었는데, 훗날 그 페이지들을 일기장에서 오려내 없애버렸다. 모드가 이완 맥도널드를 단순히 잠깐 놀리고 넘어가는 수십 명의 남자들 중 하나로 가볍게 생각했다고 해도 과언이 아니다.

노라를 만난 바로 그 1902년, 모드는 둘을 모두 아는 어느 한 친구로부터 장거리 펜팔 두 명을 소개받았고, 평생 이들을 친한 친구로 여기게 된다. 두 남자 모두 모드가 편지로 만났을 때에는 총각이었고 둘 다 그녀가 자신의 삶, 사랑, 문학에 대한 감정을 믿고 털어놓을 수 있는 꼭 필요한 상대가 되어주었다.

한 명은 메노파교*교사이자 캐나다 서부의 농가 주인, 에프라임 웨버였다. 웨버는 작가가 되기를 꿈꿨다. 대문자로 쓰인 그의 편지들은 폭넓은 주제의 지식을 다루었다. 모드의 두 번째 펜팔 친구는 온화한 스코틀랜드 저널리스트, 조지 맥밀런이었다. 맥밀런의 편지는 에프라임 웨버의 편지만큼 훌륭하지는 않았지만, 모드는 그가 남자로서는 그보다 나을 것이라고 추측했다. 멀리 떨어져 있는 모드의 새 친구들은 둘 다 각자 외로웠고, 본인의 생각을 명료하게 표현했으며 책을 사랑했기에, 모드에게 좋은 펜팔 친구가 되어주었다.

모드는 편하게 앉아 노라와 스냅 사진을 찍거나 글을 쓰거나 세인트로렌스로 수영하러 가거나 할 때가 아니면 쉽게 외로움과 우울감에 빠져들었다. 집안의 걱정거리와 경제적 불안감이 모드와 외할머니를 끈질기게 괴롭혔기 때문이다. 그들은 존 외삼촌 바로 옆집에

---

* 네덜란드 재세례파의 흐름을 계승한 그리스도교의 한 파.

살았음에도 불구하고 마치 다른 나라로 추방된 것처럼 그와 철저히 단절되어 있었다. 존 외삼촌은 오래된 농가에 있는 헛간을 가지고 있으면서도 모드와 자기 어머니에게는 말과 마차도 내주지 않았다. 두 여자는 가장 기본적인 교통수단조차도 다른 사람들에게 의지할 수밖에 없었다.

가끔 유독 감정에 어둠이 드리울 때면, 모드는 노라와 주고받았던 교환 일기장에 쓰인 농담들을 읽으면서 자신이 어떻게 이런 글을 썼는지 의아해했다. 모드는 이렇게 고백했다.

"더 이상 살아가기에 지쳤어."

모드는 허만 리어드와의 '광적인 정열의 해'에서 아직 벗어나지 못했다. 끊임없는 후회가 그녀를 괴롭혔다. 그 누구도 모드가 느끼는 슬픔의 깊이를 짐작하지 못했다. 모드는 겉으로는 늘 밝은 척했지만, 속으로는 절망에 쉽게 굴복했다. 모드는 어느덧 이십 대 후반이었다. 지금까지 느껴본 것 중에서 가장 어두운 감정에 빠져 있었고, 미래에 대한 희망이 거의 없는 것만 같았다. 그녀는 이렇게 적었다.

> 내게 삶은 지난 5년 동안 안타깝기만 했다. 매년 점점 더 힘들어질 테고, 그렇게 계속되겠지. 젊음은 곧 사라질 테고, 나는 무미건조하고 쓸쓸한, 힘겨운 중년을 맞을 것이다. 결코 좋지 않다.

1903년 여름이 되자, 노라는 근무 기간을 끝내고 캐번디시를 떠났다. 모드는 새로운 우정을 찾아 여기저기 헤맸다. 그해 9월에는 정말이지 '싸랑'스러운 서른네 살의 목사 이완 맥도널드가 캐번디시 교회에서 목사직을 맡게 되었다. 그는 맥닐 우체국에 들러 모드와 대화를 나눴고, 그들의 가벼운 대화는 둘 모두에게 위안이 되었다.

그해 모드는 자신이 쓴 글로 500달러를 벌었다. 그녀는 잡지사 편집자들에게서 새 작품을 청탁받는 달콤하고 색다른 경험을 맛보았다. 모드의 이름이 캐나다 신인 작가들의 인터뷰에서 이따금 불쑥 튀어나왔다. 본인은 거의 인식하지 못했겠지만, 이때부터 모드는 자신의 가장 유명한 꿈의 집을 위한 기반을 다지고 있었다.

1902년에서 1905년 사이 혹독한 겨울이 프린스에드워드섬 역사상 최악의 눈보라를 불러왔다. 모든 우편 서비스가 중단되어서 며칠 동안 우체국을 찾는 사람이 단 한 명도 없었다. 바람에 날려온 눈더미가 오래된 집 지붕에 높이 쌓였다. 1층 방들은 낮에도 땅거미가 질 때처럼 어둑했다. 바람이 쉭쉭거리며 오래된 농가 주변을 맴돌았다. 모드는 내내 갇혀 있었다. 눈보라가 너무나 원망스러웠지만 다시 밖으로 나와 붉은빛과 황금빛으로 울긋불긋 타오르는 겨울 햇살 속을 걸어 다닐 수 있게 된다면 그 즉시 눈보라를 용서해줄 생각이었다. 그다음 눈보라 때문에 또 갇히게 되기는 했지만.

오랫동안 기다려온, 꽤나 늦어진 봄은 '즐거운 나날을 한 아름' 선사했다. 모드가 6월에 불행하기란 거의 불가능했다. 모드는 겨울 내내 정원을 가꿀 계획을 세심하게 세워놓았고, 날씨가 허락해주자마자 흙 속에서 손을 움직여 일했다. 연인의 오솔길을 산책하는 건 숨이 벅차오를 만큼 행복한 일이었다. 마음을 안정시켜주는 하늘과 바다의 존재를 느꼈다. 그녀는 이렇게 적었다.

나는 늘 그 눈부신 바다의 향연을 바라보았다. 새벽과 정오와 자정, 폭풍과 고요, 비바람, 별빛, 달빛, 햇살로 이루어진 끊임없이 변하는 그 눈부신 아름다움을.

몇몇 소설들로의 도피는 그녀에게 단단한 희망을 안겨주었다. 그중 하나는 모드가 소녀일 때 뚝딱 읽어 치운 워싱턴 어빙의 이국적인 소설 『알함브라』였다. 어느 음울한 하루 끝에 그녀는 이렇게 적었다.

워싱턴 어빙, 나의 감사를 받아주세요. 비록 당신은 죽어서 무덤 속에 있지만 당신의 마술은 여전히 너무나도 강력해서 하루의 어둠 위로 실낱같은 햇살을 꿰어줄 수 있을 정도예요. 『알함브라』를 써주셔서 감사드려요.

모드에겐 자신이 맞이할 수 있는 유일한 친구가 책일 때가 지나치게 많았다. 외할머니는 모드의 친구를 심하게 질투했고, 점점 더 조바심을 내며 내성적으로 변했다. 외할머니는 그 누구도 반갑게 맞아주지 않고 외부인의 출입을 최대한 제한했다. 모드가 오래된 농가를 수리할 수 있을 만큼 충분한 돈을 벌고 있었지만, 외할머니는 아무것도 바꾸지 못하게 했다. 심지어 손님이 와서 모드가 케이크를 구우려 하자 그조차도 허락해주지 않았다. 두 여자는 점점 더 많은 시간을 각자 보냈다.
하지만 모드는 그 오래된 농가를 사랑했고, 그곳을 필사적으로 지키려 했다. 원예와 사진 찍기, 스크랩북과 수공예품 만들기 등 소소한 취미들을 통해 스스로를 위로했다. 모드는 수십 가지의 크고 작은 방식으로 사람들 사이에 스며들 수 있었다. 교회 오르간 연주자와 성가대 지휘자를 자청했고, 주일학교에서 아이들을 가르쳤으며, 문학회와 공공 도서관에서도 활동했다. 그렇게 더 넓은 세상과는 단절되어 지낸 몇 년 동안, 모드는 자신의 이웃들을 좀 더 깊이, 친밀한 방식으로 알게 되었다. 그리고 이때 경험한 것들이 그녀의 소설에서 몇 번이고 나타난다.

모드는 훗날 주장했다. 삶은 큰 도시에서만큼이나 작은 마을에서도 활기차다고. 모드는 최고의 글쓰기 소재가 저 먼 어딘가에 있는 것이 아니라 바로 옆에 있다는 것을 알게 되었다. 캐번디시에서 보낸 이 길고 외로웠던 시절 동안, 그녀는 고향 땅 흙 속의 뿌리들 주변을 깊숙이 파고들고 있었다. 그녀가 해야 할 일은 씨앗 하나를 떨어뜨리는 것뿐이었다.

제15장
앤의 탄생

1904년, 모드는 일기장에 휘갈겨둔 오래된 메모를 우연히 발견한다.

노부부가 고아원에서 남자아이를 입양하려 했는데, 착오가 생겨 한 여자아이가 온다.

그 후로 18개월 동안, 모드는 이 짧은 기록을 바탕으로 그녀의 가장 유명한 소설 『빨강머리 앤』을 쓰기 시작했다. 에이번리 기차역에 나타나는 앤 셜리라는 빨강머리 고아소녀는 모드를 사로잡아 그녀의 상상력을 자극했다. 모드는 본인이 만든 여주인공과 사랑에 빠져버렸다. 그럴 만도 했다.

모드는 예술이라는 위대한 마법을 펼쳐서 버림받은 자신의 과거를 이야기로 구출해냈다. 모드는 소설 속 앤에게 자기 자신을 투영했다. 그녀만의 활발한 상상력, 자연에 대한 열렬한 사랑, 무생물에 이름을 붙이는 습관, 찬장 속 가상의 친구, 책에 대한 끝없는 사랑, 특유의 허영심과 자만함과 고집, 그리고 사랑하는 사람들에 대한 깊고 꾸준하고 변함없는 애착까지.

모드는 소설 속 배경인 에이번리에서 캐번디시의 작은 마을 생활에 대해 노래한다. 그녀가 '숭배하듯' 사랑한 꽃길인 연인의 오솔길에서 유령의 숲에 이르기까지, 에이번리는 모드가 가장 잘 아는 모든 장소에 대한 패스티시*였다. 반짝이는 호수는 모드가 파크코너의 손님용 침실에서 언뜻 보이는 눈부신 호수에서 영감을 얻었다. 하지만 기쁨의 하얀 길, 제비꽃 골짜기 그리고 드라이어드 요정의 거품 같은 것처럼 순전히 지어낸 것들도 많았다.

모드의 옛 일기장에 적혀 있는 앤 이야기의 시초는 모드의 입양된 친척 동생 엘렌 맥닐의 과거를 반영한다. 예상했던 고아원의 남자아이 두 명 대신, 엘렌과 그녀의 오빠가 기차에서 내렸다. 엘렌의 오빠는 다른 남자에게 곧바로 입양되었다. 모드의 친척 어른인 피어스와 레이철 맥닐은 그 세 살짜리 소녀를 입양하기로 결정했다. 열일곱 살의 모드는 그 내용을 일기장에 적었다. 그러고는 수년 동안 그 아이디어를 조용히 묵혀두었다. 하지만 자신이 직접 지어낸 앤과 엘렌 맥닐 사이의 유사성을 극구 부인했고, 엘렌 맥닐에 대해 '그녀만큼 한심할 정도로 진부하고 지루한 여자아이는 상상할 수가 없다'

---

* 모방 작품.

고 쌀쌀맞게 말했다.

앤의 집인 초록 지붕의 집은 또 다른 친척인 데이비드와 마거릿 맥닐이 소유한 집을 대략적인 모델로 삼았다. 사실 그들의 집은 악명 높을 정도로 지저분했다. 말끔히 쓸어놓았다는 마릴라의 집과는 영 딴판이었다. 하지만 현실 속의 실제 데이비드 맥닐도 수줍음 많고 내성적이었으며, 사생아인 종손녀의 양육을 떠맡았다. 모드는 자신이 매슈를 만들 때 의식적으로 데이비드 맥닐을 떠올리지는 않았지만, 책에 묘사된 매슈 커스버트가 이상하게도 그와 닮아 보였다고 적었다.

외할머니의 무심한 성격이 사랑스러운 마릴라로 발전되었듯, 모드 아버지의 수줍음 많고 자상한 성품이 매슈에게 이상적으로 반영된 흔적을 발견할 수 있을지도 모른다. 하지만 모드는 그 어떤 작가도 단순히 삶에서 등장인물을 뽑아다 쓰지는 않는다고 주장했고, 이는 맞는 말이다. 소설은 변형의 예술이니까. L. M. 몽고메리를 비롯한 수많은 작가에게 소설은 그들이 실제 삶에서는 이룰 수 없는 행복한 화해를 이룰 수 있게 해준다.

마릴라 커스버트는 외할머니 루시 맥닐에게는 없었던 탁월한 유머 감각과 이해력을 소유하고 있다. 또 모드의 현실 속 아버지와는 달리 매슈 커스버트는 헌신적인 아버지의 본보기이며, 딸을 보호하는 일에 있어서는 대단히 용감하다. 그리고 소설 속 앤은 마지막에 가서는 자신의 고집스러움과 거짓된 자존감을 극복하고, 자신과 잘 어울리는 청년을 사랑하게 된다. 그리고 모드가 그토록 이루기 힘들어한 행복한 결혼생활을 앤 셜리는 이룬다. 『빨강머리 앤』에는 가슴 아픈 슬픔이 조금 있기는 하지만, 주변이 온통 행복으로 반짝인다. 우리를 웃게 하다가도 한순간에 울게 만드는 변덕스러운 여주인공 앤의 경우가 특히 그러하다.

유명 캐나다 작가 마거릿 애트우드는 『빨강머리 앤』의 주요 러브 스토리는 앤과 길버트 블라이스 사이에서가 아니라 앤과 사랑에 굶주린, 나이 지긋한 마릴라 사이에서 나타난다고 주장했다. 마릴라의 톡 쏘는 성질은 앤의 달콤함에 풍미를 더해주기 때문이다. 마릴라가 없다면 독자들은 천방지축 사고를 벌이는 앤이 별로 매력적이지 않다고 생각할지도 모른다.

『빨강머리 앤』은 영원한 가족을 만드는 내용을 담았다. 장소를 기념하며 소속감에 대해 이야기한다. 요컨대 그 누구도 아닌, 바로 수많은 복잡한 과거를 갖고 굶주린 사랑을 갈구하는 모드 몽고메리였기에 『빨강머리 앤』을 창조할 수 있었던 것이다.

영감이 찾아왔을 때 모드는 준비가 되어 있었다. 1905년, 수줍은 새내기 목사 이완 맥도널드가 상근으로 일하기 위해 인근의 스탠리에서 캐번디시로 이사 왔다. 캐번디시 교회와도 더 가깝고 모드와도 더 가까운 곳으로 오게 된 것이다. 최근 다른 여인과 약혼할 뻔한 상황을 피해온 참이라, 그는 모드와의 관계를 매우 천천히 발전시켜나갔다. 그들의 우정은 공통의 관심사를 기반으로 만들어졌다. 모드는 교회 오르간 연주자와 교회 성가대 지휘자로 활동했기에 모드보다 딱 네 살 많은 젊은 목사와 함께 나눌 이야깃거리가 충분했다. 노라는 모드가 교회 행사와 아이스크림 소셜*에 갑자기 관심을 보이는 것에 대해 놀리는 듯한 말투로 이렇게 적었다.

"젊은 목사가 나타나고서부터 모드가 교회 일을 맡기 시작했다니까."

모드와 노라의 일기장에 기록된 몇 가지 장난스러운 내용을 제외하면 모드가 실제로 이완 맥도널드에 대해 느낀 첫인상과 관련된 내용은 없다. 반면 이완은 처음부터 그녀에게 시선을 빼앗겼다고 인정했다. 그는 현명했기 때문에 조심스럽게 다가갔다. 모드는 연애에는 겁이 많았지만, 우정에는 목말라 있었다. 이완에게는 따뜻한 성품과 매력적인 보조개가 쏙 들어가는 미소가 있었고, 말투에서는 특유의 거부할 수 없는 게일식 억양이 묻어나왔다. 그는 캐번디시에서 괜찮은 남자로 유명했다. 몇 킬로미터 떨어져 있는 곳까지 나이를 불문하고 미혼 여자라면 모두가 그를 넘봤으니까.

이완은 프린스에드워드섬에서 나고 자랐다. 하지만 그는 섬 반대편에 있는 대가족 농부 집안 출신이었다. 이완의 집안은 허만 리어드만큼 부유하지 못했고, 이완은 모드만큼 우아하게 교육받지 못했다.

모드처럼 이완도 프린스오브웨일스 대학과 댈하우지 대학을 모두 다녔다. 그의 형제 중 두 명은 농부가 되었지만 이완은 가족들 사이 흔치 않은 지식인이 되었다. 목사가 되겠다는 그의 꿈은 가족들 입장에서는 큰 발전으로 보였다. 1903년부터 그는 캐번디시에서 정기적으로 특정 교회를 방문해 설교하는 목사로 일하기 시작했고, 1905년에 이르러서는 정규 목사로 취임했다. 그 외 이완의 약력은 불투명하다. 다만 그는 어릴 적 우울증 병력을 가진 것으로 보이는

---

* 아이스크림을 먹으며 이야기를 나누는 사교 클럽

데, 이러한 사실을 모드에게는 잘 숨겼다.

1903년에서 1905년까지 이완은 근방의 스탠리에서 하숙했는데, 모드는 스탠리를 자주 방문했었다. 또 한 명의 일생의 사랑, 바로 그녀의 가장 어린 사촌인 프리드 캠벨이 살고 있었기 때문이었다.

사촌 프리드는 모드보다 열 살 어렸다. 이런 나이 차이로 인해 둘은 유년기와 청년기 시절에는 그리 가깝지 않았다. 수년간 둘은 서로 평범한 사촌들처럼 가볍고 우호적인 가족 사이로 지냈다. 그러다 파크코너를 방문하게 된 어느 날, 모드와 프리드는 밤늦게까지 이야기를 나누다가 여러 주제에 있어 서로 비슷한 생각을 갖고 있음을 깨닫게 되었다. 둘은 진정한 영혼의 단짝이었던 것이다. 무더운 한여름 밤부터 시작된 이야기는 시원한 새벽이 올 때까지 계속되었다. 그날 이후로 두 사람은 애정을 갖고 서로의 곁을 지켜주었다. 모드는 프리드를 매우 아껴서, 프리드를 '나의 친자매 이상'이라고 표현했다. 모드는 이완과 프리드로 자신에게 꼭 필요한 두 사람을 모두 갖게 되었고, 그들은 『빨강머리 앤』이 구체화되는 동안 모드의 기분을 들뜨게 해주었다.

본인의 사적인 생각과 일생의 사건들을 일기장에 섬세하게 기록한 사람치고 모드는 자신의 집필 과정에 대해서는 아주 조금밖에 드러내지 않았다. 짐작건대 이르면 1904년에 집필을 시작해서 1906년 겨울에 완성했을 것이다. 이 작품을 완성하기까지 9개월에서 18개월 정도 걸렸을 것으로 보인다.

1905년, 모드는 펜팔 친구 에프라임 웨버에게 자신은 요즘 하루에 세 시간씩 글을 썼다고 전했다. 잡지 일에 오전 한 시간, 타자를 치는 데 오후 한 시간, 그리고 소설 쓰는 데 저녁 한 시간. 그리고 나머지 시간엔 전부 집안일을 했다고 전했다. 그때 정말 빠른 속도로 글을 썼다면서, 바쁘게 집안일을 하는 동안 이야기 플롯과 인물의 대사를 생각했다고 모드는 말했다. 이렇게 이 젊은 작가는 1905년에 많은 작가들의 경우 평생에 걸쳐 완성할 마흔네 편의 소설을 출간했고, 같은 해에 『빨강머리 앤』의 대부분을 썼다.

모드는 노부부에 대해 쓴 기록을 다시 발견하고서는 주일학교 잡지 투고용으로 알맞은 이야기 일곱 챕터를 재빠르게 구상해나갔다. 주인공에게 앤 셜리라는 이름을 짓고 잡지에서 찾아둔 어느 빨강머리 소녀의 사진을 보며 이미지에 맞게 인물을 설정했다. 그런 다음 본격적으로 작업에 착수했다.

이완 맥도널드는 6월 오후 우편물을 가지러 우체국에 잠시 들르면서 첫 챕터 작업을 방해했다. 모드와 이완은 한낮의 햇빛이 사라지고 부엌이 어둑어둑해질 때까지 함께 대화를 나눴다. 모드는 그의 관심사를 아주 잘 알고 있었다.

『빨강머리 앤』의 집필은 대부분 부산스러운 외갓집 부엌 겸 우체국에서가 아니라 모드의 2층 방에서 이루어졌다. 앤 셜리라는 주인공은 저절로 살아났다. 심지어 앤이 그토록 강조했던, 이름 끝에 붙는 'e'마저도 모드의 머릿속에서 번뜩이며 즉시 떠올랐다. 앤은 이상할 정도로 그녀를 사로잡았다. 어느 날 문득 모드는 대담한 생각이 떠올렸다.

책을 써보자. 주요 아이디어는 이미 있잖아?

이제 필요한 챕터에 맞게 잘 늘리기만 하면 돼.

『빨강머리 앤』이 모드의 첫 소설은 아니었다. 모드는 앞서 캐롤 골든이란 이름의 이상적인 소녀에 관한 교훈적이고 뻔한 이야기인 『골든 캐롤A Golden Carol』도 쓴 적이 있다. 그 소설은 모드가 딱 싫어하는 종류의 이야기였고, 결국에는 불태워버렸다.

『빨강머리 앤』은 고집 세고 못생기고 충동적이고 거만한, 완벽과는 완벽히 거리가 먼 소녀가 매번 말썽에 빠지는 이야기다. 앤은 성미가 까다롭고 마음속에 화를 품기도 한다. 본인의 빨강머리에 대해서는 지나치게 예민하게 반응하면서도 제 예쁜 코에 대해서는 지나치게 자만하며, 변덕을 부렸다가 풀이 죽기도 하고, 똑똑했다가 바보처럼 굴기도 하며, 용감했다가 겁쟁이가 되기도 한다. 모드에게 이런 앤 셜리라는 아이는 꼭 살아 있는 것처럼 느껴졌다. 모드는 책한 권 전체가 이 어린 여자아이에게 달려 있다고 믿었다. 훗날 모드는 이렇게 썼다.

책은 바른 생활 어린이들에 대한 이야기를 다루지 않는다. 그런 이야기는 너무 따분해서 아무도 읽지 않을 테니까.

모드는 펜팔 친구 조지 맥밀런에게 자신이 쓴 모든 작품을 통틀어 이번 작품에 자신의 진정한 목소리와 문체를 가장 잘 담았다고 털어놓았다. 『빨강머리 앤』의 문체는 자신의 진짜 문체가 담겼다고 주장했다. 그 사실이 그녀가 생각하는 이 책의 성공 비결이었다. 다른 이야기들도 정교하게 잘 만들어졌을지 모르지만 아동문학 작가 P. L. 트래버스의 말을 인용하자면, 다른 작품들은 '무언가에 이끌려 썼다기보다는 만들어낸 것'처럼 느껴진다.

1905년 봄과 여름에 걸쳐, 모드는 『빨강머리 앤』의 초반 여섯 챕터를 마구 쏟아냈다. 마릴라와 매슈가 앤을 입양하기로 결정하는 순간까지다. 매일 그녀가 어떤 내용을 썼는지 자세히는 알 수 없지만, 모드의 일기장을 통해 그녀의 생각을 조금은 엿볼 수 있다.

그해 6월, 세상은 모드를 위해 활짝 열렸다. 모드는 사람들의 따뜻한 사랑에 햇빛을 대할 때처럼 격렬하게 반응했다. 그녀 곁에는 두 명의 친한 친구인 프리드와 이완이 있었다. 그녀는 들판과 정원이 내다보이는 자신의 하얀 방에서 빠르게 술술 글을 썼다. 하지만 불과 2년 전, 모드는 펜팔 조지 맥밀런에게 자신이 숨겨왔던 두려움을 털어놓았었다.

"난 결코 위대한 작가는 될 수 없어요."

모드는 진심으로 자신의 소설이 소수의 젊은 여성 독자들에게나 인기를 끌 것이라고 믿었고, 또 다른 펜팔 친구 에프라임 웨버에게 자신의 글에 그 어떤 위대하거나 대단한 것도 기대하지 말라고 당부했다. 하지만 그러면서도 맥밀런에게 이렇게 적었다.

나는 우리가 갖고 있는 것(우리 안의 어떤 '악마'가 우리에게 주는 것)을 끄집어내 글로 적어야 하지만, 그 외 나머지는 우리 힘으로는 어쩔 수 없는 일이라고 생각해요. 가슴과 경험에서 진정으로 우러나오는 것을 쓴다면 진심은 저절로 드러나고 전달될 거예요.

그해 6월, 『빨강머리 앤』을 작업하던 모드는 자신의 서재 창가 앞에 앉아 싱싱한 토끼풀이 흐드러진 드넓은 녹색 들판과 보라색 제비꽃이 분명 무성하게 자라고 있을 오솔길, 결혼식을 위해 길을 내주고 있는 것처럼 보이는 과수원을 내다보고 있었다. 그녀는 이렇게 적었다.

"6월이 있는 세상에서 살아 있다니 너무나도 좋아."

일부 눈치 빠른 독자들은 이미 알아챘겠지만, 『빨강머리 앤』은 앤의 어린 시절 중 5년 동안 일어난 이야기를 전부 들려주는데, 소설 속 내용의 절반 이상이 6월을 배경으로 한다. 심지어 이 소설은 출간도 6월에 이루어졌다. 즉, 앤의 탄생은 모드의 삶에서 6월을 상징했다. 작가로서의 재능이 꽃피웠고 희망이 실현되었으니까. 프리드와 이완은 모드가 첫 책을 작업하고 있다는 사실을 몰랐지만, 모드는 이들의 친밀함과 따뜻한 애정으로부터 힘을 얻었다.

이 시기에 활기를 띤 사람은 모드뿐만이 아니었다. 모드와의 우정으로 고취된 이완 맥도널드는 빠른 속도로 인기를 얻고 있었다. 둘은 모드의 어머니가 묻힌 무덤을 포함해 동네 몇 군데에서 미화 작업을 함께했다. 젊은 목사는 가까이는 샬럿타운부터, 더 먼 곳에서까지도 설교 요청을 받았다. 이완은 더 많은 교육을 받는 게 본인 커리어에 도움이 될 것이라고 생각했다. 다른 성직자들은 이미 프린스에드워드섬에서 성직을 시작한 후에 더 크고 명성이 높은 교회로 떠나갔기 때문이다. 그래서 그는 해외 유학 계획을 세웠다.

1906년 10월 12일 저녁, 이완은 모드가 친구들을 만날 수 있도록 그녀를 교외로 데려다주었다. 마차를 타고 가는 동안 이완은 모드에게 캐번디시를 떠나 스코틀랜드에 있는 트리니티 대학으로 유학을 가겠다는 계획을 털어놓았다.

그때 모드는 이 수줍은 남자를 예전보다 진지하게 생각하기 시작한 참이었다. 그가 이룬 성공들을 축하해주었고, 둘 사이의 우정과 그가 자신을 좋아한다는 누가 봐도 뻔한 사실을 자랑스럽게 생각했다. 문득 이완이 언젠가 자신에게 청혼할 수도 있다는 생각이 들었다. 하지만 모드는 침착한 태도를 유지했다. 그녀는 허만 리어드를 통해 경험했던 것 같은 뜨거운 사랑에 빠져 있지는 않았다. 이완은 그녀의 마음속에 불꽃을 불러일으키는 사람은 아니었다.

모드는 남자 문제만큼은 자신의 직감을 제대로 믿을 수 없었고, 실제 경험도 적었다. 게다가 늘 그랬던 것처럼 상의할 사람도 없었다. 아마 외할머니와 프리드도 이완과 아는 사이라, 그를 좋아했을 것이고 모드 또한 제 감정을 어느 정도 프리드에게 털어놓았을 것이다. 하지만 그녀에게는 속마음을 완전히 털어놓고 믿을 수 있는 친한 남자 사람 친구가 단 한 명도 없었다. 인류의 절반은 그녀에게 늘 미스터리였다.

이완이 자신의 계획을 이야기하자 모드는 그가 곧 떠난다는 사실을 갑자기 실감했다. 그는 곧 떠난다. 다른 나라로, 다른 대륙으로. 모드는 이완과 함께 있을 때 편안했다. 보조개가 들어가는 그의 미소에 매료되었고 남자로서 그의 매력에 끌리기도 했다. 하지만 외할머니가 살아 있는 한, 자신이 절대 결혼할 수 없다는 것을 모드는 알고 있었다. 지금 와서 나이 든 할머니를 버린다는 것은 생각할 수조차 없는 일이었다.

또 하나의 문제가 있었다. 모드는 안타까운 존 머스터드나 혐오스러운 에드윈 심슨에 대해 생각할 때처럼, 목사의 부인이 되고 싶은 마음이 전혀 없었다. 성직자의 아내는 사방이 사람들로 둘러싸인 삶을 살아야 했기 때문이다. 그녀는 질색하며 이렇게 적었다.

"아니, 휘파람 부는 것조차 허용되지 않을 거라니!"

모드는 즐겁게 춤추며 놀고, 밖에 나가 드라이브하고, 유행하는 옷을 입고, 파티에 참석하고, 모험하는 것을 매우 좋아했다. 하지만 목사의 아내가 이 모든 것을 꿈꾸고, 또 하는 것을 본다면 사람들은 눈살을 찌푸릴 게 뻔했다.

그러나 모드가 '새벽 3시면 찾아오는 절망감'에 빠져 있을 때는 상대가 누구든 어서 빨리 결혼해야겠다고 생각했다. 그러다가 또 낮이 되면 자유를 지키고, 삶을 믿는 편이 더 현명하다고 생각했다. 하지만 결국 모드는 이완 맥도널드와의 결혼을 합리화할 수 있을 만큼 그를 사랑하지는 않는다고 혼자 결론을 내렸다.

그해 10월, 모드와 이완이 함께 말없이 마차를 타고 가던 중, 이완이 불쑥 말했다.

"나를 완전히 행복하게 해줄 수 있는 게 하나 있는데, 어쩌면 내가 너무 많은 것을 바라는 것인지도 모르겠군요. 바로 당신이 나와 삶을 함께해주는 것이에요. 내 아내가 되어주세요."

모드는 깜짝 놀랐다. 그를 잃을 수 없었다. 이완은 그녀 삶의 매우 중요한 일부가 되어 있었으니까. 모드는 당시를 회상하며 이렇게 적었다.

"그가 내 삶을 떠나는 것을 내버려둘 수가 없었다. 그는 내 삶에 속한 것 같았다."

모드는 이완이 기다려준다면 그와 결혼하겠다고 약속했다. 약혼 사실은 비밀이어야 했다. 그리고 그 기간은 더 길어질 수도 있었다. 늙어가는 할머니를 버릴 수는 없었다. 그래서 실제로 약혼은 5년 동안 길게 이어졌다. 모드는 늦은 밤 2층 방에 혼자 있을 때만 작은 다이아몬드 반지를 왼손에 꼈다. 모드의 말을 직접 빌리자면, 그녀는 '만족했다'. 이완과의 약혼이 기쁨을 불러일으키지 않을지는 몰라도 새롭고 안정된 행복의 시작처럼 보이기는 했다. 허만 리어드의 품에 안겨 있을 때만큼 황홀한 것은 분명 아니었지만.

한편, 『빨강머리 앤』은 어떻게 되었을까? 모드는 소설을 완성한 후, 외부로 보내기 위해 그 내용 전체를 타자기로 치는 어마어마한 일을 앞두고 있었다. 모드가 사용한 아주 오래된 타자기는 대문자를 제대로 잘 찍지 못했고 심지어 철자 'w'는 아예 찍히지도 않았다. 그래서 손으로 직접 모든 'w'를 하나하나 다시 써 넣어야 했다.

희망에 가득 찬 젊은 작가는 처음에는 미국의 한 신생 출판사로 완성한 원고를 보냈다. 그러나 곧바로 거절당했다. 다음에는 『빨강머리 앤』을 더 오래되고 더 저명한 캐나다 출판사로 보냈다. 그 오래된 회사에서도 역시 원고를 돌려보냈다. 모드는 가족이 우체국을 경영하는 것을 감사하게 생각했다. 적어도 마을의 어느 누구도 이런 부끄러운 퇴짜들에 대해 알 수가 없었으니까. 그녀는 어중간한 출판사 세 군데에 더 시도해봤지만 모두 되돌아왔다. 다섯 번의 거절 중 네 건은 보낸 그대로 되돌아왔으나, 한 편지에는 간략한 메모가 들어 있었다. "당신의 이야기에 어느 정도 장점이 보이기는 하지만, 그렇다고 출간할 수 있을 정도는 아닌 듯합니다."

낙담한 모드는 '영원히'라고 생각하며 원고를 오래된 모자 상자 속에 던져버렸다. 시간이 흐른 뒤에 그것을 다시 꺼내 다듬은 다음, 주일학교 잡지에 알맞게 원래의 일곱 개 챕터로 간추려볼까 하는 생각도 했다. 그러다 보면 30에서 40달러 정도는 벌 수 있을지도 모르니까. 이듬해 방청소를 하다가 우연히 앤 원고를 발견한 모드는 원고를 다시 읽어보고는 내용이 꽤 마음에 들었고, 혼잣말로 이렇게 말했다. "한 번만 더 해봐야겠어." 이번에는 매사추세츠 주 보스턴에 있는 L. C. 페이지 출판사에 보냈다. 답장을 기다리는 동안 머릿속에서 책 생각은 지워버렸다.

그해 겨울 모드에게는 그보다 더 시급하고 걱정스러운 고민거리가 있었다. 이완 맥도널드가 외딴 글래스고에서 홀로 몸부림치고 있었기 때문이다. 스코틀랜드에 거의 도착하자마자 그의 내적 혼란이 시작되었다. 모드가 불어넣어준 에너지도 그녀가 눈앞에서 사라지자 모조리 사라져버렸다. 학교 동료들은 불친절했고 스스로는 열등하고 하찮게 느껴졌다.

이완은 남은 한평생 그를 주기적으로 괴롭히게 되는 '종교적 우울' 속으로 빠른 속도로 빠져들었다. 그의 학문적 실패는 하느님이 그를 비난한다는 증거처럼 느껴졌다. 그는 수업을 듣지 않기 시작했다. 그 결과, 이완이 트리니티 대학에서 수업을 단 하나라도 통과했다는 것을 보여주는 기록은 하나도 남지 않았다. 모드는 그에게 전문가의 도움을 받으라고 채근했지만 그는 이 세상 어떤 것도 자신을 도울 수 없다고 확신했다. 그 당시의 정신질환 치료 상황을 감안했을 때, 그가 옳았을 수도 있다.

이완은 모드와 연애할 때 자신의 이런 정신적 혼란에 대해 밝히지 않았다. 모드는 훗날 한평생 나타나는 그의 정신질환에 대해 알았더라면 결혼하지 않았을 것이라고 썼다. 그녀는 치료 불가능한 정신이상은 정당한 이혼 사유라고 주장했다. 비록 마지막까지 이완 옆에서 불안해하며 그를 지켜주긴 했지만.

그해 3월, 모드는 스코틀랜드에서 온 이상하고 느낌이 썩 좋지 않은 엽서를 하나 받았다. 엽서는 어떤 단어나 그림 하나 없이 텅 비어 있었다. 그리고 몇 주 뒤, 이완이 프린스에드워드섬으로 돌아왔다. 이완은 모드를 멀리하며 나름대로 캐번디시를 피하려 노력했고, 동시에 새 목사 자리를 찾아 다시 일어서려 노력했다.

그때 모드는 그녀 삶에서 행복한 일을 마주하고 있었다. 이완이 집에 온 지 한 달도 채 안된 시점에 L. C. 페이지 사로부터 출간 승인 편지가 도착한 것이다. 편지에 적힌 날짜는 1907년 4월 8일이었다. 편지에는 출판사 오너이자 편집자인 루이 페이지의 친필 서명이 있었다. 출판사에서 『빨강머리 앤』을 출판하게 되어 기쁘다는 말과 함께. 모드가 한참 뒤에 알게 되는 일이지만 사실 그녀의 소설을 옹호해준 사람은 페이지가 아니라 프린스에드워드섬의 서머사이드 출신인 젊은 인턴이었으며, 그 인턴이 신인 작가에게 한번 맡겨보자고 편집자들을 설득한 것이었다. 어찌 되었건 모드는 너무 기뻐서 어쩔 줄을 몰랐다.

L. C. 페이지 사는 이제 막 등단한 작가에게 선택권을 제시해주었다. 모드는 그녀가 한 해 내내 글쓰기로 벌어들일 수 있는 소득인 500달러를 즉시 지급받을 것인지, 아니면 선불금을 전혀 받지 않고 수입의 몇 퍼센트를 받을 것인지. 후자는 도박이었다.

모드는 고민 끝에 선불금 대신 과감히 인세를 선택했다. L. C. 페이지 사의 조건은 책 도매가의 10퍼센트만 인세로 지급하는 것으로, 그 당시 기준으로도 형편없었다. 모드는 책 한 부가 팔릴 때마다 9센트씩 받는 식이었다. 계약서에 따르면 모드는 향후 5년 동안, 자신의 모든 책을 이 낮은 인세율로 L. C. 페이지 사와만 출판해야 했다.

모드는 출판사가 제시한 마지막 조건 앞에서만큼은 오래 망설였다. 페이지는 완전히 신인인 작가에게 그녀가 한 번도 좋아하거나 사용한 적 없는 '루시 모드 몽고메리'라는 본명으로 출간하도록 했다. 출간은 간절했지만, 모드는 이에 재빨리 맞섰다. 그녀의 책들은 반드시 자신이 늘 써온 'L. M. 몽고메리'라는 필명으로 출간되어야 했으니까.

모드는 책이 그해 가을에 나올 것으로 기대하면서 기쁨에 차 친구 맥밀런과 웨버에게도 알렸다. 그런데 하나둘 일정에 차질이 생기면서 계속해서 출간일이 미뤄졌다. 초기 인쇄본은 헷갈리는 두 문장 때문에 버려야 했고, 삽화가는 계속 일을 미루는 등 여러 가지 문제들이 발생했기 때문이다. 우여곡절 끝에 1908년 6월, 『빨강머리 앤』이 출간되자 모드는 앤의 표현을 빌려 그 순간을 자기 삶의 '에포

크'*라고 표현했다. 자신의 첫 책을 만진 그 소중한 순간, 모드는 스스로가 너무나 자랑스러웠고 멋졌다. 가슴이 마구 뛰었다.

양장 커버와 인쇄가 고급스러웠고 근사했다. 모드는 이 책을 '나의 아버지와 어머니를 기리며'라는 문구로 부모님께 바쳤다. 부모님이 얼마나 기뻐했을지, 아버지의 눈이 얼마나 자랑스러움으로 빛났을지 스스로에게 일러주었다. 모드는 마치 어머니라도 된 듯 감격스럽게 그 책을 대했고, 자랑하지 않으려면 정말 꾹 참아야 했다. 모드는 이렇게 흥얼거렸다.

"전혀 대단한 책은 아니야. 그렇지만 내 책이야. 내 책, 내 책!"

소설은 곧바로 눈부신 성공을 거두었다. 『빨강머리 앤』은 모드가 미처 상상도 못할 정도로 많이 팔렸다. 쏟아지는 따뜻한 호평들은 그녀의 하루하루에 활력을 불어넣었다. 모드의 소설은 널리 찬사를 받았다. 한 달도 안 되어서 중쇄에 들어갔고, L. C. 페이지 사는 속편을 요구하며 그녀를 압박하기 시작했다.

그해 말까지 『빨강머리 앤』은 6쇄를 진행했고, 모드는 첫 인세로 1,730달러를 받았다. 책이 약 2만 부 가까이 판매된 것이다. 그녀가 한 도박은 성공적이었다. 그녀는 또다시 흥얼거리며 말했다.

"나쁘지 않네. 무명작가가 쓴 신간의 첫 6개월치고는!"

모드가 에프라임 웨버에게 그 소설은 '분명 소녀들을 위한 유치한 이야기'라고 설명했지만 책이 그렇게나 멀리, 독자들의 마음속

---

* 잊을 수 없는 순간, 획기적인 사건.

깊이 가 닿았다는 것을 알게 되자 매우 기뻐했고, 감격했다. 이 이야기는 성인들까지도 사로잡았다. 심지어 성인 남성들도 그 책을 읽고 울었다고 했다. 그녀는 호평뿐 아니라 전 세계 각지로부터 팬레터를 받기도 했다. 일부는 그녀를 '미스터'라고 칭하기도 했고, 일부는 직접 '에이번리의 초록 지붕에 사는 앤 셜리 양' 앞으로 쓰기도 했다. 열성적인 팬들은 모드에게 자기 삶 이야기를 직접 들려줄 테니 소설에 써달라고 말했다. 어떤 편지 한 통은 이렇게 시작하기도 했다. '오랫동안 잃어버린 사랑하는 나의 삼촌에게.'

모드가 특별히 아낀 팬레터는 그녀가 어릴 적 실제로 가장 좋아한 작가 중 하나인 일흔세 살의 마크 트웨인이 보낸 것으로, 그는 앤이 '불멸의 앨리스 이후로 소설 속 가장 소중하고 사랑스러운 아이'라며 찬사를 보냈다. 모드는 우편물 하나하나에 직접 답장을 보냈는데, 심지어 하루에 호주에서 무려 85통의 편지가 도착했을 때도 예외는 아니었다.

L. C. 페이지 사에서 출판한 책 중 『빨강머리 앤』보다 많이 팔린 책은 첫 해 백만 부 이상 판매된 1913년 베스트셀러 『폴리애나 Pollyanna』단 한 권뿐이었다. 두 책의 작가들에게 L. C. 페이지 사는 당장 여러 편의 속편을 강요했다. 일찍이 1907년 8월부터 『빨강머리 앤』의 속편을 요구받은 모드는 10월, 여전히 주인공에 대한 애정으로 가득 차 『에이번리의 앤』 초반부 몇 페이지를 쓰기 시작했다. 하지만 겨울이 찾아오면서 모드의 감정은 어두워졌고 열정도 식었다. 모드는 맥밀런에게 이렇게 털어놓았다.

"굳이 비교하자면 첫 번째 책만큼 좋지는 않은 것 같아요. 하지만 내가 판단을 잘못하는 것일 수도 있어요. 나는 앤에게 너무나도 푹 빠져 있어서 그녀 이름만 들어도 진저리가 나니까요."

프린스에드워드섬으로 몰려온 팬들로부터 모드를 만나고 싶다는 요청이 봇물처럼 쏟아졌지만 모드는 누굴 만나고 싶지 않다며 투덜거렸다. 추운 날씨와 함께 모드의 겨울철 우울증과 피로, 그리고 미래에 대한 극심한 두려움이 여느 때처럼 찾아왔다. 그녀는 어떤 미래든 두려워했다. 행복한 미래까지도 두려워했다.

이제 모드는 아동서 분야에서 유명해졌지만, 여전히 집에 갇혀 지냈다. 늙어가는 할머니를 단 하루도 홀로 남겨둘 수가 없었으니까. 사용하지 않는 방을 아늑한 겨울철 서재나 공부방으로 만들어보려 했지만 할머니를 설득하지 못했다. 그 대신, 날씨가 추워지면서 모드는 부엌에서 억지로 일해야 했고 우체국을 들락날락거리는 사람들의 끊임없는 방해를 받았다.

그해 부엌 지붕에 불이 났을 때 모드의 신경이 더욱 날카로워졌다. 바람이 많이 부는 날이라 불은 재빨리 번져 나갔다. 모드는 존 외삼촌의 헛간에서 사다리를 끌고 와서, 양동이에 물을 담아다 부어 가까스로 불을 끌 수 있었다. 정말 아슬아슬했다. 모드는 위험한 상황이 끝날 때까지 차분함을 유지하다가 모든 게 괜찮아진 다음에야 무너졌다. 모드는 불에 대한 꿈을 한평생 꿨다. 그 꿈들이 예지몽인가 싶어서, 오래된 집이 몽땅 불에 타 잿더미가 되는 공포에 끊임없이 시달렸다.

불안은 다가오는 그녀의 결혼으로 옮겨갔다. 예비 신부는 신경이 곤두선 상태여서 과연 자신이 이완의 아내, 아니 그 누구의 아내가 될 수 있을지를 내내 걱정했다. 아마 모드는 이완 또한 과연 얼마나 좋은 남편이 될 수 있을지 궁금했을 것이다. 스코틀랜드에서 신경쇠약을 겪은 후, 이완이 다시 원래의 균형을 되찾기까지 오랜 시간이 걸렸기 때문이다. 처음에는 새로운 목사직을 찾는 일도 실패하다가 그는 캐번디시에서 멀리 떨어져 있는, 아주 작은 블룸 필드 교구에서 목사 자리를 찾은 참이었다. 그때 이완과 모드는 서로 거의 만나지 못했다.

모드는 첫 번째 후속작 『에이번리의 앤』을 1908년 8월에 완성했지만 그 책이 전작만큼 좋지는 않은 것 같다고 말했다. L. C. 페이지 사에서는 한동안 후속작 출간을 미뤘다. 『빨강머리 앤』이 여전히 잘 팔리고 있었고 자기네 성공작들을 서로 경쟁시키고 싶지 않다는 게 이유였다.

초기에 그 책을 검토한 누군가는 『빨강머리 앤』이 행복과 긍정을 발산한다고 했다. 온갖 불행, 비애, 사고에도 불구하고 긍정적 힘을 잃지 않는 앤의 모습은 많은 사람들에게 문학적 항우울제처럼 작용했으리라.

이 소설은 어둠 속 부적 역할을 한다. 책 속의 웃음과 아름다움을 억지로 만들어낸 것이 아니라, 매우 깊은 곳에 그 근원을 두고 있기 때문이다. 모드가 마법 같다고 한 워싱턴 어빙의 『알함브라』에게 진 빚이 얼마인지는 몰라도 그녀는 자신의 글을 통해서 빚을 충분히 갚았다. 그녀 작품의 눈부신 반짝임, 가슴 뛰는 흥분은 힘겹게 만들어진 것이었다. 모드는 이렇게 적었다.

내 작품에 내 삶의 그늘이 들어가지 않아 정말 다행이다. 나는 다른 그 어떤 삶도 어둡게 만들고 싶지 않다. 긍정과 밝음의 전도사가 되고 싶다.

제16장

"그래, 이 젊은 아가씨가 작가라는 건 나도 안다네"

모드가 점점 유명해지면서 이완의 삶도 서서히 풀려가는 듯했다. 그는 자신이 속한 작은 교구에서 유명한 목사가 되어서, 또다시 더 넓은 세상으로 눈을 돌려 야심을 품기 시작했다. 이완의 가장 친한 친구 중 하나인 에드윈 스미스가 캐나다 본토에서 더 큰 기회를 노리며 프린스에드워드섬을 떠난 상황이었다. 1909년 9월, 이완은 에드윈을 따라 프린스에드워드섬을 떠나 급여가 두 배인 온타리오 교구로 향했다. 그곳에서 모드가 자신과 결혼해 함께할 수 있는 자유를 얻을 때까지 기다릴 예정이었다.

모드는 자랑스러움과 두려움이 섞인 시선으로 이완의 성공을 바라봤다. 사랑하는 고향을 떠나야 한다는 것이 이제는 불가피해졌다. 온타리오는 캐나다 문학의 중심지인 토론토의 본거지였지만 문화적으로나 지리적으로나 정서적으로나 모드에게는 캐번디시와 영

딴판이었다.

캐번디시, 프린스에드워드섬, 그리고 자신이 소중하게 간직하고 있는 모든 것들을 떠나야 한다는 생각은 『빨강머리 앤』의 출간과 이완과의 결혼 사이 몇 년 동안 모드에게 큰 부담으로 작용한 듯하다. 신간을 집필하고 좋아하는 책들을 다시 읽으면서 바쁘게 지내기는 했지만 우울했고, 매사를 걱정했으며 반가운 사촌 프리드의 방문을 제외하고는 그녀의 마음을 빼앗는 일이 거의 없었다. 모드는 우울하고 피곤하고 망가져버린 것 같은 기분이었고, 극복할 수 없을 것만 같고 설명하기 어려운 불안감에 사로잡혀 힘든 나날을 보냈다.

1908년, 그녀는 완전히 무너져 내리기 일보 직전이었다. 마치 우울의 먹구름이 내려앉는 것 같아서 먹지도 자지도 못했다. 이완이 모드에게 유일하게 해준 충고라고는 한 달 동안 글쓰기를 그만두라는 것이었다. 모드는 차라리 숨쉬기를 그만두는 게 더 쉬울 것 같았다.

아마도 모드는 한창 조울증을 겪고 있었을 것이다. 그녀는 늘 지나친 감정기복을 겪었으니까. 이제는 신경과민으로 괴로워하며 몇 시간 동안 거실을 왔다 갔다 했다. 뭔가 심각하게 잘못되었다고 느꼈지만 소문이 날까 두려워 의사와 상담할 수도 없었다. 또, 진료 때문이라 해도 마을과 외할머니를 떠난다는 것은 불가능하기도 했다. 외할머니의 남은 자식 다섯 명 중에서 어느 누구도 늙어가는 어머니를 전혀 돌보아주지 않았다. 48킬로미터도 채 떨어지지 않은 곳에 사는 에밀리 이모는 3년 동안 딱 한 번 외할머니를 찾아왔다.

몇 년 전, 존 외삼촌과 그의 아들 프레스콧이 싸늘한 침묵을 깨고 찾아와 프레스콧이 예비신부와 결혼해서 살 수 있도록 또다시 여든

한 살의 외할머니에게 집에서 나가달라고 요구했다. 외할머니를 다른 자녀들과 번갈아가며 돌보자는 말이었고, 그렇게 되면 모드는 홀로서기를 해야 했다. 두 여자는 경악했다. 그의 제안은 가족 간의 큰 갈등으로 번졌고, 외삼촌은 자신의 주장을 밀어붙였다. 분노한 모드는 그들을 막았고, 외할머니는 흐느껴 울었다.

프레스콧은 결국 결혼하지 못했고 결핵의 희생자가 되었다. 결핵은 모드 어머니의 목숨도 앗아간 질병이었다. 프레스콧의 죽음으로 존 외삼촌은 모드와 자신의 어머니를 반대하는 쪽으로 더욱 굳어져버렸다. 외삼촌은 그들이 가는 곳곳마다 장애물을 설치해놓았다. 모드는 삽으로 눈을 퍼내 길에다 버려야 했다. 천장에는 물이 새는 곳이 스무 군데도 넘어서, 그 아래마다 양동이를 놓아야 했다. 모드와 늙어가는 외할머니 주변으로 석고 덩어리들이 툭툭 떨어졌다.

이런 모든 상황에도 모드는 이 오래된 집을 열렬히 사랑했다. 근처의 들판과 오솔길에서 긴 산책을 했다. '연인의 오솔길'은 그녀의 버팀목이었다. 그곳은 그녀의 안식처였고, 삶의 시련을 잠시 잊을 수 있는 도피처였다. 해 질 녘 무렵에는 바닷가로 내려가 배회했고, 어머니가 묻혀 있는 묘지를 거닐며 언젠가 자신도 어머니 옆에 묻히고 싶다고 생각했다. 늦은 밤, 산책 중에 달빛으로 희미해진 오래된 집을 바라보던 모드는 이 오래된 곳에 대한 그녀의 사랑이 얼마나 뿌리 깊고 강렬한지 깨달았다. 모드는 참 끔찍하다고 생각했다. 무언가를, 사람들을, 이토록 사랑한다는 것이.

그녀가 '거만하고 호화스러운 곳'이라고 부르던 온타리오가 가까운 미래 앞에 놓여 있었다. 하지만 모드의 생각들과 꿈들은 그녀를 과거로 데려가주었다. 모드는 메리 할머니가 그토록 훌륭하게 들려준 가족 이야기 여러 개를 합쳐서 어린이 책을 집필하기 시작했다. 이 새 작품의 제목은 『이야기 소녀』였고, 모드가 자신의 작품 중 가장 좋아한 책이었다. 비록 『빨강머리 앤』만큼 잘되지는 않을 거라고 예상했고, 그 예상이 맞긴 했지만.

『이야기 소녀』는 가족의 오래된 전설과 유령 이야기를 꿰맞춰 소설 속 프린스에드워드섬 아이들의 모험 이야기이다. 아이들의 모험은 책 제목이기도 한 '이야기 소녀' 사라 스탠리가 들려주는 이야기를 통해 서로 연결된다. '이야기 소녀'는 꿈꾸듯 말한다.

"나는 온 세상에 이야기해주는 법을 배워야겠어."

이 책은 진짜인 것들과 진짜가 아니지만 진짜일 수도 있는 것들로 짜여 있다. 모드가 실제 자신의 가족사와 예술로서의 스토리텔링을 모두 원하는 대로 마음껏 자유롭게 가지고 논 것이다. 이 책은 찬란한 프린스에드워드섬을 배경으로 하고 있고, 몽환적인 분위기를 통해 끊임없이 유머러스한 순간들을 살짝 드러낸다. 그리고 모드는 이 책을 '옛 나날, 옛 꿈, 옛 웃음'을 추억하며 가장 친한 친구이자 사촌인 프리드에게 바쳤다. 다시 말해 가장 좋아하는 책을 가장 좋아하는 친구에게 바친 것이다.

이 기쁨 넘치는 책을 읽는 독자들은 이 책을 집필하면서 모드가 얼마나 괴로워했는지 전혀 알 수 없을 것이다. 그녀는 그해 겨울과 봄 내내 위험한 감정기복에 시달렸는데, 마치 에드윈 심슨과 약혼했을 때와 비슷했다. 1910년 2월, 그녀는 몸과 마음과 영혼이 완전히 무너져 내려 탈진했다. 갑작스러운 일이었다. 모드는 잔뜩 긴장한 나머지 먹지도, 자지도 못했다. 그 결과 일할 수도, 독서할 수도, 이성적으로 생각할 수도 없었다. 누군가와 함께 있는 것을 참지 못해 정신없이 마루를 왔다 갔다 했는데, 막상 홀로 남겨졌을 때는 증상이 오히려 더 심해졌다.

모드는 미래에 대한 병적인 두려움을 느꼈다. 일기장에서조차 두려운 미래의 이미지 속에 이완이나 온타리오가 있다고는 절대 언급하지 않았지만. 그녀는 그저 죽고 싶었고, 편히 쉬고 싶었다. 그녀는 자신을 한결같이 위로해줄 수 있는 단 한 사람, 자신의 가장 친한 친구이자 영혼의 단짝인 프리드와 함께하기를 갈망했다. 하지만 프리드는 저 멀리 대학에 가 있었다. 모드가 할 수 있는 건 그녀의 학비를 직접 내주는 것뿐이었다.

모드는 예전에 시도해봤던 이야기를 바탕으로 새로운 소설 『과수원 세레나데Kilmeny of the Orchard』를 작업하고 있었다. 본인의 심각한 불안을 표현한 최초의 작품이었다. L. C. 페이지 사에서는 또 다른 소설을 요구하며 그녀를 압박하고 있었지만, 모드는 앤에 대한 또 다른 책을 마주할 준비가 되어 있지 않았다. 그 대신 『과수원 세레나데』(그 당시 제목은 '정원의 우나Una of the Garden'였다)를 고작 한두 달 만에 전부 다시 쓴 다음 길이를 두 배로 늘렸다.

아무리 노력해도 모드는 불만족스러웠다. 출판사에서 요구한 '패딩'*이 그 책을 약하게 만들었다고 확신했다. 나중에는 그 책의 출판에 동의하지 말걸 그랬다고 생각했다. 비록 훗날 악평으로 공격을 받을 때는 두둔하긴 했지만. 이 책은 모드가 처음으로 악평을 받은 작품이었다. 한 서평가는 그 책을 '미국 감상 소설의 끔찍한 표본'이라고 평했고, 또 다른 누군가는 주인공이 현기증과 두통만 불러일으킨다고 말했다.

1910년 겨울, 일할 수 있을 정도로 회복되긴 했지만 그녀는 첫 번째 일기장을 불길한 글로 끝냈다. 모드는 마지막 페이지들에 이르러서야 과거를 회상하며 찬찬히 살펴볼 수 있었다. 그녀는 열다섯 살부터 열정적이고 진취적으로 일기를 써왔다. 모드는 이렇게 적었다. "여러 면에서 참 힘든 13년이었다."

많은 것들이 변했다. 모드는 곧바로 더 나아진 몇 가지 좋은 점들을 떠올렸다. 무엇보다 어릴 적 꿈인 소중한 문학적 인지도를 얻었다. 어쩌면…. 그녀는 골똘히 생각했다. 고통이라는 자극제가 없었더라면 그만큼 치열하게 싸우고 높이 올라갈 수 없었을지도 모르겠다고.

1910년 2월 7일 일기장에 마지막으로 기록한 내용에 따르면, 모드는 '이번만큼은 다른, 작은 행복'을 갈망했다. 실제로 그해 모드에게 몇 가지 행복이 다가왔다. 그녀의 작품은 그녀를 세상 밖으로 이어내었고, 가끔은 뜻밖의 방식으로 세상을 보여주었다.

어느 날 캐나다 총독 그레이 백작이 그녀를 찾아 프린스에드워드섬을 방문했다. 그는 모드를 만나러 프린스에드워드섬을 방문한 최초의(하지만 결코 마지막은 아니었다) 유명 인사 중 하나였다. 그는 모드와 함께 작은 흰색 건물의 계단 위에 앉았고, 처음 만난 두 사람은

* 분량을 길게 만들기 위해 불필요하게 넣은 군더더기.

그곳을 둘러싼 아름다운 경치에 대해 대화를 나눴다.

모드는 너무나 잘 알고 있었지만 총독은 알아채지 못한 것은, 두 사람이 앉아 있던 곳이 여자 화장실 계단 위라는 사실이다. 여자 몇 명이 그쪽으로 다가오다가 이 두 유명인을 발견하고는 황급히 달아나버렸다. 모드는 웃음이 터지려는 것을 겨우 참았고, 혹시 불쌍한 누군가가 화장실에 갇혀서 그들이 떠나기만을 기다리는 것은 아닌지 궁금해하지 않을 수가 없었다.

그해 가을, 모드는 보스턴에 있는 L. C. 페이지 사를 방문하기 위해 첫 미국 여행을 떠났다. 모드는 루이 페이지와 그의 아내가 사는 브루클린의 호화로운 저택에서 묵었다. 사업가인 페이지는 타이밍을 제대로 잡고는 모드에게 이전 계약서과 동일하게 인색한 조건으로 『이야기 소녀』의 새 계약서를 쓰자고 채근했다. 모드는 처음에는 이를 거부했지만, 자신이 그의 집에서 얹혀 지내는 손님이라는 처지를 깨닫고는 불리한 계약 조건에 동의해야 할 것만 같았다.

모드가 적어놓은 바에 따르면, 루이는 놀라운 인물이었다. 그는 손님으로 온 모드에게 음식과 술을 대접했다. 모드는 보스턴의 우아한 매장에서 쇼핑을 했고 처음으로 자동차를 탔다. 사치스러운 파티에 참석해 환대를 받았으며, 인터뷰 요청을 받고 사진을 찍었다. 이 모든 것은 캐나다의 어느 외딴 시골마을에서 온 젊은 아가씨의 마음을 들뜨게 하기에 부족함이 없었다.

모드가 보스턴을 방문했을 때 '뉴 잉글랜드 여성 프레스 클럽New England Women's Press Club'의 25주년 기념식이 열렸다. 당대의 유명 미국 문호들 몇 명을 포함해 300명이 넘는 회원들이 행사에 참석했다. 모드는 두 시간이 넘도록 영접 라인에 서서, 칭찬에 감사드린다고 반복해서 말해야 했다. 지친 모드는 명성을 얻는다는 게 힘든 일일 수도 있겠다고 느끼기 시작했다. 하지만 모드는 한 작가로, 좋은 사람으로 사람들을 대하는 데 능숙했다. 모든 팬들에게 친절하게 대했다. 행사 책임자는 모드에게 고마워하며 말했다.

"오늘 저녁 당신이 우리 행사의 거물이었습니다."

1910년 11월 《리퍼블릭》에 모드의 인터뷰가 실렸다. 이 글로 모드가 새로운 미국 독자에게 어떤 인상을 남겼는지 짐작해볼 수 있다. 서른여섯 살이었지만, 모드는 그보다 더 어리고 연약해 보인 모양이다.

> 몽고메리 양은 키가 작고 아이처럼 왜소한 체구를 지녔지만, 아담 하고 균형이 잘 잡혔다. 갸름한 얼굴에 섬세한 매부리코, 푸른빛이 도 는 회색 눈과 진갈색의 풍성한 머리카락을 가졌다. 입고 있던 예쁜 핑크색 이브닝 가운은 가냘프고 어린 그녀의 모습을 한층 돋보이게 해주었다.

《리퍼블릭》 기자는 모드를 요크셔에서 올라와 런던을 처음 방문한, 『제인 에어』의 저자 젊은 시골뜨기 샬럿 브론테에 비유했다. 기자가 보기에, 모드는 아마 브론테만큼이나 촌스러웠을 것이다. 하지만 우리의 캐나다 작가는 굴하지 않았다. 기자는 모드의 단호한 성격과 한적한 시골 생활의 장점에 대해 긍정적인 확신으로 차 있는 모습을 보고 대단히 놀랐다. 모드는 순진한 시골처녀 역할을 맡을 생각이 없었고, 앤의 러브스토리를 쓰는 것을 단호하게 거절했다. 계속 강요를 받자, 그런 글을 쓰기에는 대학 생활 로맨스에 대해 아는 게 너무 없다고 둘러댔다.

루이 페이지는 괜찮은 사람이었지만, 모드는 보스턴을 방문하면서 그를 완전히 불신하게 되었다. 그녀는 한동안 L. C. 페이지 사에 대해 의심을 품고 있었다. 모드는 이렇게 적었다. "이건 내 직감이긴 한데, 이 의심은 사라지지 않을 것이다."

모드는 루이가 바람둥이이며 사치스럽고 무자비하다는 소문을 들었다. 여성 작가들을 대할 때 우려스러울 정도로 치근덕거리다가 도리어 협박하기를 반복한다는 것이다. 모드는 자신이 협박에 넘어가 장기적으로 구속력 있는 부당한 조항을 그대로 두고서 순순히 『이야기 소녀』를 계약한 것을 후회했다. 비즈니스 거래에서든 사적인 생활에서든, 루이 페이지는 믿어서는 안 될 남자인 것 같았다. 결국 보스턴 방문은 편안했다기보다는 그녀가 세상 물정에 눈을 확 뜨게 해주는 기회였다.

늘 그랬듯, 모드의 황금기는 순식간에 지나가고 있었다. 호화로운 보스턴 상류사회의 우아한 삶을 맛보았지만 캐번디시로 돌아오자, 현실이 즉시 그녀 앞에 나타났다. 기차역에 도착하자 사촌 조지 캠벨이 오래된 마차로 그녀를 데리러 왔다. 집으로 가는 길 내내 진눈깨비가 얼굴에 달라붙었다.

모드가 집에서 멀리 떨어진 곳에서 오래 머무는 일은 드물었다. 아무리 가까운 곳이라도, 아무리 급한 사유가 있어도, 대개는 단 하루도 집을 떠나 있을 수가 없었다. 이제 팔십 대 후반이 된 외할머니는 손녀딸이 자기 시야에서 사라지는 것을 질색했다. 설득하려 해도 소용없었다. 차라리 대리석 기둥에 대고 이야기하는 게 나을 것만 같았다. 샬럿타운 근처의 오페라하우스에서 그녀의 시에 곡을 붙여 공연했을 때도 모드는 그 공연을 놓쳤다. 커튼콜에도 오르지 못했다. 그녀는 에프라임 웨버에게 이렇게 썼다.

"작가는 갈 수가 없었답니다. 집을 지켜야 했고, 갈 수 있기를 바랄 뿐이었죠."

1911년 2월, 모드는 충치 치료를 받아야 해서 시내로 나가야 했다. 떠나려는 그녀를 배웅하려고 외할머니가 절뚝거리며 밖으로 나왔다. 그날은 유달리 더 허약하고 늙어 보였다. 허둥지둥 옷을 주워 입은 탓에 누추한 차림이었다. 하지만 무엇보다도 가슴을 서늘하게 만든 것은 할머니의 표정이었다. 살면서 모드는 늘 예지몽과 묘한 직감을 경험해왔다. 이번 또한 그런 순간일까 봐 두려웠다. 그 불길한 예감이 너무나도 강렬한 나머지, 모드는 말들을 돌려보낼 뻔했다.

마차를 타고 샬럿타운으로 가는 내내 그녀는 그날 아침 잿빛 햇살 속에서 본 외할머니의 표정을 곱씹었다. 치과 치료가 끝난 후에는 '샬럿타운 여성 클럽Charlottetown Women's Club'에서 모드를 위해 열어준 환영회에 참석해야 했다. 모드는 걱정이 되어 집중할 수가 없어서, 자리를 일찍 정리하고 진눈깨비로 덮인 도로 위를 달려 서둘러 집으로 돌아왔다. 하지만 외할머니는 자신이 제일 좋아하는 고양이 대피와 함께 아늑한 난롯가에 앉아 태연하게 미소 짓고 있었다. 모드는 비로소 자신이 바보 같았다며 두려움을 떨쳐냈다.

그로부터 2주도 채 지나지 않아 모드와 외할머니 모두 독감에 걸려버렸다. 나아지는 듯했던 3월 초, 모드의 친한 친구 틸리 매켄지 휴스턴이 병문안을 다녀갔다. 그날 밤 모드는 밤새 울다가 잠들었다. 또다시 온몸이 얼어붙는 듯한 두려움에 사로잡혔기 때문이다. 에드가 앨런 포가 쓴 구절을 반복해서 계속 중얼거렸다. "해 질 녘, 지친 몸과 멍한 머리로 또다시 잠드네."

그날 밤은 모드가 유년시절의 도피처였던 2층의 평화로운 하얀 둥지에서 보내는 마지막 밤이 되었다. 다음 날 외할머니의 병세가 갑자기 악화되었고, 모드는 며칠을 외할머니 곁에서 떠나지 않으며 외할머니 가까이에서 잠을 잤다. 침대 하나를 거실에 옮겨놓고 외할머니를 난로 근처에 눕혔고, 외할머니의 만류에도 불구하고 의사를 불렀다. 의사는 모드에게 심각한 목소리로 할머니가 폐렴에 걸렸다고 알려주었다. 그 연세에, 그런 심각한 질병이 가져올 수 있는 결말은 단 하나뿐이었다. 친구들과 이웃들은 마지막 인사를 하러 왔다. 무자비한 존 외삼촌마저도 죽어가는 어머니에게 작별인사를 하기 위해 5년 만에 처음으로 옆집에서 터덜터덜 걸어 나왔다. 모드는 외삼촌이 느릿느릿 걸어와서 머리를 조아리는 모습을 지켜봤다.

외할머니는 당신이 살아온 것처럼 조용히, 그리고 아무 불평 없이 세상을 떠났다. 모드는 언젠가 외할머니가 설거지를 하고 나서 양손을 포개는 모습을 본 적이 있었다. 87년에 가까운 세월 동안 일하고 나서 양 손을 접는 그 몸짓이 꼭 최후처럼 느껴졌다고 했다. 뼈마디가 울퉁불퉁하고 일하느라 닳아 있던 외할머니의 손은 돌아가시고 나니 기적처럼 변해 있었다. 두 손은 신성한 죽음 앞에서 다시 아름다워 보였다. 외할머니의 미소 또한 눈부시고 인자했다.

외할머니가 돌아가신 후 모든 게 달라졌다. 모드에게는 곧바로 집에서 나가라는 명령이 떨어졌다. 짐을 싸는 며칠 동안만 머물 수 있었다. 살면서 처음으로, 모드는 말 그대로 집이 없었다.

존 외삼촌은 죽어가는 어머니를 한 번 보고 갈 정도로는 마음이 누그러졌지만, 그 집이 법적으로 자신의 소유가 되자 모드를 완전히 등져버렸다. 모드를 내쫓고선 집을 오랫동안 텅 비워두고 폐허로 만들더니 결국 1920년에 집을 헐어버렸다.

캐번디시 마을 사람들은 서둘러 모드에게 송별회를 열어주었다. 소박하지만 진심 어린 송별회였다. 모드는 집에 있던 오르간을 마당에 어머니 무덤이 있는 교회에 기부했다. 모드는 춥고 바람이 많이 부는 어느 날, 그 오래된 집에서 나와 문을 닫고 캐번디시를 떠났다. 그녀는 이렇게 적었다.

죽음의 온갖 쓰라림이 그 순간 존재했다. 캐번디시에 들어서면 반복되었던 익숙한 풍경들과 사랑스러운 이미지들이 하나둘씩 시야에서 사라졌다. 그곳의 목사관, 집을 빙 둘러싼 오래된 나무들, 붉은 흙더미가 보이는 언덕 위의 무덤, 아름다워서 잊을 수 없는 연인의 오솔길, 연인의 오솔길이 있는 숲, 그곳의 해안가, 호수, 친구들의 집. 모든 것들이 결국 눈앞에서 서서히 멀어지더니 사라져버렸다. 이따금씩 들르는 것을 제외하면, 나는 캐번디시를 평생 떠나버린 것이다. 내가 한평생 진심으로 사랑하는 지구상 단 하나뿐인 장소를 떠나는 것 같은 느낌이었다.

모드는 파크코너에서 몇 달을 지내며 다시 기운을 차려서 오랫동안 미뤄온 결혼식 혼수를 준비하려고 했다. 그녀는 여전히 외할머니를 애도하고 있었다. 자기 삶에 외할머니가 없다는 것은 불가능한, 말도 안 되는 일 같았다. 늘 거기 계셨는데.

이 단순한 말, '늘 거기 계셨는데'는 모드가 생각해낼 수 있는 가장 사랑스러운 찬사였다. 모드에게 외할머니는 집 그 자체였기에, 그녀의 죽음으로 모드는 중요한 시금석 하나를 잃어버렸다.

미래가 성큼성큼 다가오고 있었다. 이완 맥도널드는 인내심을 갖고 5년 동안 신부를 기다려주었다. 모드는 드디어 펜팔 친구 조지 맥밀런에게 이렇게 전했다. "맥도널드 목사님과 결혼할 생각이에요."

맥밀런과 이완은 몇 년 전에 이완이 스코틀랜드에서 지낼 때 만난 적이 있었다. 모드는 맥밀런이 그녀의 친구를 인정해주어 기뻤다. 물론 그 당시에는 젊은 목사와 편한 친구 이상의 사이라는 것에 대해 모드는 아무런 힌트도 주지 않았었다.

모드는 맥밀런에게 결혼이라는 통념에 대한 본인의 생각을 여러 차례 이야기했다. 주고받은 많은 편지들 속에서 모드가 자신의 의지만으로 직접 삶을 개척해나가는 모습을 볼 수 있다. 그녀는 이렇게 적었다.

우정에는 비슷한 점이 있어야 해요. 하지만 사랑에는 반드시 비슷하지 않은 점이 있어야 해요.

모드와 허만은 서로 매우 달랐다. 적어도 모드가 주장하기로는 그랬다. 허만은 조용했고, 모드는 수다쟁이였다. 허만은 평범한 농부였고, 모드는 더 큰 야망을 갖고 있었다. 모드는 자신을 지식인으로 생각했고, 허만은 생각하는 것에는 흥미가 없었다. 그럼에도 모드는 허만을 사랑하고 원했다. 몰래 허만을 만나던 시절 모드는 맥밀런에게 이렇게 적었다.

> 만일 어떤 두 사람이 상대방에 대해 서로 애정을 갖고 있고 서로를 지루하게 만들지 않으며, 나이와 사회적 위치에 있어 잘 맞는 짝이라면 그들이 함께 만들어갈 행복은 매우 멋질 거예요. 이렇게 잘 어울리는 커플은 신성한 불꽃처럼 극도로 달아오르는 일은 없을지도 모르죠. 하지만 내가 언젠가 정말로 결혼을 하게 된다면, 바로 그 점이 내 결혼 생활의 토대가 될 거예요.

1911년 여름에 이르자, 모드는 더 이상 '생존을 위해서' 남편이 필요한 여자가 아니었다. 그녀는 경제적으로 홀로섰고, 세계적인 명성을 쌓았다. 그녀의 책들은 여전히 잘 팔리고 있었고, 어느 시절의 기준으로 보나, 부유했다. 자기만의 집을 사고 유지할 수도 있었다.

또한 그해 그녀에게는 불꽃 튀는 열정과 로맨스를 경험해볼 기회가 있었다. 이완이 그녀와 멀리 떨어져 온타리오의 리스크데일에서 지내는 동안, 모드의 늠름한 육촌 올리버 맥닐이 마을로 와서 끈질기고 열렬하게 그녀에게 구애하기 시작했다. 올리버 맥닐은 부유한 남자였다. 모드는 예전에 허만 리어드에게 그랬듯, 자신의 의지와는 상관없이 올리버에게 끌렸다. 잘생긴 이혼남 올리버에 대해 모드는 이렇게 적었다.

"그는 치명적인 감각의 불꽃을 불러일으킨다."

올리버 맥닐은 모드에게 청혼했다. 사실 그는 모드에게 일반적이지 않은 별의별 조건을 다 제시했다. 모드는 그와 딱 1년만 결혼생활을 한 뒤에 그를 버릴 수도 있었고, 원한다면 독립적으로 살 수도 있었다. 모드는 어느덧 또다시 유혹의 벼랑 끝에 위태롭게 서 있었다. 하지만 결국 마지막에는 이완 맥도널드를 향한 그녀의 충실한 마음과 지조가 승리했다. 모드는 올리버에게 짐을 싸서 돌아가도록 하며 이렇게 다짐했다.

"이제 더는 그와 함께 연인의 오솔길을 걷지 않을 거야."

이러한 일들 중 그 어떤 것도 결혼을 몇 달 앞두고 흔들리는 모드의 마음을 잡아줄 수는 없었다. 그녀는 외할머니, 캐번디시 고향 친구들, 그리고 그녀가 잃어버렸지만 마음속으로는 절대 잊어버려서는 안 되는 해안가의 집을 생각하며 슬퍼했다. 연인의 오솔길에 대한 추억이 그녀를 괴롭혔다. 단 하루도 그곳을 생각하지 않은 적이 없었으니까.

그리고 모드는 또 하나의 남모를 슬픔으로 혼자 신경이 곤두선 상태였다. 친구 틸리의 남편 윌 휴스턴이 틸리가 죽기 얼마 전 모드에게 자신의 마음을 고백했던 것이다. 모드는 놀랐고 충격을 받았다. 모드의 눈에 틸리와 윌은 이상적인 부부로 보였고 그 둘은 그녀의 가장 친한 친구 중 하나였다. 결혼을 하루 앞두고 이미 두려움에 떨고 있는 상황에서 이와 같은 고백은 모드를 더욱 혼란스럽게 만들었다.

다행히 모드는 '어린 시절의 경이로운 성城'이라고 표현했던 활기

찬 도시 파크코너에서 그녀를 가장 잘 알고 사랑해준 사람들과 함께였다. 사촌 버티와 몇 시간 동안이나 삶과 문학에 대해 논했다. 계단이 방향을 트는 곳에 한 해 두 해 변해가는 그들의 키를 재던 벽이 있던 그 집은 행복한 추억들로 가득했다.

모드의 우아한 혼수가 도착하자 파크코너의 친척들은 기뻐했다. 모드는 몬트리올에서 옷을 주문했다. 아마 사촌 프리드의 조언을 따랐을 것이다. 모드는 혼수 천 조각 샘플을 스크랩북에 붙였다. 끝자락에 레이스가 달린 보라색 실크, 크림색 바탕에 잔가지가 많은 연보라색 팬지 꽃무늬, 코코아 브라운색 무슬린 천과 블랙 이브닝 드레스…. 모드는 그해 봄 내내 할머니를 애도하기 위해 입었던 검은색 옷을 이제는 마음 편히 옆에 벗어놓았다. 모드는 이렇게 적었다.

"누군가에게는 음악이 그렇듯, 나에게는 색깔이 매우 소중하다. 모두가 색깔을 좋아하지만, 나에게 있어 색깔이란 열정이다."

6월 중순, 프리드가 몬트리올에서 파크코너로 오면서 두 사람의 기쁜 상봉이 이루어졌다. 둘은 함께 캐번디시로 놀러 갔다. 모드가 예상한 것보다 빨리, 그리고 쉽게 고향을 방문하게 된 것이다. 그렇게 아름다운 6월을 그곳에서 다시 보내는 것은 너무나도 달콤한 즐거움이었다. 캐번디시는 모드의 기분을 전환하고, 즐겁게 하는 힘을 절대 잃지 않을 것만 같았다.

1911년 7월 4일 화요일, 결혼식 하루 전날 저녁에 예비 신랑 이완이 온타리오에서 직접 찾아왔다. 그날 밤, 모드는 결혼식 전날에 하게 되리라고는 절대 예상하지 못한 두 가지를 했다. 조금 울었고, 그런 다음 곤히 잠들었다.

왜 눈물이 났을까? 그녀는 궁금했다. 그녀는 '만족'했다. 만족. 이 무미건조한 단어를 모드는 자신의 결혼을 가리킬 때마다 계속해서 사용했다. 그 무미건조함 속에는 다음과 같은, 더욱 깊은 상실감이 숨겨져 있었다.

나는 잃어버린 꿈 때문에 흐느껴 울었던 것 같다. 결코 이룰 수 없는 꿈. 내 연인은 한 치의 망설임도 없이 놀라울 정도로 스스로를 바칠 수 있는 완벽한 짝이어야 한다는 젊은 여성의 꿈. 우리 모두 그런 꿈을 꾼다. 그리고 그 꿈을 이루지 못했다는 것을 인정하면, 거칠고 달콤하고 차마 입에 담지 못할 그 무언가가 삶에서 빠져나간 것 같다고 느낀다.

모드의 결혼식 날이 밝자 희망의 조짐을 보이는 잿빛 비가 시원하게 내렸다. 모드는 쉬폰이 살짝 들어간, 심플하고 하늘하늘한 아이보리색 실크 크레이프 드레스를 입었다. 모드가 웨딩드레스를 입고 있는 사진은 없지만 그 드레스는 오늘날까지 전해져 내려오며 그녀의 생가에 복제본이 한 벌 진열되어 있다. 모드의 웨딩드레스는 목과 단 부분에 보드라운 러플이 둘러진 단순한 원피스다. 좀 더 자세히 들여다보면, 상의에 붙어 환하게 빛나는 진주 장식을 볼 수 있다. 그녀의 혼수 중에서 가장 독특한 물건은 온갖 다양한 꽃으로 장식된, 정교하고 높은 모자였다. 사진 속에서 모드는 그 모자를 쓰고 포즈를 취하고 있는데, 모자 덕에 키가 약 30센티미터는 더 커 보인다.

결혼식은 파크코너 집의 앞쪽 응접실에서 정오에 시작되었다. 신부가 이모부 존 캠벨의 팔 한쪽을 잡고 1층으로 내려오는 동안 모드의 친구이자 사촌인 엘라 캠벨은 오르간으로 「에덴 위로 숨 쉰 목소리The Voice That Breathed O'er Eden」를 연주했다. 모드는 계곡에서 딴 장미와 백합들, 양치식물로 만든 부케를 들고 있었다. 목에는 이완이 선물한 자수정 진주 목걸이를 걸었다. 그녀는 놀라울 정도로 차분했다.

당시 이완의 정신 상태에 대해서는 알 수 있는 것이 아무것도 없다. 모드는 결혼식과 신혼여행에 대해 서술할 때에도 그를 거의 언급하지 않는다. 이완이 본인의 목소리로 직접 한 말은 전해 내려오는 것이 거의 없다. 한 가지 전해지는 것은 어떤 친구가 모드의 유명세에 대해 언급한 것에 그가 무미건조하게 남겼다고 하는 한마디다. 이완이 결혼식 전에 내뱉은 이 말은 마치 유감이라는 듯한 말투로 들리며, 자신의 약혼녀가 이상한 것들을 수집하는 것을 알게 되었고 그녀가 이제 그만 그런 습관을 버리길 바라는 것처럼 들린다.

"그래, 이 젊은 아가씨가 작가라는 건 나도 안다네."

결혼식은 모드가 언젠가 꿈꿨던 예식과는 달랐다. 모드는 나무들이 녹색 대성당 지붕을 이루고 있는 깊은 숲속으로 함께 달아나 두 연인 단둘이서만 서약하는 것을 꿈꿨다. 하지만 새 신부는, 또다시 자신은 예식에 '만족한다'고 말했다.

식이 끝난 후 사촌 프리드가 즉석에서 공들여 결혼식 피로연을 열어주었다. 모드가 결혼식 저녁식사 테이블에 앉는 순간, 갑자기 거부감과 절망감이 몰려왔다. 현실이 갑작스럽고 강하게 다가왔다. 모드는 손가락에서 결혼반지를 빼고 도망치고 싶은 광적인 충동을 겨우 참아냈다. 흰 베일에 싸인 채 자리에 앉아 '무력한 수감자'가 되어 '이제껏 살아온 중에서 가장 불행한 얼굴'을 하고 앞에 놓인 접시를 내려다보았다. 프리드의 훌륭한 저녁식사를 조금도 먹을 수가 없었다.

둘이 파크코너를 떠나는 동안 결혼식 피로연 손님들은 영구차를 타고 뒤따라왔다. 그들은 마치 커다란 장례식 행렬의 일부 같았다. 그 당시 모드는 그 장면을 웃어넘기려고 했지만 훗날 그것이 나쁜 징조였음을 깨달았다.

제17장

신들이 파괴하려 드는 자들

신혼여행 중 쓴 일기장에도, 집으로 보낸 긴 편지에도 모드는 이완을 거의 언급하지 않았다. 신혼여행 중 선상에서 찍힌 사진 속의 이완 맥도널드는 다른 승객들 사이에서 유독 눈에 띈다. 키가 더 크고, 더 잘생기고, 더 훤칠하고, 더 근육질이다. 어쩌면 검은색의 높은 목사 모자가 키를 몇 센티미터 더 보태주었는지도 모르겠지만.

그는 다른 사람들을 향해 몸을 살짝 돌리고선 보조개가 쏙 들어간 채 미소 짓고 있었다. 아마 모드가 언제나 그랬던 것처럼, 그는 어디서든 중심을 잘 차지한 것으로 보인다.

신혼여행비는 모드의 책 인세로 충당했다. 부부는 결혼생활의 첫 3개월을 영국과 스코틀랜드를 여행하며 보냈다. 이렇게 여행하는 것은, 그러니까 오래된 나라를 방문하는 것은, 모드의 오랜 꿈 중 하나였다. 하지만 유럽에 와서 모드가 보인 첫 반응은 참 그녀다웠다.

"향수병에 걸렸다. 갑자기 끔찍하고 지독하게 고향이 그리웠다!"

모드는 계속해서 영국을 프린스에드워드섬과 안 좋게 비교했다. 그런데 한번은 캐번디시에 있는 외할머니의 뜰을 온통 뒤덮은 작고 이상한 푸른색 꽃들을 영국의 어느 성에서 발견했다. 영국에서 나고 자란 외할머니 루시 맥닐이 저 푸른색 꽃들을 캐나다로 가져와 잃어버린 고향을 그리워하며 땅에 심은 것이 틀림없다며, 신기해했다.

영국은 가족과 관련된 다른 추억들도 불러일으켰다. 모드는 파크 코너에 있는 할아버지 집에 있던 마법의 녹색 점박이 도자기 개를 절대 잊지 못했다. 아버지 표현에 의하면 자정에는 난로 앞 양탄자로 풀쩍 뛰어내렸다고 한, 바로 그 도자기 개들 말이다. 영국에서 모드는 도자기 개 두 쌍을 발견했다. 그중에서 크기가 더 큰 한 쌍은 금색 점박이였지만 너무 커서 벽난로 위에 올려두기엔 적당하지 않았다. 하지만 모드는 이 소중한 기념품들이 새 목사관의 난로를 지켜줄 거라고 믿었다. 그래서 두 쌍을 모두 구입해 집으로 보냈다.

모드는 스코틀랜드에서 자신의 오랜 펜팔 친구 조지 맥밀런과 만나기로 했다. 그곳에서 조지는 둘의 여행에 합류할 계획이었다. 신혼여행치고는 참 이상한 계획이었는데, 심지어 맥밀런은 약혼녀인 진 앨런이라는 매력적인 어린 아가씨까지 데려와서 분위기를 더 어색하게 만들었다. 앨런은 스무 살이었고, 네 명 중 가장 어렸다. 그녀는 밝은 금발에 얼굴이 너무나도 눈부신, 매우 어여쁜 아가씨였다. 하지만 알고 보니 앨런은 짜증을 잘 내고 만족시키기가 어려운 사람이었다. 모드는 그녀의 성격은 외모만큼 빛나지 않음을 단번에 눈치챘고, 앨런의 유일한 무기는 스무 살의 파릇파릇함과 매력적인 외모뿐이라고 적었다.

모드는 맥밀런을 한눈에 알아보지 못했다. 대신 몇 년 전 글래스고에서 만난 적이 있는 이완과 맥밀런이 서로를 알아봤다. 모드는 조지 맥밀런을 두고 '마르고, 바르고, 괜찮은 외모의 남자'라고 적었다. 모드는 한순간에 그를 좋아하게 되었다. 몇 년 뒤에는 맥밀런을 사촌 버티와 결혼시키겠다고 농담하기도 했다. 하지만 무엇보다 중요한 것은, 그는 모드와 가장 말이 잘 통하는 사람 중 하나였다는 점이다. 넷이서 나들이를 가면 모드와 맥밀런은 대화를 나누며 시간을 보냈고, 사랑스러운 앨런은 불퉁해져서 속을 부글부글 끓였다.

이완은 모드와 맥밀런이 긴 문학적 담론에 빠져서 바쁠 동안 앨런은 아마도 소외당하는 기분이었을 거라고 모드에게 부드럽게 일러주었다. 그때부터 모드는 일부러 앨런이나 이완과 함께 걸었지만, 그 무엇도 앨런의 기분을 나아지게 하지는 못했다. 앨런은 조정 원정을 가지 못하게 하려다 실패하자 홀로 훌쩍 사라져버렸다. 결국 맥밀런은 앨런과 결혼하지 않고 평생 독신으로 지냈다.

신혼부부는 단둘이서 브리티시 제도*를 여행했다. 하지만 이완의 조상들의 고향인 스카이섬**은 방문하지 않았다. 모드는 아직 살아 있는 자신의 스코틀랜드 직계 가족을 찾아 나서는 대신, 스코틀랜드에서 문학 여행을 했다. 가장 좋아하는 스코틀랜드 작가들(월터 스콧 경, 시인 로버트 번스, 그리고 J. M. 배리)과 관련된 장소로 갔다. 모드의

---

* 브리튼 제도로 영국과 아일랜드를 묶어서 부르는 말.
** 스코틀랜드 북부 끝에 위치한 섬.

표현에 의하면, 스코틀랜드 하늘은 마치 바다의 빈자리를 채워줄 수 있을 것만큼 아름다웠다.

심슨과 맥닐이 들어간 가게의 이름들은 마치 집에 온 듯한 좋은 기분을 느끼게 해주었다고 모드는 적었다. 모드와 이완은 가문비나무가 모인 숲을 찾아서 직접 달콤하고도 쌉싸름한 맛의 껌을 추출하기도 했다. 하지만 그곳은 그녀의 기대에 미치지 못했다. 사실 그어떤 것도 그녀의 기대를 충족해줄 수 없었다. 에든버러의 프린스 스트리트는 '정원과 조각상들과 궁전으로 가득한, 늘 꿈꾸던 요정의 거리'가 아니었으니까.

모드가 남편과 보낸 첫날밤들에 대한 은밀한 내용에 대해서는 상세히 적지 않았지만, 아마도 그 또한 그녀가 꿈꿔온 신혼여행은 아니었던 것으로 쉽게 추측할 수 있다. '광적인 정열'이 빠져 있었다는 것은 분명했다. 이완은 모드의 진정한 영혼의 단짝도 아니었다. 그들의 결혼은 처음부터 영혼의 어우러짐보다는 동반자 관계를 기반으로 한 결혼이었다.

모드가 가장 좋아한 로맨틱한 순간은 조지 맥밀런과 앨런이 떠나고 나서 이완과 둘이 조용한 숲의 끝자락에 앉아 있을 때였다. 이 순간은 그녀가 꿈꾸던 순간과 좀 더 가까웠다. 호수가 내려다보이는 숲속에 앉아 속세에서 벗어나 녹색의 한적함을 즐기는 신혼여행.

마지막으로 들른 장소는 외할머니가 열두 살까지 살던 영국의 던위치였다. 모드는 별 기대 없이 갔는데, 예상 외로 강한 감정을 느껴 깜짝 놀랐다.

나의 감정이 나를 압도할 뻔했다. 외할머니와 친척 마거릿이 근처 어딘가에 있는 것처럼 느껴졌고, 열두 살 즈음의 어린 소녀들이 웃고 있는 것 같았다. 향수병을 앓고 있는데도 마치 집에 온 것처럼 느껴졌다.

그로부터 얼마 뒤, 이완과 모드는 이미 온타리오에서 새로운 삶을 시작할 준비를 했다. 모드는 그들이 신혼여행을 떠난 사이 목사관의 내부 수리 작업을 요청해놓았다. 9월, 모드는 밖으로 향하는 여행보다도 더 거친 파도 속을 헤쳐 나가면서, '나의 보금자리를 만들어 오로지 나에게만 집중하는, 흩어져 있는 가정의 수호신들을 모두 불러모을' 생각에 의욕이 넘쳤다. 살면서 처음으로, 자기만의 집 생기는 것이니까.

그들은 1911년 9월 24일, 어느 습하고 공기가 탁한 가을밤에 어둠을 헤치고 약 11킬로미터를 달려 집으로 갔다. 하지만 목사관은 전혀 준비되지 않았다. 거주할 수 있는 상태가 아니었다. 다른 조치가 필요했다. 그것도 급하게.

모드의 기록에 의하면, 이완과 모드는 '디킨스를 즐겁게 해주었을 법한' 메리와 리지 옥스토비라는 두 명의 늙은, 괴짜 노처녀 자매들과 함께 살게 되었다. 옥스토비 자매는 모드를 즐겁게 해주지 않았다. 두 할머니는 새 목사와 그의 아내에 대해 무척 호기심을 느꼈고, 그들이 어떤 행동을 하든 꼬치꼬치 캐물었다. 침실은 매우 작고 불편했고, 옥스토비 자매는 모두 요리 실력이 형편없었다. 리지 옥스토비는 모든 일에 잘 웃었다. 모드는 만일 리지에게 아버지가 스스로 목을 매달았고, 남편이 미쳐버렸으며, 아이들이 불에 타 죽었다고 해도 키득키득 웃었을 거라고 주장했다.

리스크데일 마을은 사실상 존재하지 않는 것과 다름없었는데, 모두 합쳐도 고작 열에서 열두 가구가 전부였다. 맥도널드 부부는 대장장이와 수레바퀴 목수가 사는 곳 가까이에 살았다. 목사관은 그 당시 온타리오에서 인기를 끌던 스타일인 못생긴 L자 모양의 옅은 색 벽돌로 되어 있었다. 모드가 산 커다란 도자기 개들에게는 안타까운 소식이지만, 그 집에는 난로가 하나도 없었다. 모드는 하는 수 없이 그것들을 책장 양쪽에 배치해두었고, 인상 깊었던 성서 속 두 인물의 이름을 따 '고그'와 '마고그'라는 이름을 붙였다.

실망스럽게도 목사관에는 실내 화장실이나 변기가 없었다. 그것만 빼면 목사관은 넓었고 별로 부족함이 없었다. 침실 다섯 개, 응접실 하나, 주방 하나, 부엌 하나, 그리고 서재 하나가 있었다.

모드가 후반에 쓴 소설 『앤의 꿈의 집Anne's House of Dreams』 속 가장 감동적인 한 장면에서 아늑한 해변가의 꿈의 집에 살던 앤 셜리는 마을 안에서 남편 길버트가 있는 곳과 가까운, 더 큰 집으로 이사를 하며 홀로 눈물을 흘린다. 앤의 하녀 수잔은 새 집을 보며 크고 참 좋은 집이라고 예찬하지만, 앤은 흐느끼며 말했다. "난 큰 집이 싫어!"

모드는 그것과 똑같은 상황을 직접 겪고 있었다. 그녀는 캐번디시와 프린스에드워드섬을 잃었던 사실에 너무나 슬펐다. 하지만 그녀는 재빨리 정신을 차리고 자리를 잡았다. 목사 아내로서 모드는 자신이 모든 이들의 관심을 받는다는 걸 받아들였다.

리스크데일에 대해 처음에는 '흥미롭거나 진짜로 똑똑한 사람이 단 한 명도 없다'고 썼지만 모드는 머지않아 마을 사람들과 풍경에

정이 들었다. 살면서 가장 평화로운 생활을 한 시기가 리스크데일에서 가정을 꾸리고 이웃을 사귀며 보낸 시절이었다.

이완은 목사직을 두 곳에서 수행해야 했다. 하나는 리스크데일에 있었고, 다른 하나는 약 18킬로미터 떨어진 제피르에 있었다. 그 둘 중에서 모드는 리스크데일이 훨씬 더 좋았다. 제피르에 있는 교회는 더 오래되고, 매력이 없었으며, 불빛이 희미했기 때문이었다. 도로는 진흙과 바퀴자국투성이라 위험했다. 주민들은 더 빈곤했고 품위가 없었다. 게다가 제피르는 감리교회의 본거지였기 때문에 마을에는 온화한 이완조차도 해결할 수 없는 악의에 찬 분열이 있었다.

리스크데일 교회의 예배는 주로 잘사는 농부들 사이에서 열렸다. 맥도널드 부부가 도착한 다음 날 교회는 사람들이 빽빽하게 들어찼다. 어떤 사람들은 새로 온 목사의 설교를 듣기 위한 열의로 온 왔지만, 어떤 사람들은 목사의 유명한 아내이자, 극찬받는 소설 『빨강머리 앤』의 저자를 환영하기 위해 온 것이었다.

며칠 뒤, 그 많고 많은 사람들 중에서도 하필이면 존 머스터드의 남자 형제가 이완을 환영하는 행사의 사회를 봤다. 이 무슨 운명의 장난일까. 모드가 머스터드 집안 사람들을 벗어나기란 불가능해보였다. 모드의 기록에 의하면 모드는 존 머스터드의 예전 집에서 살게 된 것이었다. 존 머스터드는 결혼해서 가정을 꾸렸다. 모드는 제외하더라도 세상 사람들로부터 많은 존경을 받는 토론토 근방의 성공한 목사였다.

리스크데일 목사관은 교회의 것이라, 완전한 모드의 집이 될 수는 없었지만 그녀가 원하는 대로 아름답게 꾸밀 수는 있었다. 난생처음 그녀는 자원과 에너지를 갖게 되었고 그 누구도 그녀 앞을 막아설 수 없었다. 모드는 일반적인 회색 대신 녹색 페인트로 바닥을 칠하도록 했고, 이완과 함께 사용하게 될 서재에는 가지고 있는 모든 책을 넣을 충분한 공간을 마련했다.

그들은 서재에 프린스에드워드 섬에서 가장 좋아하는 장소의 사진을 액자에 담아 벽에 걸어놓았고, 모드가 쓴 세 권의 책(『빨강머리 앤』, 『과수원 세레나데』, 『이야기 소녀』) 표지를 복사한 그림도 걸어놓았다. 침실에는 진줏빛이 도는 회색 가구와 밝은 빨간색 깔개를 깔아두었다.

모드는 한 침실은 분홍색과 흰색으로, 다른 침실은 밝은 파랑색으로 페인트칠을 했다. 계단 위에 있는 방은 수선실로, 네 번째와 다섯 번째 침실은 각각 창고와 하녀가 묵는 곳으로 만들어놓았다. 점박이 도자기 개들이 있는 응접실에는 증조할머니의 가보인 거대한 항아리 물병을 자랑스럽게 전시해놓고 '올너 항아리'라는 이름도 붙였다. 그 물병은 방문객이나 손님들에게 가벼운 대화 소재가 되어주었다.

이 집에는 사랑스러운 풀밭과 정원이 예쁘게 자리 잡고 있었다. 목사관 뒤로 나 있는 오솔길은 모드가 그토록 좋아하고 한평생 그리워한 연인의 오솔길을 생각나게 했다. 모드는 혼자만의 시간을 낼 수 있을 때마다 그곳에 가서 오랫동안 산책을 하곤 했다.

결혼 전, 이완은 친구들에게 "그래, 이 아가씨가 작가라는 건 나도 안다네."라고 말했지만 아내가 남편인 자신의 일과 행복에 헌신하며 살 거라고 생각했다. 그래서 결혼 후, 이완은 모드가 '맥도널드 부인'이라는 이름으로 글을 쓰도록 설득하려고도 했다. 그러나 모드는 거절했다. 이완이 모드의 작품을 좋아했단 걸 보여주는 증거는 없다. 진짜인지는 모르겠지만 그녀는 훗날, 이완이 자신이 쓴 글을 단 한 글자라도 읽었는지 알 수 없다고 썼다. 그래서인지 그녀는 한 번도 남편 앞으로 책을 헌사한 적이 없다.

목사 아내로서 모드는 대중의 시선 속에서 늘 대기 상태였다. 셀 수 없이 많은 사교모임과 교회 행사에 참석했고, 집에서 남편의 신자들을 맞이했다. 그들은 몇 시간 동안 하는 일 없이 잡담만 하는 사람들이었다. 모드는 글을 쓰며 혼자만의 시간을 보낼 수 있기를 바랐다. 고독이 간절히 그리웠다. 모드는 분노에 찬 상태로 조지 맥밀런에게 편지를 썼다.

"신들은 그들을 파괴하려 드는 자들을 목사의 아내로 만들어버리죠."

모드가 글로 번 수입 덕분에 맥도널드 부부는 가사 도우미를 고용할 수 있었다. 모드는 도우미들도 가족과 함께 주방에서 식사해야 한다고 주장했다. 실제로 그녀와 가장 가까운 사이였던 몇몇 사람들이 바로 이 도우미들이었다. 모드는 일주일을 앞서 미리 식사와 집안일을 계획했고, 매일 그날만의 일과 식사 메뉴를 정해두었다. 모드는 자신이 집안일과 요리를 잘한다고 자부했다. 정원 가꾸기도 매우 좋아했다. 그녀의 바느질과 자수 세공품은 오늘날에도 여전히 우아하고 훌륭한 모노그램과 꽃 장식으로 남아 있다. 전반적으로 리스크데일의 새 목사관에서 보낸 결혼 초 시절은 그녀에게 매우 바쁘고 신나는 시기였다.

모드는 모임 활동에도 직접 참여했다. 메리 할머니처럼 모드는 훌륭한 이야기꾼이었고, 눈치 빠르고 재치가 넘쳤다. 그녀의 첫 '가정 초대회'는 목사관으로 이사 온 지 며칠 안된 시기에 이루어졌고, 그때부터 매주 화요일 오후와 저녁마다 열렸다.

모드는 작품을 작업하기 위한 시간을 따로 냈다. 오전에는 초안을 쓰고 오후에는 옮겨 적었다. 그러면서도 그녀는 아무리 피곤해도 반드시 저녁에 옷을 차려입고서 차를 마시면서 가벼운 잡담을 하는 자리에 나가야 했고, 어느 누구도 모욕하거나 무시하지 않도록 조심해야 했다. 가끔은 눈을 뜨고 있기가 힘들었다. 끊임없는 목사들의 모임은, 모드의 표현을 빌리자면 '악마가 직접 만든 창조물'이었다.

모드가 리스크데일보다 작고 허름한 제피르 교회를 방문할 때도 교회 일이 늘 그녀를 기다리고 있었다. 모드는 그곳으로 향하는 18킬로미터에 걸친 여정을 점점 두려워하게 되었다. 겨울에는 얼음처럼 차가운 진눈깨비 바람이 얼굴에 내려앉았고, 그들을 대하는 신자들의 태도도 그만큼 쌀쌀맞았다. 모드와 이완은 어디로 차를 마시러 가든 늘 똑같은 초라한 메뉴, 즉 차가운 돼지고기와 감자튀김으로 대접받았다. 모드는 제피르로 떠나야 하는 목요일을 '검은 목요일'이라고 부르기 시작했다.

모드는 리스크데일에 청년 소모임 시간이 한없이 좋았다. 청년들과 함께하는 시간을 즐겼고, 어린 새내기들은 모드의 에너지와 유머 감각을 동경했다. 모드는 무언가를 해내는 것으로 유명했다. 머지않아 어릴 적 그토록 원하던 낭독회, 열띤 토론, 그리고 유흥으로 가득 찬 저녁을 주최하기도 했다. 동네 독서 모임에 가입했고 주일학교에서 수업을 진행하기도 했다. 인근 지역에서도 그녀를 찾는 요청이 쇄도했지만, 모드는 다른 지역의 초대는 단호하게 거절했다. 그녀는 일기장에 이렇게 털어놓았다.

"내게 글쓰기는 여느 선교사나 목사에게처럼 나에게 진정으로 '주어진' 일이다."

이완이 이 글을 봤다면 아마 경악했을 것이다. 그는 지구상 그 무엇도 모드가 'L. M. 몽고메리'로서 글 쓰는 것을 막지 못한다는 것을 차차 깨닫게 되었고, 그로 인해 종종 괴로워했다. 반면 모드는 이중적인 삶을 사는 데 익숙해져 있었다. 평생을 그렇게 살아왔으니까. 그녀의 상상 속 세상과 인물들은 그녀의 실제 주변 세상과 인물들만큼이나 사실적으로 느껴졌다. 그녀는 방해물들을 피해 제 영혼의 문을 닫았고 소중한 생각과 아름다운 상상으로 이루어진 요새 속으로 도피했다. 리스크데일에서의 첫해가 지나고 모드는 조지 맥밀런에게 이렇게 썼다.

"리스크데일이 정말 좋지만…. 사랑하지는 않아요."

모드는 목사 아내 고유의 능력과 지위를 이해하면서 사려 깊고 친절하게 사람들을 대하려고 했다. 모임 사람들 대부분과 원만하게 지내면서도 한편으로는 이렇게 적었다.

> 내 내면의 영혼으로 통하는 문은 그들에게는 금지되어 있다. 그들에게는 문을 열 열쇠가 없다. 해 질 녘 연인의 오솔길을 한 번만 산책할 수 있다면 온타리오의 모든 풍경을 다 줘야 한다 해도 기꺼이 그렇게 했을 것이다.

모드는 첫해 동안 바쁜 일상을 보냈음에도 불구하고, 어쩌면 그래서인지 겨울철 우울증을 앓지 않았다. 새로운 두 권의 소설집을 작업하면서 모드는 꾸준히 글을 쓸 수 있었다. 1911년 10월, 모드는 일기장에 이렇게 적었다.

난 만족한다. 행복하다고도 할 수 있겠다. 행복에는 절대적인 행복과 상대적인 행복이 있는데, 내 경우는 후자다. 지난 13년 동안 불행과 걱정을 겪고 나니, 이러한 나의 생활이 매우 행복하게 느껴진다. 나는 대체로 만족한다.

만족은 곧 기쁨으로 변했다. 서른일곱이 된 모드는 너무 오랫동안 아이가 생기지 않아 걱정하고 있었다. 하지만 11월, 임신 사실을 알게 된 모드는 가슴이 벅차올랐다. 그녀는 이렇게 적었다.

"도무지 믿을 수가 없다. 너무나도 멋지다. 그렇게 도저히 불가능해 보이던 일이 내게 일어나다니!"

모드는 집을 더 가정적인 곳으로 만들기 위한 마지막 단계를 밟았다. 프린스에드워드섬에서 그녀가 키우던 고양이 대피를, 고양이를 싫어하는 외할머니도 정말 좋아했던 그 매끈하고 도도한 동물을 돌려 보내달라고 했다. 대피는 캐번디시에서 나무 상자 속에 담겨 보내졌다. 그 소중한 배송물과 함께 같은 기차를 타고 마을에 도착한 맥도널드네 이웃들은 모드에게 최악의 상황을 맞을 마음의 준비를 하라고 경고했다. 상자 속에서는 아무런 소리도 들리지 않았기 때문이다. 모드는 가엾은 모드는 고양이가 죽은 게 틀림없다고 생각하며 상자를 살짝 열었다. 그런데 대피가 사뿐사뿐 걸어 나와 그녀에게 키스했다! 흔치 않은 감정 표현이었다. 그런 뒤에는 하루 종일 자취를 감추어 여정이 탐탁지 않았음을 드러냈다.

모드는 늘 주변에 적어도 고양이를 한 마리는 데리고 있었다. '진정한 동물은 오로지 고양이뿐이며, 진정한 고양이는 오로지 회색 고양이뿐'이라고 말하기도 했다. 여행할 때도 고양이들 사진을 찍었다. 모드는 살면서 여러 마리의 고양이를 키웠고, 주로 회색 고양이를 키웠지만 여러 마리의 줄무늬 고양이와 얼룩무늬 고양이, 검은 고양이도 그녀 삶에 등장했다. 모드는 책에 사인을 해줄 때 이름 바로 밑에 본인 특유의 검은 고양이를 그려 넣었다. 그중에서도 대피는 프린스에드워드섬과의 연관성 때문에 특별히 소중했다. 대피를 두고 모드는 이렇게 적었다.

"나와 예전의 삶을 이어주는, 살아 있는 유일한 연결 고리다."

모드는 늘 가냘팠고, 특별히 건강했던 적이 한 번도 없었다. 그래서 자신이 이 첫 번째 임신을 순탄히 넘길 수 있을지 의심스러웠다. 사촌 프리드는 모드가 출산하는 순간에 함께 있어주기 위해 리스크데일까지 왔다. 모드는 산파 대신 전문 간호사를 고용했고, 출산할 때 의사도 그 자리에 함께 있도록 준비해놓았다.

출산이 임박했을 때 모드는 무서운 꿈을 꾸었다. 꿈속에서 그녀의 발 위에 검은 관이 가로놓여 있었다. 모드는 그 꿈이 자신 또는 아이, 아니면 둘 모두가 분만 중에 죽는다는 의미일까 봐 두려웠다. 당시로서는 결코 지나친 걱정이 아니었다. 그때는 출산 중 신생아와

임산부 사망률이 높았기 때문이다.

아주 먼 훗날, 그녀는 그때 꾸었던 어두침침하고 불길한 꿈을 다시 되돌아보게 된다. 그녀를 짓누르던 그 열린 관은 그녀의 첫째 아들이 맞았다. 그토록 원하고 아낀 첫 아들에 대한 그녀의 슬픔과 걱정은 후에 실제로 치명적인 수준에 달했다.

1912년 7월 7일, 정오를 조금 넘기고 건강한 남자아이 체스터 캐머런 맥도널드가 태어났다. 출산은 순조로웠다. 모드 곁에는 훌륭한 친구 프리드가 있었다. 그녀의 소중한 친구는 아기 돌보는 걸 거들어주기 위해 계속 곁에 있어주었다. 두 사람은 서로 도와가며 함께 일했고, 모드는 오랜 시간 끝에 드디어 꿈꿔왔던 가정을 갖게 되었다고 말했다. 두 사람은 아기에게 '펀치'라는 별명을 지어주고 사랑을 듬뿍 주었다. 체스터가 태어난 첫해는 아주 수월하게 흘러갔다.

모드와 프리드는 체스터와 함께한 모든 첫 순간들을 즐거워했다. 체스터가 처음으로 한 말은 '우와!'였다. 둘은 함께 아기에 대한 우스꽝스러운 시를 지어냈다. 이완은 자랑스러운 아버지였지만 평소에 아이를 기르고 가르치는 것, 심지어는 종교에 대해 교육하는 것마저도 전부 모드에게 떠맡겼다. 이 갓난아이에 대한 모드의 애정은 그녀의 가장 깊숙한 곳의 신경세포와 함께 얽히고설켰다. 모드는 첫 아기가 성장해 자신에게서 멀어지는 것을 의미하는 사건이 있을 때마다 슬퍼했다. 길었던 체스터의 잠옷이 짧아졌을 때 안타까워했고, 아이의 첫 우유가 담긴 컵 앞에서 한숨을 내쉬었으며, 아이가 처음으로 젖을 떼었을 때는 울었다. 그래도 그녀는 감탄했다.

"엄마가 된다는 건 천국과 같아. 모든 것을 다 보상해주지."

모드는 한 번도 글쓰기를 멈추지 않았다. 임신 중에도, 출산 후에도. 그녀는 오전 여섯 시쯤 일어나 매일 아침 몇 시간 동안 손으로 글을 썼다. 오후에는 타자로 옮겨 적었다. 지난하고 힘든 일이었지만, 그녀의 글씨를 아무도 알아보지 못할까 봐 걱정했기 때문에 어쩔 수 없었다.

이제는 책과 관련해 사업상으로 처리할 문제들도 있었다. 팬레터와 개인 서신, 처리해야 할 돈 문제도 있었고, 그 외에도 목사 아내이자 새내기 엄마로서 해야 할 집안일들이 많았다. 저녁 시간은 독서를 위해 아껴두어야 했다. 모드는 밤늦게까지 깨어 있었다.

엄마가 된 모드는 놀라울 정도로 생산적인 생활을 이어갔고, 한해에 거의 책 한 권을 썼다. 체스터가 태어난 해에, 모드는 소설집 『에이번리 연대기Chronicles of Avonlea』를 출간했다. 그녀는 L. C. 페이지사가 고를 수 있도록 소설을 몇 편 보내주면서 출판사에서 나머지 글들은 버릴 거라고 예상했다. 하지만 페이지는 그 모든 소설을 다시 타자로 쳐서 보관했을 뿐 아니라, 훗날 그 작품을 출판사의 소유물이라고 주장한다.

1913년, 모드는 『세라 황금의 길The Golden Road』이라는 제목으로 『이야기 소녀』의 속편을 출간했다. 언제나 그랬듯, 모드는 자신의 속편이 1편보다 약한 것 같다며 안절부절못했다. 그러다 평론가들과 팬들이 그녀와는 다르게 생각하자 그제야 안도했다.

리스크데일에서 보낸 초기 몇 년 동안 모드의 고민거리는 대개 심각하다기보다는 우스웠다. 프리드는 리스크데일로 모드를 만나러

올 때면 까다로운 친언니 스텔라도 함께 데리고 왔다. 스텔라는 미혼인 데다가 시간은 많고 할 일은 없었기 때문이다. 사람들 말로는 스텔라가 집안에서 폭군처럼 굴었다고 했다.

그녀는 모드의 집에서 유급 가정부로 지냈다. 이완은 그녀의 행동이 대부분 탐탁지 않았지만, 무엇보다도 그녀의 날카로운 독설이 싫었다. 스텔라는 이래라 저래라 하고 걸핏하면 싸우려 드는 데다 건강염려증 환자였다. 그런 스텔라가 리스크데일에서 평생 지내기로 마음먹은 것 같았다. 여러모로 그녀는 가족이 가진 모든 최악의 습관과 기질을 대변했다. 외할아버지의 까탈스러운 기질과 외할머니의 사교적이지 못한 성격을 빼닮았다. 하지만 스텔라도 가족인지라, 단순히 그녀를 해고하거나 집에서 나가달라고 하기는 어려웠다.

스텔라는 사나웠지만 그만큼 의리도 강했다. 과격하기는 해도 매 순간 투덜거리면서 뼈 빠지게 일해줄 사람이었다. 그녀는 손님들 앞에서 모드가 사람들이 마실 차에 크림을 충분히 타지 않았다고 나무랐고, 누가 모드에게 봄맞이 청소를 언제 할 계획이냐고 물으면 '제가' 다음 주부터 할 것이라며 끼어들었다.

결국 프리드가 친언니인 스텔라에게 파크코너 집에 도움이 필요하다면서 그녀를 설득하는 데 성공했다. 맥도널드 부부는 안도의 한숨을 내쉬며 릴리라는 이름의 새로운 가정부를 고용했고, 릴리는 상대하기 훨씬 수월했다.

프리드는 리스크데일에 남아 12월까지 체스터 돌보는 일을 도와주다가 앨버타에서 교사로 일하기 위해 떠났다. 그녀가 떠나자 모드의 일상에 커다란 구멍이 생겼다. 프리드가 사라지자 모드 근처에 진정한 친구가 아무도 없었다. 프리드와는 서로 비밀을 털어놓기도, 남을 흉보기도, 함께 조용히 앉아 있거나 철학에 관해 이야기하기 쉬웠다. 모드와 프리드는 몰래 위저보드*를 놓고 죽은 사람의 영혼과 교류를 시도한 적도 있었다. 그러다가 목사 아내가 악마를 소환하려 한다는 소문이 퍼지기도 했지만. 또 모드와 프리드는 이웃들에게 들리지 않도록 최신식 축음기의 소리를 가장 작게 틀고는 즐거워하기도 했다. 이렇게 늘 함께 있던 프리드가 사라지자 모드는 상실감을 느꼈다. 그녀는 이렇게 적었다.

"이곳에는 마음을 나눌 사람이 전혀 없다. 캐번디시보다도 없다."

물론 모드에게는 남편이 있었고 사랑하는 갓난 아들도 있었다. 하지만 그 무엇도 그녀가 프리드와 함께 있을 때 느꼈던 즐거움, 친밀감, 편안함을 대체해주지 못했다. 모드가 결혼생활에 대해 직접적으로 쓴 내용이 거의 없기 때문에 이완이 아내의 삶에서 어떤 역할을 했는지는 가늠하기 힘들다. 알 수 있는 것이라고는 어느 밸런타인데이에 그가 모드를 '세상에서 가장 사랑하는 어린 아내'라고 불렀다는 것과, 이런 직접적인 애정 표현은 드물었다는 것이다. 이완은 수줍고 내성적이고 말수가 적은 남자였고, 모드가 늘 원했던 남성과는 정반대였다.

둘은 겉보기에는 잘 어울리는 한 쌍 같았다. 둘 다 장로교 신자인데다 교육을 받았고, 모두 일정 수준의 사회 계층에 속했다. 하지만 이완이 하는 유머는 실용적인 농담 쪽에 가까웠다. 그는 너무나도

느리게 움직이고 조용하게 말해서 낯선 사람들에게 둔하다는 인상을 주었다. 반면 모드는 알 수 없는 빛으로 온통 반짝반짝 빛나는 사람이었다. 이완은 대중 앞에서 즉흥적으로 말하는 것을 편하게 느꼈지만 모드는 오히려 대중 앞에서는 혀가 꼬였다. 이완은 우울한 사람인 반면, 모드는 즐거움을 사랑했다. 아마 그들은 연인이 될 정도로 정반대도 아니었고, 친구가 될 수 있을 정도로 영혼이 통하지도 않았을 것이다.

결혼 초 모드는 오늘날 유명 잡지에서 여전히 볼 수 있는 그런 퀴즈 하나를 재미 삼아 풀어보았다. 그리고 자신의 답을 일기장에 그대로 옮겨 적었다. 하루 중 가장 좋아하는 시간은 해 질 녘과 그 바로 뒤에 오는 시간이라고 답했다. 가장 좋아한 계절은, 봄. 하지만 '자신이 생각하는 행복이란?'과 같은 질문에 이르자 망설였다. 처음에는 가볍게 적었다. 좋은 소설책과 적갈색 사과 한 접시, 그다음에는 사랑하는 아들 체스터를 떠올렸다. 하지만….

정말 솔직히 말하자면 진심으로 사랑하는 사람의 품안에 안기는 것이야말로, 모든 여자들의 진정한 행복이라고 모드는 생각했다. 소중하고 달콤한 작은 행복들도 있지만 유일하게 완벽한 행복은 그것뿐이었다. 그러니 모드에게는 완벽한 행복이 없음이 분명했다. 이완과의 결혼생활은 종종 그녀를 외롭게 만들었다.

그럼에도 모드의 삶은 소중하고 달콤한 순간들로 넘쳐났다. 1931년 그녀는 드디어 『레드먼드의 앤Anne of the Island』이라는 대학을 배경으로 하는 로맨스 소설 작업을 시작했다. 그녀를 인터뷰한 보스턴 기자가 몇 년 전부터 써달라고 요청한 책이었다. 모드는 앤 시리즈의 속편을 그리 쓰고 싶어 하지 않았기 때문에 작업에는 좀처럼 속도가 나지 않았다.

모드는 책을 기획하는 첫 번째 단계가 항상 싫었다. 하지만 본격적으로 글을 쓰기 시작하면 오히려 글을 쓰지 '않기가' 더 힘들었다. 모드는 친구들이나 친인척들 사이에서 혼잣말을 잘하기로 유명했다. 모드는 소설 속 대사를 말해보고는 그것을 적으러 황급히 방을 나가버리곤 했다. 웃기는 장면이 떠오르면 큰 소리로 웃곤 했다.

하지만 '다시 앤의 세상 속으로 들어가는 것'은 마치 몇 년 전에 입던 드레스를 입는 것처럼 어려웠다. 이미 작아진 드레스에 몸을 욱여넣는 것 같았다. 그럼에도 출판사는 그녀에게 더 많은 앤 시리즈를 만들라고 강요했고 팬들 역시 마찬가지였다.

『레드먼드의 앤』은 그녀가 소설에 몰입하기 힘들어하며 쓴 책이지만 몽고메리의 책 중에서 가장 아름답고 상상력이 풍부한 작품으로 꼽힌다. 책에는 모드와 늘 함께했던, 기억에 남는 주변 인물이 대거 등장한다. 『레드먼드의 앤』에는 잊지 못할 죽음 장면이 나오는데, 그 장면은 모드가 자신의 어릴 적 친구이자 사촌인 펜지 맥닐이 요절했을 때 본 내용을 바탕으로 썼다고 한다. 하지만 동시에 그 책은 청춘의 희망으로 가득 찬 이야기이기도 하다. 모드는 언제나 그랬듯 『레드먼드의 앤』의 작품성을 의심하곤 했지만 평론가들과 독자들은 항상 그 책을 너무나도 좋아했다.

그해 여름, 모드는 자신이 여전히 '집'이라고 부르던 프린스에드워드섬으로 돌아왔다. 붉은 언덕 산마루에 변함없이 펼쳐진 빛나는 푸른 바다를 보자 심장이 뛰었다. 모드는 조지 맥밀런에게 바로 그 순간을 이렇게 털어놓았다.

"다시는 그곳을 떠날 수 없을 것 같다고 확신해요."

모드는 집으로 돌아가는 길에 외할아버지, 외할머니와 함께 살던 옛 집을 방문하지는 않았지만 그 근처에서 약 3주 가까이 지냈다. 그녀의 표현으론, 슬픔이 번져 흐르던 아름다운 몇 주였다. 모드는 바닷가로 내려가 예전처럼 바다에 몸을 살짝 담그고 황홀한 기분을 만끽했다. 모드와 아기 체스터와 이완은 국화로 가득 찬 들판을 거 닐었고 레드 아일랜드 도로를 달렸다. 모드는 이슬 머금은 공기로 가득한 전나무 숲속에서 야생 딸기를 따고 산책을 했다. 한참을 그 러다 보면 마치 자신이 한 번도 캐번디시를 떠난 적 없고, 오히려 온 타리오에 살던 게 꿈처럼 느껴졌다.

예전의 외갓집은 방치되어 모드의 외삼촌 존이 하숙을 제공하고 있었는데, 모드는 차마 그 근처에도 갈 수 없었다. 그 대신 연인의 오 솔길을 걸었다. 거의 밤낮으로 그곳을 찾았다. 마침내 어느 석양이 내리는 저녁 모드는 옛 집이 보이는 언덕 위로 올라가 익숙한 방 창 문, 과수원, 숲, 길의 모습을 내려다보았다. 모든 게 그대로였지만 동 시에 완전히 바뀐 것처럼 보였다. 꿈꿔온 결혼 생활처럼 소중하고 닿 을 수 없어 보였다. 그렇게 모드는 매우 벅찬 마음으로, 다시 집으로 돌아갔다. '다시 돌아왔다!' 하는 생각에 기뻐서, 스스로도 놀랐다.

모드는 머지않아 자신이 또 임신했음을 알게 되었다. 작은 여자아 이라면 좋겠다고 생각했다. 『레드먼드의 앤』을 작업하는 중이었다. 1913년은 희망차게 시작되었다. 이완은 리스크데일 교회를 통해서 해외 선교프로그램을 시작한 상황이었다. 성공적인 선교 프로그램은 대체로 더욱 유명하고 큰 예배를 위한 주춧돌 역할을 했다. 모드와 이완은 크고 우아한 도시 토론토를 목표로 삼았다. 모드는 캐나다 문인들과 연락하고 싶을 때 종종 토론토를 방문하기도 했으니까.

더불어 그녀는 유명 대중 연설가로 수익성 좋은 두 번째 커리어를 쌓고 있었다. 10월, '캐나다 여성 클럽Women's Canadian Club'에서 무려 1,000명에 가까운 여성들을 대상으로 연설했다. 그 자리에는 목사 부인인 맥도널드 사모님으로서가 아니라 L. M. 몽고메리로서 참석했다.

모드와 이완은 둘 다 새로 시작하는 기분이었다. 에너지가 넘쳤고 미래는 희망으로 가득 찬 것 같았다. 그들 바로 앞에 놓인 폭풍은 전혀 예상할 수 없었다.

제18장
바뀐 세상

모드의 두 번째 임신은 첫 번째보다 더 힘들었다. 메스꺼움과 피곤함에 끊임없이 시달렸고, 1913년의 마지막 며칠을 버티려 애쓰며 우울하게 보냈다. 모드는 이제 마흔 살에 가까웠고 이 아이가 자신의 마지막 아이가 될 것이라고 생각했다. 첫 번째보다 이번 출산이 더 불안했는데, 사촌 스텔라와 프리드 모두 그녀를 도와주거나 그녀의 외로움을 달래주기 위해 근처로 와주지 않았다. 일기장에는 아기가 딸이 아니라면 실망스럽고 쓸쓸할 것이라고 털어놓았다.

1914년 8월 13일, 모드가 가장 두려워하던 일이 현실이 되었다. 아기가 목에 탯줄을 칭칭 감고 사산아로 태어난 것이다. 모드가 완전히 깨어났을 때, 그녀 옆에는 어여쁜 아기가 죽어 있었다. 아버지와 외할아버지의 이름을 따 휴 알렉산더라고 이름 짓고 '리틀 휴'라고 불렀던 그 아기는 웃브리지 근처의 시온 묘지에 묻혔다. 아이를 잃은 모드는 비통함과 죄책감이 뒤섞인 감정을 느끼며 격렬히 슬퍼했다. 여자아이를 바라지만 않았더라면! 의사는 그녀에게 영아 사망은 흔히 있는 일이라고 설명하며 모드의 탓이 아니라고 했지만, 그녀는 긴 애도의 시간을 고통 속에서 보냈다. 착하고 다정한 아기 체스터가 옆에 있는 것만이 모드에게 작은 위로가 되어줄 뿐이었다. 조지 맥밀런에게는 이렇게 썼다.

"내 삶의 모든 슬픔을 다 모은다 해도 결코 지금의 고통과 견줄 수 없어요."

한편 세상은 혼란에 휩싸여 있었다. 1914년 6월 28일, 오스트리아의 프란츠 페르디난트 대공이 잘 알려지지 않은 작은 나라 세르비아에서 암살당했다. 이 사건은 훗날 제1차 세계대전으로 알려지는 전쟁의 도화선이 되었다. 8월 5일, 모드는 영국이 독일을 상대로 전쟁을 선포했다는 소식을 듣고 공포에 질려 있었다. 믿을 수가 없었다. 끔찍한 꿈을 꾸는 것 같았다. 2주도 채 지나지 않아서 그녀의 아기가 시온 묘지에 묻혔고, 끔찍한 전쟁 소식은 계속해서 퍼져 나갔다. 그녀는 이렇게 적었다.

"문명이 다가오는 공포 앞에서 겁에 질린 채 서 있다."

리스크데일에 사는 모드의 잘사는 농부 이웃들은 대부분 유럽에서 일어나는 전쟁을 동떨어진 일로 인식했다. 그러니 모드가 보이는 반응은 그녀가 속한 장소와 시기를 고려하면 이상한 일이었다. 그녀는 지역의 적십자 회장을 자청했고 얼마 뒤에는 징병을 위해 여기저기 발을 동동거리며 선전하고 다녔다. 모드는 마치 자신의 목숨이 전투 하나하나에 달려 있는 것처럼 전쟁 소식을 계속 따라다녔다.

이번에도 어린 체스터가 슬픔과 불안 속에서 그녀에게 위로가 되어주었다. 낯선 땅에서 죽어가는 군인들과 벨기에에서 살해된 어린 아이들을 생각할 때면 자신의 아들이 떠올랐다. 그러던 어느 날 밤 모드는 아기를 자신의 침대로 데려왔는데, 갑자기 한밤중에 아기가 그녀의 손에 키스를 했다! 모드는 그 순간을 다음과 같이 적었다.

"아가, 네가 나에게 얼마나 큰 축복인지 몰라! 앞으로도 늘 그래주겠니?"

모드는 조지 맥밀런에게 전쟁이 시작된 후로 단 한 번도 제대로 식사하지 못했다고 반농담조로 전했다. 매일 점심식사 30분 전이면 우편물이 도착했기 때문이었다. 그 소식이 좋은 소식이면 모드는 너무 흥분해서 식사를 하지 못했고 나쁜 소식이면 너무 큰 충격을 받아 식사를 할 수 없었다.

이웃들의 눈에 모드가 전쟁 소식에 집착하는 것은 미친 짓으로 보였다. 이 와중에도 모드는 스코틀랜드에 사는 맥밀런에게 편지를 쓰며 조금의 위로를 얻었다. 하지만 체펠린 비행선*이 맥밀런의 머리 위로 떨어지는 상상을 하며 끊임없이 걱정하기도 했다. 그녀는 전투와 관련된 꿈을 꾸기 시작했다. 대부분 불길했다. 모드가 직접 한 말에 따르면, 그녀는 전쟁이 진행되는 동안 불길한 꿈을 열 번도

---

* 20세기 초 독일의 페르디난트 폰 체펠린과 후고 에케너가 개발한 최초의 경식 비행선으로, 제1차 세계대전에 사용되었다.

넘게 꿨다고 했다.

모드는 여전히 『레드먼드의 앤』을 작업하고 있었다. 세상이 산산 조각 나버리는 와중에 대학 파티, 시험, 연애에 대해 글을 쓰는 게 터무니없게 느껴졌지만 몇 년 전에 본인 스스로에게 약속했듯, 그 녀는 '긍정과 행복의 전도사'가 되려 했다. 자신의 의도처럼, 모드의 글은 훗날 제2차 세계대전 중 폴란드 군에게 전달되어 그들을 위로 해주고 강인하게 만들어주었다. 군에서 고른 책은 모드가 첫 번째 세계대전 중에 집필한 또 다른 소설 『앤의 꿈의 집』이었다.

1914년 모드는 마흔 살이 되었고, 여전히 희망과 꿈으로 가득했 다. 그리고 세 번째 임신 사실을 확인하고는 매우 기뻐했다. 하지만 좋은 소식과 함께 나쁜 소식도 따라왔다. 몬트리올에서 온 편지에 는 소중한 사촌 프리드가 장티푸스에 걸려 위독하다는 경고의 메시 지가 담겨 있었다. 의사들은 최악의 상황을 예상했고 모드는 충격에 빠졌다. 모드에게 프리드가 없는 세상은 생각할 수 없었다. 그 무더 운 긴 여름밤에 처음으로 서로가 서로의 영혼의 단짝임을 알아차리 고 나서부터 쭉 둘은 마음속 모든 비밀을 나눠왔으니까.

모드는 자신의 단짝과 함께 있어주기 위해 서둘러 몬트리올로 갔 다. 모드의 존재가 마법 같은 효력이 있는 듯했다. 프리드는 모드를 보자마자 회복하기 시작했다. 의사들의 예상을 뒤엎고, 프리드는 기 적적으로 장티푸스를 이겨냈다.

그해 여름, 셋째 아이를 임신한 채로 모드는 프린스에드워드섬으 로 여행을 갔다. 처음으로 모드는 리스크데일을 떠나기가 꺼려졌다. 입덧에 시달렸고 한편으로는 늘 전쟁 소식을 지켜보고 있었기 때문이다. 게다가 이번 고향 방문이 행복하거나 쉽지 않을 거라는 예감도 들었다. 실제로도 도착하자마자 어릴 적 친구 중 한 명의 어머니가 사망했다는 소식을 접했다. 불과 몇 달 전, 그 친구에 대한 기분 나쁜 꿈을 꾸었는데.

어느 날 밤, 모드는 캐번디시 목사관을 슬쩍 빠져나와 초원의 끝자락을 따라 교회 구역을 걸었고 가문비나무 숲을 지나가다가 눈앞에서 은은한 은빛 그림자 속에 잠겨 있는 외갓집을 발견했다. 모드는 자신의 예전 방 창문 아래에 서 보았다. 마치 할머니가 그녀를 기다리는 것 같았다. 고양이 대피는 근처에서 놀고 있고, 학교 친구들이 모드를 둘러싸고 있고, 방의 하얀 침대가 그녀가 돌아오기를 기다리고 있는 것만 같았다. 폐허가 된 옛 집 안에서 잠시 머무는 것은 이상하고 묘했다. 그리고 30분 동안, 잃어버렸던 세상이 그녀를 위해 다시 살아 숨 쉬었다.

프리드를 데리고 다시 리스크데일로 돌아왔을 때, 모드는 그 순간이 자신의 삶에서 몇 안되는 '완벽한' 순간 중 하나였다고 주장했다. 아이들, 정원, 고양이들까지 자신이 사랑한 그 모든 것들이 그녀를 황홀하게 해주었다. 거기다가 집에 도착하자 그녀의 새 책 『레드먼드의 앤』 한 권이 따끈따끈한 표지를 달고 기다리고 있었다. 그 책은 여러 면에서 앤 시리즈의 마지막 장을 의미했다. 모드는 드디어 앤에 대한 집필이 끝났다고 확신했다. 그리고 『레드먼드의 앤』은 L. C. 페이지 사와 기나긴 5년에 걸쳐 이어온 계약에 종지부를 (드디어!) 찍었다. 페이지 사에서는 모드의 전쟁 시집을 거절한 상황이었고, 다른 출판사에서 관심을 보이는 것 같았다. 어쩌면 드디어 그녀의 출판 커리어가 새로운 국면을 맞게 될지도 모르는 시기였다.

1915년 10월 7일, 예정일보다 열흘 빨리 모드는 4.5킬로그램의 건강한 남자아이를 출산했다. 부부는 아기에게 이완 스튜어트 맥도널드라는 이름을 지어주고 스튜어트라고 불렀다. 태어난 지 30분 만에 아기는 반짝이는 두 눈을 크게 뜨고 주위를 둘러보았다. 그때 함께 눈뜬 감각을, 아이는 사는 내내 증명해낼 터였다. 스튜어트는 순하고 사랑스러운 아기였다. 죽은 아기를 절대로 대체할 수는 없었지만, 스튜어트는 모드에게 이 슬프고 불안한 시기를 극복해야 하는 또 하나의 이유가 되어주었다.

한편 유럽의 전쟁은 집에도 영향을 미쳤다. 모드의 아버지가 재혼해서 생긴 아들이자 모드의 가장 어린 이복 남동생 칼이 전장에서 부상을 당해 18시간 동안 혹독한 추위 속에서 쓰러진 채로 홀로 버려져 있었다. 결국 그는 한쪽 다리를 잃었다. 칼의 외모와 온화하고 따뜻한 성품은 모두 휴 존을 닮았고, 모드는 칼을 너무나도 사랑했다. 칼을 '나의 진정한 남동생'이라고 불렀을 정도니까.

그다음 해에는 집으로 질병이 줄줄이 찾아왔다. 스튜어트는 기대만큼 쑥쑥 자라지 못했다. 늘 건강하고 속을 썩이지 않던 체스터까지 연달아 앓아 눕기 시작했다. 체스터는 잠도 잘 못 자고 소화불량에 시달렸다. 모드는 조바심 많은 엄마였던 터라, '태어나던 순간부터 심장의 중심을 차지한, 사랑하는 첫째 아기'를 유난히 걱정했다. 게다가 모드는 독감을, 이완은 만성 기관지염과 후두염을 앓게 되었다. 하지만 늘 그랬듯, 모드는 걱정거리 앞에서 웃으며 '가면'을 썼고, 진짜 기분과는 거리가 먼 발랄함으로 무장했다.

적십자 회장으로 활동하면서, 모드는 병상에서 억지로 일어나 값을 낸 남자들과 파이를 먹는 시간을 내어주며 그 돈을 기부하는 '파이 소셜'을 열었다. 그녀와의 시간을 위해 잘생기고 젊은 청년들은 높은 값을 불렀다. 가장 높은 값을 불러 낙찰을 받은 남자는 모드와 함께 파이를 먹었다. 그런데 그 남자는 아무 말도 못하는, 모든 것을 어색해하는 한 남학생이었다. 그래서 모드 또한 어떤 말도 걸 수 없었다. 그들은 침묵 속에서 파이를 먹었고, 모드는 한 입 먹을 때마다 목이 메어오는 것 같았다.

모드는 갈색 머리카락 사이로 난 흰머리를 발견했다. 모드는 늘 다른 사람의 은색 머리칼을 동경했었다. 하지만 이제는 아니었다. 흰머리가 자신의 나이 듦과 또 다른 상실을 상징하는 것처럼 보였다. 모드의 수입은 몇 년 전에 최고점을 찍은 후로 뚝 떨어졌다. 이완의 보수는 늘 부족했고, 가족은 모드의 수입에 의존할 수밖에 없었다. 성장기에 있는 두 남자아이와 하는 일마다 망할 운명인 남편과 함께 살면서, 모드에겐 잠시라도 작업 속도를 늦출 여력이 없었다.

이완이 모은 해외 선교 활동 기금은 목표한 금액에 비해 턱없이 부족했다. 이완의 주 후원자는 여전히 모드였다. 모드는 온타리오 농부들은 먼 곳으로 돈을 송금하는 것에 별 감흥이 없을 것이라고 예상했는데, 그녀가 옳았다. 이완의 커리어는 정체기에 들어섰다. 그는 토론토에서도, 다른 어디서도 새로운 목사직 제의를 받지 못했다.

그 당시 이완을 알던 사람들은 그를 은밀하고 속을 알 수 없는 사람이라고 말했다. 스코틀랜드에서도 그랬듯, 이완은 자신의 실패를 신이 내린 저주의 신호로 받아들였다. 이 신호는 몇 번이고 그를 주

늑 들게 만들곤 했다. 이완은 유가족 지원 전담 전시戰時 위원회의 창립을 지원하는 등 사회적 활동을 이어갔지만 심적으로 불안정했고, 집에서나 교회에서나 점점 더 과묵해지고 내성적으로 변했다.

모드의 생활은 아이들과 일, 전쟁 위주로 돌아갔다. 모드는 목사관에 유럽 지도를 붙여놓았다. 매일 세 언론사의 신문을 읽으며 새로운 소식을 계속 확인했다. 1916년 11월에는 그녀가 처음으로 전쟁을 다룬 시집 『파수꾼The Watchman and Other Poems』이 출간되었다. 그 해를 통틀어 모드가 유일하게 안심하고 지낸 순간은 소중한 프리드가 크리스마스에 그녀를 찾아왔을 때였다. 그녀가 오니 웃음소리가 온 집 안에 울려 퍼졌다. 집 안을 울리는 웃음소리는 어색하기 짝이 없었다.

1916년, 모드는 그녀의 주인공 앤에게로 다시 돌아왔다. 하지만 이번에는 새로운 출판사와 손잡았다. 토론토에서 모드는 캐나다 출판사 '굿차일드 앤드 스튜어트Goodchild & Stewart'의 편집자 맥클렐런드를 만났다. 맥클렐런드는 『파수꾼』을 출간해주었고, 모드는 이 출판사와 자신의 차기작 『앤의 꿈의 집』을 출간하기로 약속했다.

이 소설은 이제껏 그녀가 쓴 것 중 가장 어두운 소설로, 앤과 베일에 싸인 이웃 레슬리 무어 사이의 우정을 다루었다. 레슬리는 신체적, 정신적 문제로 마비된 남자와의 사랑 없는 결혼에 묶여 있는 여자다. 그녀는 이내 그가 실은 자기 약혼자로 가장한 낯선 사람이라는 사실을 깨닫고 그를 벗어나 마침내 자유의 몸이 된다는 내용을 담았다.

플롯에는 모드가 자신의 결혼생활 속 문제에 대해 고민한 내용을 일부 반영했다. 이완 또한 겉으로 보이던 것과 다른 남자였고, 모드가 쉽게 빠져나갈 길은 없었으니까. 요컨대 모드에게 글쓰기는 일종의 보존 행위였다. 모드는 이렇게 적었다.

"세상은 다시는 지금과 똑같을 수 없다. 우리의 예전 세상은 영원히 사라져버렸으니까."

그럼에도 모드는 사라진 세상의 우정과 자유, 집의 의미를 탐색하는 과정을 『앤의 꿈의 집』에 고스란히 살려놓았다. 이 소설은 프린스에드워드섬에 깊은 뿌리를 두고 있고, 결속력 강한 사회에 소속되는 즐거움을 담아내었다.

그때 모드는 유명 여성 잡지에 실릴 짧은 회고록을 썼다. 이 기사들은 훗날 『내 안의 빨강머리 앤The Alpine Path』이라는 별도의 책으로 출간되었다. 이 회고록에서 모드는 자신의 결혼생활에 대해 쓰는 것을 피하고 유년시절과 집안, 프린스에드워드섬, 그리고 문학에 집중했다. 허만 리어드는 열렬히 사랑했지만 이완은 절대 사랑하지 않았고, 그를 사랑한 적이 없다는 진심은 일기장에만 털어놓았다. 그녀는 남편을 좋아했고, 그가 자신을 외로운 삶에서 구해준 것을 감사하게 생각했다. 하지만 이러한 사실들 중 그 어떤 것도, 회고록에 차지할 수 있는 자리는 없다고 단언했다.

1918년과 1919년은 아마 모드의 삶에서 최악의 2년이었을 것이다. 그녀는 자신이 1919년 이후로 절대 다시는 완전히 행복해지지 못했다고 주장했다. 1918년은 끔찍하게 시작되었다. 1월의 어느 날 밤, 모드는 가슴 안쪽에 딱딱한 혹이 자리잡았다는 것을 느끼고는 자신이 암으로 죽어가고 있는 게 틀림없다고 생각했다. 모드는 남들에 대해 떠들기를 좋아하는 부인들 사이에서 소문이 퍼질까 두려워 동네 의사에게 상담하는 것을 꺼렸고, 몬트리올에 있는 의사를 찾아 갔다. 몇 차례의 검사 끝에 의사는 혹이 암이 아니라 양성종양이라 며 그녀를 안심시켜주었다.

모드가 안심할 겨를도 없이, 끔찍한 전쟁 소식이 개인적인 근심거리를 무색하게 만들었다. 어느 날 이완이 문을 열고 들어와서는 물었다. "최전선에서 온 새로운 소식을 듣고 싶소?"

영국 전선이 무너졌고 독일군이 파리에 총탄 세례를 퍼붓고 있다는 내용을 전하기 위해 한 친구가 편지를 보냈던 것이다. 모드는 그자리에서 주저앉을 뻔했다. 파리를 잃었다면 모든 것을 잃은 것이었다. 모드가 제대로 사실을 알기까지는 며칠이 더 걸렸다. 그동안 그녀는 두 손을 꽉 맞잡고 거실 마루를 초조하게 왔다 갔다 하며 중얼거렸다. "오, 신이시여, 오, 신이시여."

모드는 수면에 도움을 받기 위해 베로날* 몇 알에 의존했다. 베로날은 중독성이 강해 치명적일 수 있는 약물이었다. 모드가 더 이상 먹지도 않고 잠도 거의 자지 않고 이 약에만 심하게 의존하는 동안, 전선에서는 아군과 적군이 엎치락뒤치락하는 지옥 같은 날들이 이어졌다.

그해 여름 프린스에드워드섬도 그녀의 기분을 나아지게 하진 못했다. 그녀가 사랑하는 섬에도 많은 변화가 일어났기 때문이다. 그녀가 다니던 교사 뒤편의 아름다운 숲속 나무들은 이미 잘려 나간

---

* 최면 진정제의 상품명.

상태였다. 자동차들이 소음과 먼지와 함께 마침내 프린스에드워드 섬에 들어오기 시작했다. 프린스에드워드섬은 마지막으로 금지령이 해제된 곳이었다.

캐번디시에서 모드는 학창시절 친구 리지 스튜어트 레이어드를 만났는데, 그녀는 끔찍한 상태였다. 리지는 1년을 정신병원에서, 그리고 그보다 많은 해를 정신질환과 싸우며 보냈다. 둘은 서로 다정한 대화를 나눴지만, 모드는 곧 가슴 아파 하며 자리를 떠나야 했다. 모드가 어릴 적 알던 리지는 더 이상 존재하지 않았다.

모드는 또다시 옛 집으로 돌아갔다. 하지만 이번에는 분위기를 부드럽게 해줄 황홀한 달빛이 없었다. 그 대신 모든 것에 슬픈 황량함이 깃들어 있었다. 존 외삼촌은 농가를 썩어 문드러지도록 방치해두었다. 정문은 철사 하나로 겨우 잠가 놓았다.

모드는 이번 생에 다시는 하지 않을 것 같은 행동을 했다. 그 집 안으로 걸어 들어간 것이다. 부엌에 서서 모드는 다시 과거로 돌아갔다고 상상했다. 부패의 악취를 애써 무시하면서. 응접실과 부엌을 서성이다 옛날 자기 방으로, 그 유년시절의 '무한한 왕국'으로 이어지는 계단을 오르기 시작했다. 하지만 문턱에서 멈춰 섰다. 그녀의 소중한 방은 너무나 많은 유령들, 외롭고 배고픈 유령들로 가득했다. 그곳은 지나치게 으스스했고, 달콤함과 쓸쓸함이 지나치게 많이 섞여 있었다. 그녀는 맹세했다. "다시는 돌아가지 않을 거야."

다가오는 어스름을 막을 수 있는 방법은 없었다. 그해 7월, 모드는 파크코너에서 성대한 디너파티 준비를 도와주었다. 유쾌했던 그

자리에는 프리드의 오빠 조지와 그의 아내 엘라, 그들의 어린 아들 조르지, 애니 이모, 모드, 스튜어트, 체스터 등이 참석했다. 모드가 머릿수를 세보니 열세 명이었다. 그녀는 불행한 숫자라고 장난스럽게 말했다. 그러고 나서 곧바로 후회했는데, 임신한 엘라가 불쾌해했기 때문이다. 실수를 만회하고자 모드는 웃으며 이렇게 말했다. "프리드, 네가 열세 번째로 앉았어. 아마 너에 대한 징조일 거야."

프리드는 그 말을 듣자마자 테이블에서 벌떡 일어나 자리를 떴다. 다른 사람들이 아무리 다시 돌아오라고 애원해도 소용없었다. 프리드는 현관에서 저녁을 먹었다. 그날 밤, 모드와 프리드는 늦게까지 깨어 있으면서 함께 이야기를 나누었고, 식사 테이블에서 있었던 불길한 13 사건을 포함한 눈앞의 모든 걱정거리들은 잊혀졌다. 일주일 뒤에 캠벨네 집을 떠날 때, 모드는 '마치 파크코너를 다시는 안 볼 것처럼' 마구 흐느껴 울었다.

하지만 파크코너가 이내 모드를 찾아왔다. 애니 이모가 나타난 것이다. 모드는 기뻤다. 게다가 1918년 10월 6일, 독일과 오스트리아가 마침내 항복해 끔찍한 전쟁의 종지부를 찍게 되었다는 소식이 전해졌다. 모드는 아주 진지하게 말했다.

"그 날짜는 대문자로 적어야 한다. 금색으로!"

모드는 너무나도 신이 나서 온 동네 친구들을 불렀고, 밖으로 뛰쳐나가 국기를 게양했다. 애니 이모가 차분하게 말했다.

"얘야, 좀 앉으렴."

가을에서 겨울로 넘어가면서 모드는 스페인 독감에 걸렸다. 거의 폐렴 수준으로 기침을 하며 며칠을 몸져누웠다. 아파서 누워 있는 와중에, 애니 이모에게서 자신의 외동아들 조지(그 불길한 테이블에 있던 손님 열세 명 중 하나)가 죽었다는 소식을 알리는 편지가 도착했다. 머지않아 조지와 엘라의 어린 아들인 꼬마 조르지 또한 치명적인 독감을 이기지 못했다는 가슴 아픈 편지가 뒤따랐다.

엘라와 애니 이모는 충격으로 앓아누웠고 다른 아이들까지도 하나둘 독감으로 앓아누웠다. 프리드는 이 사태를 해결하기 위해 서둘러 집으로 돌아갔다. 이번에도 모드는 사촌을 돕기 위해 출동했다. 모드가 도착하자 프리드를 제외한 모두가 몸져누워 있었다. 또다시 두 사람은 '영혼을 깨끗이 씻어내며' 이야기하느라 밤을 지새웠다.

파크코너 집 사람들은 정신적으로나 경제적으로나 힘든 시기를 맞고 있었다. 모드와 프리드는 머리를 맞대고 최대한 차분하게 사태를 논의했다. 집을 청소하고 소독했다. 그들은 캠벨 집의 어린 식구 중 하나인 '성실하고 알뜰하고 참 괜찮은 똑똑한 아이이자 캠벨 집안의 유망주' 댄에게 파크코너의 미래를 걸고 희망을 가졌다. 모드는 고인이 된 사촌 조지에게 돈을 빌려준 적이 있었지만, 그 대출금에 대해 땡전 한 푼도 신경 쓰지 않기로 맹세했다. 어떻게든 극복해내자고, 모드와 프리드는 함께 다짐했다.

휴전 기념일 하루 전날인 1918년 11월 11일, 프리드와 모드는 함께 어둠 속에서 산책하며 반짝이는 호수 건너편에 나 있는 오솔길을 거닐었다. 이제 전쟁이 끝났으니 프리드는 군인 남편 캠과 곧 재회하게 될 터였다. 프리드의 약혼과 결혼은 모두 그해 봄 단 여섯 시간 만에 이루어졌다. 너무나도 갑작스럽게 벌어진 일이라서 모드는 어안이 벙벙해 한참 할 말을 찾지 못했다. 모드는 아직 프리드의 남편을 만나본 적도 없었다. 정말이지, 프리드조차 그를 제대로 알지 못했다고 할 수도 있겠다.

모드는 자신과 가장 친한 친구가 성급히 결혼해서 두고두고 후회할까 봐 걱정했다. 장티푸스에 걸린 이후로, 프리드의 마음은 약해져 있었으니까. 모드는 그런 프리드를 보며 일기장에 이렇게 적었다.

"오, 프리드. 난 네가 행복했으면 좋겠어! 너는 불안한 삶 속에서 행복을 거의 누리지 못했으니까."

그해 말, 최근에 슬픈 일을 그렇게나 많이 겪으면서도 모드는 자신의 아홉 번째 소설 『무지개 골짜기Rainbow Valley』를 완성했다. 앤의 자녀들과 그들의 어린 친구들이 활기차게 젊은 날의 꿈을 펼쳐나가는 책이었다. 언젠가 로버트 프로스트가 위대한 시에 대해 쓴 표현을 인용하면 그 책은, "혼란에 대항하는 순간의 머무름"이었다.

하지만 암흑이 바로 코앞에 닥쳐 있었다. 그 파크코너의 불길한 테이블에 있던 열세 명 중 두 명이 이미 독감으로 사망했다. 그런데 새로운 해로 접어들면서, 모드는 사랑하는 프리드가 몬트리올에서 또다시 위독해졌음을 알게 되었다. 이번에는 폐렴이었다. 모드는 4년 전에 프리드를 구해냈던 것처럼 이번에도 저번처럼 기적을 일으킬 수 있다고 믿었다.

모드는 목요일 밤에 지친 몸으로 몬트리올에 도착해 프리드에게 달려갔다. 하지만 창백한 얼굴로 병상에 누워 있는 프리드를 보자마자 모드는 이번에는 기적이 일어나지 않으리란 것을 직감했다.

1월 25일 토요일 새벽이 되자 의사들은 이제 더는 가망이 없다고 했다. 프리드는 모르핀을 맞고 차분해진 상태였다. 그녀는 거칠고 힘겨운 숨을 내뱉으며 조용히 혼잣말을 중얼거렸다. 모드는 프리드에게 애니 이모에게 전할 말이 있는지 물었다.

"응. 손은 괜찮으신지 물어봐줘." 프리드가 말했다.

프리드는 새신랑 캠에게 '강인한 용기'를 갖길 바란다는 메시지를 남겼다. 모드는 모든 용기를 끌어 모아 마지막으로 질문했다. 프리드를 겁먹게 하고 싶지는 않았지만 모드와 프리드는 몇 년 전에 이미 약속해둔 것이 있었다. 둘 중에 누가 먼저 죽든 간에 죽은 사람은 남은 사람을 찾아와주고 죽어서도 힘이 되어주기로. 모드는 프리드에게 절대 그 약속을 잊지 말라고 부탁했다.

"꼭 와 줄 거지, 그렇지?" 모드가 애원하듯 물었다.

"물론이지." 프리드가 큰 소리로 또렷하게 말했다. 그녀가 마지막으로 남긴 말이었다. 프리드는 새벽이 지나자마자 조용히, 피곤한 어린아이가 잠들어버리듯이 세상을 떠났다.

프리드는 모드에게 단 하나뿐인 위대하고 영원한, 누구도 대체할 수 없는 사랑이었다. 프리드도 언젠가 모드에게 이렇게 말했다.

"진정한 사람이 아무도 없어, 언니 말고는. 언니는 내가 만난 사람 중 유일하게 내가 전적으로 믿을 수 있는 사람이야."

모드는 프리드를 매우 예뻐했다. 존경했고, 그녀의 똑똑함과 강인함을 매우 좋아했으며, 그녀의 뛰어난 센스와 유머 감각에 의지했다. 그 누구도 프리드만큼 모드의 기분을 들뜨게 할 수 없었다. 다른 그 누구도 모드에게 그토록 가까이 다가오지 않았다.

모드는 극도로 절망했다. 어떻게 프리드가 없는 삶을 살아갈 수 있을까? 모드는 눈앞에 펼쳐진 텅 빈 세월을 상상했다. 쓸쓸한 장면이 하나하나 나타났다. 이번이 처음도 아니었지만 모드의 상상력은 그녀에게 불리하게 작용했다. 오랜 시간에 걸쳐 서서히 나타나야 했을 모든 고통과 슬픔이, 모든 외로움과 갈망이 단 몇 시간 안에 한꺼번에 몰려들었다. 그 시간들은 모드에겐 공포의 순간이었고, 그녀는 결코 상실감을 완전히 받아들일 수가 없었다.

마침내 전쟁은 끝났지만, 모드는 프리드의 죽음으로 인한 상심을 위로받지 못했다. 고뇌 속에서 모드는 스스로 재차 되물었다.

"대체 그 한결같던 유머와 번뜩이던 재치, 부드럽던 힘, 매혹적이던 성격은 다 어디로 간 거지?"

어떤 대답도 그녀를 위로해줄 수 없었다. 이번에는, 지금까지 있었던 것 중 가장 큰 위기 속에서 모드는 홀로 서 있었다. 모드는 이렇게 적었다.

"삶의 위기마다 우리는 늘 함께였는데."

그해 늦은 봄, 이완은 완전히 신경쇠약에 걸렸다. 아내의 우울함과 절망감에 반응한 것이었는지도 모른다. 그는 프리드의 죽음을 통해 그제야 자신과 모드가 근본적으로 달랐음을 깨달았을지도 모른다. 어쩌면 그는 오랫동안 보살핌을 받지 못하고, 다시 일어서지 못했기에 아무도 모르게 아래로 추락하고 있었는지도.

이완은 자신이 신경쇠약에 걸린 사실을 교구에 최선을 다해 숨겼다. 어떤 종류든 간에 정신질환은 수치스러운 비밀로 취급되던 때였다. 모드도 남편의 정신 상태에 대한 진실을 조심스레 숨겼다. 그녀는 이완이 단순히 신체적으로 아프거나 지쳤다는 사람들의 잘못된 추측을 유지하기 위해 전력을 다했다. 모드는 가끔 이완의 설교문을 대신 써줬고, 불쌍한 이완은 나름 최선을 다해 그것을 더듬더듬 읽었다.

하지만 모드가 '내 생의 가장 끔찍한 해'라고 적은 1919년의 5월, 이완의 상태는 점점 더 심각해져서 사람들의 눈에 띄지 않게 하거나 숨길 수가 없는 지경에 이르렀다. 이 위기는 이완에게 그가 말하는 '종교적 악마'가 돌아왔다는 의미이기도 했다. 이완은 자신뿐 아니라 모드와 아이들까지도 평생 저주받을 운명이라고 확신했다. 모드는 이완이 제정신일 때는 악마의 저주 같은 것을 믿지 않았다는 것을 알고 있었기에 이완의 증상이 정말로 정신질환 증상임을 눈치챘다. 그의 정신이 다시는 돌아오지 않을까 봐 두려웠다.

그즈음 맥도널드가는 권력이 막강하고 영향력 있는 목사 여러 명을 초대해 며칠간 대접할 예정이었다. 처음에 이완은 멀쩡해 보였다. 두통과 불면증에 시달리고 있기는 했지만 심지어 쾌활해 보이기까지 했다. 그러다 갑자기, 한창 손님을 맞이하다가 이완은 밖으로 나가 들판과 길을 정처 없이 걷기 시작했다. 그는 침묵한 채, 무기력에 빠져버렸다. 아마 목사들과는 아무런 상관이 없었을 것이다. 그가 할 수 있는 것이라고는 그저 해먹에 누워서 자신과 아이들의 영원한 지옥살이에 대한 생각에 깊이 빠지는 일이었다.

모드는 이완을 대신해 모든 사회적 의무를 떠맡았고, 늦게까지 목사들과 함께 있어주었다. 이완의 행동이 '신체적인' 건강상의 문제 때문이라고 해명하려 했다. 모드는 갓 결혼한 사촌 스텔라에게도 이완의 문제를 숨겼다. 그녀는 이완에게 늦은 밤에 여기저기 떠돌아다니는 것을 제발 그만하라고 애원했지만 소용없었다. 결국 참다못해 모드는 이완을 보스턴에 있는 그의 누나에게로 보내버렸다.

그곳 의사들은 모드가 가장 두려워 한 대로 진단을 내렸다. 이완이 만성 조울증에 시달리고 있었다. 그녀는 이완이 없는 미래를 계획하기 시작했다. 아이들을 어딘가 안전한 곳으로 보내야 했고, 남편을 위해 좋은 요양원을 찾아야 했다.

의사들이 한 가지 다른 가능성을 제시하기는 했다. 이완이 신장병을 앓고 있을 가능성이었다. 모드는 이것을 붙들고 사람들에게 말할 변명거리로 삼았다. 이완은 물을 충분히 마시고 수면을 도와주는 클로랄Chloral*을 먹으라는 처방을 받았다. 클로랄 하이드레이트는 오늘날 미국에서는 유통이 금지되어 있지만 그 당시에는 진정제이자 수면보조제로 사용되었고 때로는 마취제로 사용되기도 했다. 이 약은 심장과 신장계에 치명적인 부작용을 미칠 수도 있었다. 이보다 심각한 문제는, 모드가 이완의 수면을 도와줄 거라 믿으며 그가 복용하는 클로랄에 진정제인 베로날을 섞었다는 것이다. 그 약을 먹은 이완은 잠을 잘 자기는커녕 밤새 중얼거리고 경련을 일으켰으며, 끊임없이 무언가를 톡톡 두드리고 중얼거렸다. 마치 옛 약혼자 에드윈 심슨의 괴물 버전 같았다. 모드는 한시도 남편 곁을 떠날 수가 없었다. 이완이 겨우 잠든 서너 시간 동안에도 모드는 내내 뒤척였다.

이완의 증상은 여름 내내 악화되었고 가을까지도 이어졌다. 오죽하면 모드가 1919년을 '지옥 같은 해'라고 했을까. 9월이 되자, 이완은 완전한 신경쇠약 상태를 오락가락했다. 그제야 모드는 이완이 광

---

* 자극적인 냄새가 나는 무색 액체로, 물과 반응시키면 최면 진정제가 만들어진다.

기와 마주친 것이 처음이 아님을 알게 되었다. 그는 대학에서 공부를 할 때도, 그리고 글래스고에서 여행을 하던 중에도 '종교적 우울증'에 빠졌다.

그를 정신 차리도록 하거나 위로해줄 수 있는 것은 아무것도 없었다. 이완은 한시도 자신의 심연에서 빠져나올 수가 없었다. 두 아들에게도 관심을 보이지 않았다. 오히려 아이들은 그의 공포감만 높여줄 뿐이었다. 이완은 모드에게 아이들이 아예 태어나지 않았으면 좋았을 거라고 말했다.

이 끔찍하고 외로운 나날 속에서 모드는 죽어서도 찾아오겠다는, 프리드의 마지막 약속을 계속 떠올렸다. 하지만 아직까지 프리드는 찾아오지 않았다. 어느 암울한 오후, 모드는 고양이 대피와 함께 앉아 속으로 이렇게 말했다.

'프리드, 네가 여기 있다면, 대피가 나에게로 와서 키스하게 해줘.'

사실 대피는 모드의 반려동물 중에서 다정함과 가장 거리가 먼 고양이였다. 그런데 모드가 속으로 그렇게 생각한 즉시 대피가 느릿느릿 방을 가로질러 와서는 모드의 어깨에 발바닥을 가볍게 올려놓더니 그녀의 볼에 입을 갖다 댔다. 그것도 한 번도 아니고 두 번씩이나. 모드는 이 행동을 프리드가 자신의 곁에 있다는 신호라고 굳게 믿으며 힘을 내보았다.

모드에게 있어 글쓰기란, 구출이자 도피이자 구원이자 목적이었다. 그녀는 제1차 세계대전을 배경으로 한 자신의 열 번째 소설 『잉글사이드의 릴라Rilla of Ingleside』를 완성했다. 모드는 프리드에게 이 책을 헌사했다. 모드는 릴라에게 애정을 별로 느끼지 못했지만, 평론가들은 대체로 그 책이 몽고메리의 앤 시리즈 중에서 가장 약한 책이며, 그녀답지 않게 어둡고 감상적이라고 입 모아 말한다. 어쨌든 모드는 1919년에 자리에 앉아 작품의 수익금을 따져보고 나서는 들뜬 마음을 감출 수 없었다. 모드는 처음 골든 데이즈 사에게서 5달러 수표를 받던 시절을 생각하면 장족의 발전을 이루었다. 글로 7만 5,000달러에 가까운 수입을 벌다니. 그 당시 기준으로 거금이었다. 그녀는 이를 비꼬는 듯하면서도 겸손하게 표현했다.

"나쁘진 않네. 필요했던 준비물에 비하면 말이지."

막내아들 스튜어트 또한 모드에게 위안이 되어주었다. 스튜어트가 늘 명랑하고 다정하고 똑똑한 반면, 그의 형 체스터는 일곱 살에 이미 걱정거리였다. 체스터는 그 누구에게도 좀처럼 겉으로 감정을 직접 표현하지 않는, 내성적이고 비밀스러운 성격이었다. 그는 다른 면에서도 아버지를 꼭 닮았다. 모드는 언젠가 이완을 '장님' 같다고까지 했었는데, 이완처럼 체스터도 자연의 아름다움에 완전히 무관심했다.

스튜어트는 열린 마음과 열성적인 기질을 가졌고, 모드에게 헌신적이었다. 그는 반짝이는 커다란 푸른 눈에 안색이 장밋빛인, 잘생긴 금발의 소년이었다. 스튜어트는 자기 형에게 "형에겐 아버지가 있잖아. 엄만 내 차지야." 하고 말하곤 했다. 훗날 모드를 몹시 고통스럽게 한 가족의 분열은 사실 아주 일찍부터 조짐을 보였다.

이완이 하루하루를 겨우 헤쳐 나가며 힘겹게 따라오는 동안, 그의 오랜 좋은 친구이자 인기 많고 활력 넘치는 에드윈 스미스 목사가 리스크데일을 방문했다. 모드에게 프리드가 있었다면 이완에게는 에드윈 스미스가 있었다. 에드윈은 이완의 믿음직스럽고 막역한 친구이자 동료였다. 모드가 계속해서 이완을 의사들에게 보낼 때마다 이완은 늘 자신에게는 의사가 아니라 목사가 필요한 것이라고 말했다. 어쩌면 그가 옳았는지도 모른다. 모드의 표현에 의하면 이완은 '캡틴' 스미스를 만나러 역으로 떠날 때만 해도 몹시 절망에 차 있었다. 하지만 두 시간 뒤에 다시 돌아왔을 때, 그의 상태는 몰라 보게 좋아져 있었다. 에드윈 스미스가 무슨 말을 하고 무엇을 했는지는 몰라도 이완에게 기적 같은 효과가 있었다.

에드윈 스미스는 이완에게 없는 모든 것을 갖고 있었다. 그는 성공했고, 활발했고, 카리스마 넘쳤고, 미소년처럼 잘생겼다. 오십 대에 접어들었음에도 불구하고 스미스는 기껏해야 서른다섯 정도로 보였다. 절친한 두 사람이 나란히 함께 서 있는 사진들 속에서 에드윈은 이완보다 나이가 더 많음에도 오히려 이완의 아들이라고 할 수 있을 정도였다. 또한 그는 전쟁 영웅이기도 했다. 모드가 그를 처음 봤을 때, 모드의 친구는 이렇게 말했다.

"저 남자는 목사 하기엔 너무 잘생겼어."

에드윈 스미스는 모드에게서 좋은 점만을 끌어내주었다. 그는 그만의 남자다운 방식으로 모드에게 프리드와 비슷한 존재가 되었다. 매혹적이고, 똑똑하고, 생기 넘쳤다. 모드는 그를 반기며, 스미스를 '세계적인 천재'라고 불렀다. 모드와 이완의 결혼의 중심에는 커다란 구멍이 하나 있었는데 에드윈 스미스는 그 빈자리를 채우도록 도와주었다. 모드는 스미스가 이뤄낸 기적을 결코 잊지 않았다.

이완이 회복하던 기간에 모드는 드디어 다른 곳에도 눈을 돌릴 수 있었다. 그사이 모드에게는 다른 문제가 서서히 일어나고 있었다. 제1차 세계대전이 끝나고 나서 보니, 이제 자신이 예전 출판사 L. C. 페이지 사와 소송에 휘말리게 되었음을 알게 되었다. 그녀의 적은 부유하고 무자비했다. 다가오는 전투들을 위해서 그녀는 자신의 모든 자원, 고집, 그리고 용기를 동원해야 했다.

제19장

그들이 속일 수도, 협박할 수도, 구슬릴 수도 없는 여자

1918년, 모드는 뜻밖의 크리스마스 선물을 받았다. 값비싼 여행 책이었는데 L. C. 페이지 사의 루이 페이지가 그녀 앞으로 보낸 것이었다. 그는 책의 맨 앞에 이렇게 적어두었다.

메리 크리스마스 앤 해피 뉴 이어.
—L. C.P.

모드가 페이지 출판사와 한창 소송 중이었던 터라 그 선물은 더더욱 놀라웠다. 이 법적 공방을 결국 10년도 넘게 질질 끌 거면서!

모드는 이전에도 두 번의 소송을 겪은 경험이 있었다. 첫 번째는 자신의 작품을 표절해 잡지에 실은 어느 시인을 상대로 제기한 소송이었고, 두 번째는 『과수원 세레나데』에서 사라진 한 챕터를 두고 페이지 사를 상대로 한 소송이었다. 두 소송 모두 이긴 모드는 다시 법원으로 가면서 또 한 번 마음의 준비를 단단히 했다.

모드에게는 끈기가 필요했다. 루이 페이지는 막강했으니까. 그는 개인적으로나 금전적으로나 대적하기 힘든 상대였고, 모드 역시 그가 무섭다고 인정했다. 여러 작가들, 그중에서도 특히 여성 작가들은 그의 맹렬한 반대에 부딪치면 곧바로 뒤로 물러났다. 루이 페이지는 아첨, 회유, 협박을 번갈아 사용하며 여성 작가들을 통제하는 데 능숙한 사람이었다. 하지만 모드의 표현에 따르면 자신은 '속일 수도, 협박할 수도, 구슬릴 수도 없는' 유일한 여자이고, 페이지는 그것을 곧 알게 될 것이었다.

루이 페이지는 하버드 졸업생이었다. 일찍이 모드는 그를 '내가 만나본 가장 멋진 남자 중 하나'라고 표현한 적이 있었다. 이처럼 루이는 상대방을 자석처럼 끌어당기는 사람이었던 것으로 보이는데, 모드는 이런 사람을 상대하는 데 가장 취약했다. 루이 페이지는 자신의 녹색 눈과 길고 짙은 속눈썹을 유리하게 잘 활용했다. 모드는 그를 보고 처음에는 눈에 띄는 외모와 좋은 매너에 끌렸고 일기장에 그의 집안에 대한 정보를 기록해두기도 했다. 젊은 작가는 자신의 출판업자의 이력을 확인하고 감탄하기도 했으나 그녀의 일기는 마지막에 이렇게 끝났다.

"사실 나는 그를 믿지 않는다."

모드가 페이지 사와 맺은 첫 번째 계약의 조건은 그 당시에도, 오늘날에도 형편없었다. 그녀는 인세를 통상적인 15퍼센트가 아닌 고작 10퍼센트만 받았는데, 그마저도 책의 완전한 유통가가 아닌 도매가 기준이었다. 모드는 인세를 인상하는 데 거듭 실패했다. 하지만 1915년이 되어서야 모드는 페이지 사가 이후 출간될 자신의 모든 책에 대한 권리를 갖는다는 조항을 뺄 수 있게 되었다. 그렇게 출판사로터 해방되는 것처럼 보였다. 『레드먼드의 앤』의 출간을 끝으로 모드가 페이지 사와 체결한 계약은 만료되었지만 모드는 다가오는 문제를 예견했고 특별히 더 조심하기 위해 새로 결성된 '미국저자연맹'에 가입했다.

한편 그녀는 자신의 차기작 『파수꾼』에 대한 판권을 캐나다 회사인 '맥클렐런드, 굿차일드 앤드 스튜어트'에 팔았다. 모드는 맥클렐런드 사가 미국에서 모드의 문학 에이전트 역할을 하는 것에도 합의했다. 페이지 사는 자신들이 제안한 시집은 거절했으면서 다른 회사와 어떻게 일할 수 있냐며 소송을 걸겠다고 화를 내며 협박했다.

페이지 사가 맥클렐런드에 접촉했단 소문이 돌기 시작했다. 하지만 페이지 사는 모드를 쉽게 이기는 건 불가능에 가깝단 걸 다시금 깨달을 뿐이었다. 우선, 루이 페이지는 자신이 맥클렐런드와 아무런 사이도 아니라고 주장했다. 그런 다음 뒤에서 몰래 맥클렐런드에 다시 협상하자는 편지를 썼다. 그러나 페이지는 한발 늦었다. 모드가 미국 출판사 프레데릭 A. 스톡스 사와 이미 계약을 맺은 것이다. 스톡스 사는 인세 20퍼센트와 선불금 5,000달러를 지급하는 후한 조건을 제시했고, 모드는 합의했다.

이 소식을 접한 페이지 사는 모드의 다음 인세 지급일에 원금에서 1,000달러를 보류하면서 이전에 인세 보고가 잘못되었다고 주장했다. 또한 그들은 모드의 허가 없이 재인쇄권을 팔기 시작했다. 맥클렐런드가 미국에서 모드의 에이전트였다면, 페이지는 그녀의 재인쇄권을 담당하는 에이전트가 될 판이었다. 그녀가 좋든, 싫든 간에.

1919년 1월, 프리드가 병으로 최후를 맞이하기 며칠 전에, 모드는 법정에서의 첫날을 준비하기 위해 보스턴으로 갔다가 루이 페이지의 모습을 보고 놀랐다. 그는 그사이 많이 늙어버렸다. 모드는 이렇게 표현했다. 그가 살아온 방식이, 드디어 그를 따라잡았다고.

하지만 그렇게 오랫동안 돌고 돌며 자신을 추격해온 남자에게 동정심을 느끼기는 힘들었다. 1917년, 모드는 일기장에 이렇게 털어놓은 적이 있다.

"그가 명예로운 사람이 아니라면 나는 상대도 안 되겠지."

2년이 지난 지금 모드는 그때 자신의 생각이 틀렸음을 보여주기로 결심했다. 모드는 증인 역할을 톡톡히 해냈다. 루이 페이지가 계속 자기 입술을 핥고 시계를 만지작거리는 동안 모드는 차분하고 침착한 상태를 유지했다. 그렇게 법정에서 몇 시간을 보내고 나서는 혼자 호텔 방으로 올라가서 울곤 했다. 비록 모드가 증인석에서 보인 차분한 모습 때문에 아무도 눈치채지 못했지만. 그리고 그녀가 늘 자신이 웃음거리로 전락한 것만 같다고 생각하며 자리를 떠났다는 사실 역시 누구도 알 수 없었다. 모드는 녹취록에 녹음된 자신의 또렷하고 유창한 목소리를 들을 때마다 매번 놀랐다. 심지어 상대편 변호사까지도 그녀의 침착함을 칭찬했는데, 모드는 그러면서도 그가 증언대에서 교묘한 말로 자신을 들들 볶았다고 툴툴거렸다.

페이지 사는 너무나도 불안해진 나머지 모드에게 합의금을 제시했다. 1만 달러를 제안했지만 모드는 1만 8,000달러를 요구했다. 이에 맞서 페이지는 1만 7,000달러를 제안했다. 모드는 끝까지 굽히지 않았고, 결국 처음 요구한 금액을 모두 받아낼 수 있었다. 이를 한창 축하하는 와중에 프리드의 절망적인 소식을 듣게 되었다. 모드는 보스턴을 떠나 곧장 몬트리올로 갔다. 한동안 프리드의 죽음이 모드의 다른 모든 생각들을 제쳐놓았다.

모드의 합의금은 처음에 생각한 것만큼의 큰 승리는 아니었다. 그녀는 페이지에게 자신의 일곱 작품 전체에 대한 판권을 1만 7,880달러로 합의했다. 하지만 모드는 페이지 사가 이미 『빨강머리 앤』의 영화 상영권을 협상 중이었다는 사실을 알지 못했다. 그것도 심지어 4만 달러로.

모드가 조금만 더 버텼더라면, 그 첫 영화 계약 한 건으로만 2만 달러를 벌 수 있었을 것이다. 나중에 밝혀지는 사실이지만, 그녀는 그 건은 물론 『빨강머리 앤』과 관련된 그 어떤 영화나 드라마 상영권에 대해 한 푼도 만져보지 못했다.

『빨강머리 앤』의 첫 할리우드 버전 무성영화도 같은 해에 개봉했다. 모드는 수입을 잃은 것에 분노했고, 영화의 캐스팅도 부적절했으며 무엇보다 할리우드가 모욕감을 주는 미국주의를 추가했다고 생각했다. 책에 전혀 나오지 않는 장면도 추가되었는데, 이를테면 프린스에드워드섬에 없는 동물인 스컹크가 나오는 모험 장면이었다. 또 다른 장면에서 모드는 앤의 학교 건물 위에서 펄럭이는 미국 국기를 발견하고는 화가 나서 씩씩거렸다.

"이런 몰상식하고 뻔뻔한 양키들 같으니라고!"

페이지 형제 루이와 조지가 모드를 만만하게 본 것처럼, 사실 모드 또한 그들을 과소평가했다. 1912년에 모드는 페이지 사에 자신의 소설 『에이번리 연대기』와 관련된 단편소설들을 보낸 적이 있다. 페이지 사에서는 자신들이 가장 마음에 드는 이야기들을 고르고서 나머지는 모두 버렸다고 모드는 알고 있었다. 그런데 이제 보니 출판사에서는 거절한 모든 단편소설들의 복사본을 만들어 보관해두고, 그녀의 허락도 없이 『에이번리 연대기2』로 출판할 계획을 세우고 있었던 것이다.

모드는 이미 거절당한 단편소설 속 소재를 선별해 다른 작품들에서 사용했다. 그런데 그 소설들이 또다시 나타나면, 마치 그녀가 소재가 바닥이 나서 옛 작품을 재활용하는 것처럼 보일 게 뻔했다. 그보다 더 심각한 것은, 예전 이야기들의 상당수가 앤 셜리에 관한 이야기였다는 점이다. 모드가 미국 출판사와 맺은 새 계약서에는 그녀가 다른 회사와 앤과 관련된 그 어떤 새로운 내용도 출판할 수 없다고 명시되어 있었다.

페이지 사에서는 『에이번리 연대기2』의 표지에 빨강머리 여주인공을 실어 앤 셜리의 인기에 편승하려 했다. 법정에서 변호사들과 증인들은 그 표지에 있는 여자아이 머리의 빨간색이 정확히 어떤 색조인지에 대해 몇 시간 동안이나 논쟁하면서 그것이 진짜 앤을 의미하는지 다퉜다. "당근 같은 색이었나? 아니면 좀 더 적갈색에 가까운 색조였나?" 하면서.

첫 소송 이후에는 더 많은 소송과 맞고소가 이어졌다. 페이지 사는 모드가 피해를 줄 목적으로 고소를 남용한다며 모드를 고소했다.

그다음에는 명예훼손이라며 모드에게 소송을 걸었는데, 처음에는 매사추세츠 대법원에서 진행하다가 그 건이 기각되자 미국 연방 대법원에서 다시 소송을 진행했다. 양쪽의 법적 비용은 어마어마했다. 모드의 정신적 비용 또한 예외가 아니었다. 어느 해 여름에 모드는 소송에 대처하느라 한 달 넘게 집에 가지 못했다. 체스터의 생일까지도 놓치면서.

1919년이 되자, 모드는 앤에 대한 글을 쓰기가 죽을 만큼 싫었다. 그리고 1921년 앤 시리즈 중에서 앤의 어엿한 성인이 된 딸을 다루는 마지막 연대기 형식의 책인 『잉글사이드의 릴라』를 출간하고는 마침내 선언했다. 이제 앤과는 평생 끝이라고. 모드는 오랜 친구 조지 맥밀런에게 보내는 편지에 이렇게 적었다.

"맹세컨대 어둡고 치명적인 서약이었어요."

모드는 오랫동안 새로운 여주인공을 만들어내고 싶어 했고, 『귀여운 에밀리』의 중심에 있는 에밀리 스타라는 젊은 작가 지망생을 통해 그 소망을 멋지게 이뤄냈다.

에밀리 스타는 여러모로 그녀를 만든 모드와 앤을 닮았다. 모드처럼 에밀리도 나이 든 친척들과 살았고, 우편 청구서 위에 자신의 이야기를 끄적거리는 습관이 있었으며, 상상력이 풍부했고 아름다움을 사랑하는 달변가였다. 하지만 에밀리는 앤 셜리보다 더 신랄했으며, 더 까칠하고 덜 순수했다. 독자들은 『귀여운 에밀리』를 열렬히 받아들였고 비평가들은 그 책을 두고 『빨강머리 앤』을 제외하고는 모드의 최고작이라고 호평했다. 이 책을 모드는 '자극이 되어주는, 오랜 우정을 기념하며' 우직하게 곁을 지켜준 스코틀랜드인 펜팔 친구 조지 맥밀런 앞으로 바쳤다.

1928년 말이 되어서야 마침내 모드와 페이지 사이의 소송들이 해결되었다. 소송이 이어진 그 긴 10년 동안 모드는 어떻게든 겨우 버티며 자신이 무시할 수 없는 존재임을 분명히 보여주었다. 법과 감정의 소용돌이 속에서 모드는 흔들리지 않고 글쓰기와 출간을 계속해나갔다. 『에밀리, 영혼에 뜨는 별Emily Climbs』과 『에밀리, 여자의 행복Emily's Quest』을 더 썼다. 모드는 늘 그랬듯 자신의 속편이 원작보다 약하다고 느꼈다. 책을 좀 더 천천히, 생각하면서 쓸 수 있는 여유가 있으면 좋겠다고 생각했다. 그럼에도 모드는 맥밀런에게 이렇게 털어놓았다.

"난 대중을 비난할 수가 없어요. 당분간은 내가 그들에게 맞춰야 하니까."

페이지 사는 모드에게 수천 달러에 이르는 법정 비용을 발생시켰고, 그건 그들도 마찬가지였다. 양측 모두 이제 더 이상은 버틸 수 없다고 생각했다. 마지막에는 모드가 승리했다. 여론은 서서히, 하지만 확실하게 루이 페이지와 그의 부당한 사업 거래에게서 등을 돌렸다. 유명한 워너 메이커 백화점이 페이지 사의 책을 그만 취급하기로 하자, 루이 페이지는 마침내 한계에 봉착했다. 모드는 법정 싸움이 그렇게나 격렬하고 오래갈 것이라고는 꿈도 못 꿨지만 일기장에는 이렇게 적었다.

"난 질 수 있는 여유가 있지만 페이지는 그렇지 않기 때문에 내가 이길 것이다."

모드는 다른 작가들은 이미 오래전에 항복했을 일에서 기어코 승리했다. 그렇게 수년을 싸우는 동안, 맥닐 집안 사람들 특유의 고집이 그녀에게 유리하게 작용했다.

한편, 이완은 자기만의 매우 사적인 문제와 계속해서 싸워나갔다. 그는 만성 우울증과 싸웠고 몸이 마비되는, 반복적인 종교적 공포를 여러 차례 앓았다. 그는 수면제를 브롬화물*과 섞어 복용했다. 그러자 이미 좋지 않던 그의 기억력이 더 나빠지기 시작했다. 가끔은 아예 업무를 수행할 수가 없었다. 저녁 8시부터 다음 날 정오까지 잠만 잤다. 모드는 자신이 할 수 있는 능력껏 그의 일을 대신해주었다.

모드의 사랑을 듬뿍 받고 자란 첫째 아들 체스터는 크면서 문제아로 변했다. 그는 학교에서, 친구들 사이에서, 집안일을 돕다가, 그리고 특히 여자애들 사이에서 늘 심한 말썽을 일으켰다. 모드는 체스터의 말썽을 주변 사람들 탓으로 돌리며 대신 변명해주었지만, 언제부터인가 그녀조차도 체스터를 의심하기 시작했다.

문학계에서도 그녀에게 실망스러운 일이 있었다. 그 당시 좀 더 '진지한' 세계적인 사실주의 소설이 등장해 유행하고 있었다. 캐나다에서 가장 영향력 있는 비평가들은 모드의 작품들을 무시했다. 비평가 윌리엄 아서 디콘은 그녀가 쓴 '소녀들의 달콤한 이야기'라며 맹비난했다. 모드는 공식행사에서 배제되었고 위원회에서 퇴출당했다. 토론토 문학회에서 자신을 전보다 덜 반긴다고 느끼기도 했다.

---

* 이온 또는 리간드를 함유하고 있는 화합물로 과거에는 진정제로 쓰였다.

하지만 이런 시기에도 여전히 모드를 지지해주는 보상과 즐거움이 있었다. 막내아들 스튜어트가 학업, 운동, 친구 관계 등 무엇이든 잘 해냈던 것이다. 착한 스튜어트가 옆에 있는 것은 그녀가 큰아들 체스터나 남편 이완을 통해 얻는 것으로는 부족하다고 느낀 동지애를 보충해주었다.

1923년, 모드는 캐나다 여성으로서는 최초로 영국왕립예술협회에 가입했다. 새로운 책을 낼 때마다 열성적인 팬들이 수천 명씩 늘어나기도 했다. 모드는 왕자를 만나러 오라는 초대를 받기도 했고, 그 유명한 다우닝가 10번지에서 영국 총리 스탠리 볼드윈이 직접 쓴 팬레터도 받았다.

모드는 집이 손님들로 꽉 차 있을 때에도 늘 자신이 쓰고 있는 무언가에 정신이 팔려 있었다. 방문객들은 그녀의 미스터리한 내적 대화를 목격했다. 가끔 그녀는 꼼짝 않고 서서 놀란 듯 큰 소리로 웃었고, 이렇게 중얼거렸다.

"그래, 그렇게 해야겠어! '바로 그렇게' 할 거야."

그러고는 순식간에 사라져 메모하거나 어떤 장면을 마구 적었다. 그녀는 이런 사소한 문학적 비상사태를 대비해 앞치마 주머니 속에 수첩과 펜을 넣어두었다.

모드는 또다시, 어쩌면 마지막일지도 모르는 사랑에 빠졌다. 이번에는 사람이 아니라 장소였다. 모드네 가족은 토론토에서 북쪽으로 약 145킬로미터 떨어진, 아름다운 호수가 있는 지역인 무스코카*로

---

* 캐나다 온타리오 주 중부에 위치한 지방자치구.

여행을 갔다. 그곳은 인기 많고 활기 넘치는 여름 휴양지였다. 그중 발라 마을이라는 곳은 밤이 되면 알록달록한 전등으로 빛났고 넓은 공연장에서는 댄스 파티가 열렸다. 모드는 수십 개의 조그마한 섬들, 호수, 강, 열린 만, 깊은 숲, 근사한 여름 별장들이 있는 그곳이 여태 본 어떤 장소보다 동화나라와 가장 흡사하다고 생각했다.

그런데 옛날 옛적 모드의 원수이자 선생님이자 구혼자 존 머스터드가 자신의 아들들과 함께 발라의 북쪽에 여름 별장을 지어놓고 살고 있었다. 시간이 흐른 뒤에도 머스터드는 젊고 몸이 탄탄하고 잘생기고 유능한 반면, 이완 맥도널드는 답답하고 느릿느릿하고 둔해져 있었다. 두 남자가 보여주는 대비에 모드는 고통스러웠을 것이다. 하지만 모드가 보인 반응은 그녀가 살면서 늘 그래왔듯, 상상 속으로 들어가는 것이었다.

그해 여름, 모드는 그토록 갈망하던 '달짝지근한 고독'을 조금 누렸다. 존 머스터드는 친절하게 이완과 아들들을 데리고 나가 자신의 보트에 태워주었고, 이완은 호숫가에서 아들들과 함께 놀아주었기 때문이다. 존이 다시 그들을 모두 별장으로 데려오기까지 모드는 베란다에서 깊은 몽상에 빠져 시간을 보낼 수 있었다.

그녀는 조지 맥밀런에게 9월 말에 상상해낸 모든 것에 대해 썼다. 머릿속에서 모드는 무스코카 호수에서 산 자든 죽은 자든, 자신이 사랑하는 모든 사람들과 함께 있는 상상을 했다. 프리드도 당연히 그곳에 있었고 애니 이모, 버티 매킨타이어, 이완과 그의 아들들(상상 속에서는 이완이 목사가 아니었다!), 그리고 조지 맥밀런도 있었다.

별장의 베란다에서, 모드는 에덴 호숫가로 들어가는 상상을 펼쳤

다. 상상 속에서 요리를 하고 식사를 대접했다. 그녀의 상상 속에서 조지 맥밀런, 이완, 그리고 아들들이 호수에서 폭풍을 만나는 바람에 모드는 프리드와 함께 호숫가에서 등불을 들고 남자들이 안전하게 돌아오기만을 기다렸다. 엉뚱하고 유치한, 심지어는 정신 나간 짓일 수도 있다고 그녀는 인정했지만, 생생한 꿈은 그녀에게 마치 두 번째 삶과 같았다. 모드에게는 늘 실제 상황에서 자신을 빼내 그보다 더 생생하게 꿈속으로 집어넣을 수 있는 불가사의한 능력이 있었다. 그리고 그 힘은 그녀에게 풍부한 글감을 제공해주었다.

1926년, 모드는 또 하나의 데뷔를 했다. 그녀의 첫 성인 소설 『달콤한 나의 블루 캐슬The Blue Castle』을 출간한 것이다. 프린스에드워드섬이 아닌 무스코카 호 지역을 배경으로 하는 『달콤한 나의 블루 캐슬』은 풍자적이고 부드러운 로맨스 소설로, 몽고메리의 작품 중 가장 완성도 높은 작품으로 꼽힌다. 이 책으로 모드는 무스코카에서 보낸 행복한 여름과 그녀의 상상력이 흐릿해지지 않았음을 증명했다.

또한 이 작품은 한때 그녀가 원수처럼 취급하던 자동차에게 보내는 사과이기도 했다. 모드는 자신이 말과 마차의 시대에 연애할 수 있었다는 사실에 감사하며, 자동차는 전혀 로맨틱하지 않다고 주장한 적이 있다. 하지만 점차 속도와 도피가 로맨틱할 수도 있음을 깨닫게 되었다. 그리고 곧 이 기계가 가져올 시련도 깨닫게 될 터였다.

제20장
흔적을 따라 달리며

1918년, 프린스에드워드섬은 캐나다 중에서 마지막으로 자동차를 합법화했고, 고집스런 섬사람들과 모드는 함께 안타까워했다. 그녀는 말과 수레 뒤에 앉아 달빛을 받으며 눈길 위를 스치듯 달리는 것을 너무나도 사랑했기 때문이다. 모드의 연애에서 가장 중요한 순간들이 마차 위에서 이루어졌다. 허만 리어드가 그녀의 머리를 자신의 어깨 위에 살포시 얹어놓았던, 사라져버린 순간들뿐만 아니라 이완이 프로포즈를 했던 저녁까지도 마차와 함께였다.

하지만 모드는 움직임과 변화 또한 즐겼다. 1920년에 자신이 가장 좋아한 것들에 대한 목록에 '운전과 드라이브'를 포함시킬 정도였다. 모드는 이렇게 적었다.

"때로는 길을 따라 달리는 체계적인 삶을 즐긴다."

모드와 이완은 1918년에 첫 자동차를 장만했다. 5인승 쉐보레였다. 5년 전만 해도 리스크데일 사람들은 차라는 것에 대해 들어보지도 못했고, 단순히 자동차의 소리만 들려도 온 동네가 소란을 피울 정도였지만 금방 흔해졌다.

하지만 모드는 절대 직접 운전할 용기를 내지는 못했다. 사람들 말에 따르면, 그녀는 차를 타면 긴장했다. 한 지인은 모드가 정신없이 차 안쪽을 꽉 움켜쥐고 있었다고 기억했다. 모드는 스스로를 뒷좌석 운전사라고 표현하며 이렇게 적었다.

> 나는 양산 너머로 님편이 운진하는 것을 지켜보다가 시속 30킬로미터 이상으로 달리는 것 같으면 그를 쿡 찌르고, 그가 골목을 돌려고 하는 것 같으면 낮은 목소리로 "조심하세요."라고 말하는 것만으로도 만족한다.

이완은 운전 실력이 정말이지 어설프고 형편없었다. 전기 작가 메리 루비오에 따르면, 이완은 실용적이거나 기계적인 것에는 늘 서툴렀다. 그는 자신이 더 이상 말 딸린 마차를 몰고 있는 게 아니라는 사실을 자꾸만 잊어버렸고, 차를 재빨리 멈춰야 할 때는 운전대를 끌어당기면서 "워! 워!" 하고 외치곤 했다.

초기의 자동차는 손으로 크랭크 핸들을 돌려서 시동을 걸 수 있었다. 이완은 그 방법을 터득하기 어려워했다. 맥도널드 부부는 제피르로 가는 거친 도로를 달리며 계속 타이어에 구멍을 냈고, 차축이 떨어져나가는 일도 드물지 않았다. 1921년까지 이완은 이미 여러 번 가벼운 사고를 냈던 터라, 모드는 새 차를 장만해야겠다고 생각했다. 그래서 둘은 새로운 우아한 캐나다산 그레이 도르트 사의 투어링 카*를 샀고, 차에 '레이디 제인 그레이'라는 애칭을 붙였다.

안타깝게도, 레이디 제인 그레이를 탄다고 사고가 나지 않는다는 보장은 없었다. 새 차를 구입한 지 한 달쯤 됐을 때 이완은 막다른 골목에 다다라 맞은편에서 질주해오던 쉐보레를 들이받았다. 두 차량 모두 망가졌지만 심하게 다친 사람은 없는 것 같아 보였다. 레이디 제인 그레이는 차축이 구부러지고 범퍼가 찌그러지고 헤드램프가 깨졌다.

맥도널드 부부는 운이 안 좋았다. 쉐보레를 운전한 남자는 다름 아닌 신경질적이고 싸움 걸기를 좋아하는 마셜 피커링으로, 제피르 감리교회를 다니는 노인이었다. 모드는 남편이 부주의하게 운전한 것은 잘못했지만 피커링도 과속했기 때문에 똑같이 잘못했다고 생각했다. 그러나 피커링 측에서는 모든 잘못이 이완에게 있다고 주장하며 파손 비용으로 85달러를 청구했다. 그런데 다음 날, 마셜 피커링은 '소변 불통' 증상으로 병원을 찾았다. 사실 피커링은 몇 년 동안이나 전립선 문제에 시달렸고, 예전에도 이번과 동일한 건강상의 문제로 치료받은 적이 있었다! 이완은 피커링 부인을 찾아가 남편 일에 대해 유감을 표했다. 피커링 부인은 이완의 운전이 미숙했다며 툴툴거렸다. 이완은 마셜 피커링을 보러 병원으로 찾아갔다가 피커링의 아들을 만났고, 그의 아들에게서 아버지가 이미 한 달 전에 전립선 수술을 잡아놓았다는 이야기를 듣게 됐다.

---

* 시중에서 판매하는 차를 개조해 장거리를 고속으로 달릴 수 있도록 만든 경주용 자동차.

온 제피르가 사고 소식으로 시끌벅적했다. 자동차가 드문 만큼 자동차 사고는 그보다 더 드물던 시절이었다. 한동안 제피르에서는 온통 두 차량의 사고에 대한 이야기뿐이었다.

1921년, 모드는 또 한 번의 이상한 예지몽을 꾸었다. 꿈속에서 모드가 집에 돌아왔는데, 이완이 목을 매달아 죽었다가 다시 살아나 있었다. 마치 그 꿈에 대한 답인 것처럼 피커링 부부가 맥도널드 부부에게 별 희한한 크리스마스 선물을 보내주었다. 그것은 마셜 피커링의 전립선 수술비로 500달러를 내놓으라는 내용의 편지였다. 맥도널드 부부는 어안이 벙벙했다. 모드는 분노했고 이완은 괴로워했다. 편지에 실린 다그치는 듯한 화난 말투는 둘 모두에게 거슬렸다. 차 수리 요청을 받았더라면 보상해주는 것을 고려해볼 수도 있었겠지만, 그전에 날짜를 잡아두었던 전립선 수술에 대한 비용을 지급하는 것은 말도 안 되는 일이었다.

이완은 두 교회에서 목사직을 수행하면서 한 해에 겨우 1,500달러를 벌었다. 하지만 모드는 매우 부유하다는 것을 피커링 부부는 잘 알고 있었다. 이완은 두 당사자 모두의 과실이니 양측이 모두 손해배상금을 똑같이 내야 한다는 답장을 썼다. 그는 피커링이 사고가 있기 훨씬 전부터 전립선 문제가 있었단 내용도 적었다. 그러자 피커링은 청구비를 1,500달러로 올린다고 답했다! 이완은 이웃들에게 지지를 구하고 변호사를 고용하며 맞섰다. 피커링은 다시 한 번 금액을 올렸고, 이번에는 8,000달러(수술비로 1,000달러, 자신이 입은 피해에 대한 5,000달러, 그리고 아내를 위한 추가 2,000달러)를 요청했다. 피커링은 권력은 있지만 인기는 없는 남자였다. 어떤 이웃은 놀라서 이렇게 소리쳤다.

"8,000달러라고? 이 빌어먹을 차 껍데기 한 대보다도 비싸잖아!"

결국 사건을 담당한 판사가 이해하기 어려운 판결을 내려 피커링의 손을 들어주며 수술에 대한 1,000달러와 피해에 대한 500달러, 그리고 피커링의 아내를 위한 1,000달러를 보상금으로 지급하도록 했다. 피커링은 높은 사람들과 인맥을 가진 게 분명했다. 동네 사람들도 그 소식을 듣고 깜짝 놀랐다.

맥도널드 부부를 둘러싸고 일어난 불쾌한 갈등은 이것만이 아니었다. 당시 교회연합이란 것에 대한 소문이 떠돌았다. 성공회교도들은 캐나다연합교회를 주창해 수십 년 넘게 많은 사람들의 지지를 얻었는데, 1920년대 초에 이르자 교회연합church union이라는 이름으로 자리 잡을 것 같은 분위기가 형성된 것이다.

이러한 상황에서 이완은 얻는 것보다 잃을 것이 더 많았다. 그는 더 이상 특별히 인기 있거나 실력 있는 목사가 아니었고, 멋진 커리어를 찾아 나서던 열정적인 청년들에게서 한참 뒤처져 있었다. 교단이 통합되면 이완이 일자리를 잃을 게 뻔했다. 더군다나 감리교 목사 하나가 이미 제프리에 와 있었고, 이완이 그를 제칠 수 있을 리없었다.

이완은 한 친구에게 자신은 연합을 전적으로 반대하진 않지만 모드가 목숨을 걸고 반대한다고 말했다. 모드는 교회연합이 소수가 통치하는 비인간적인 거대한 관료체제가 될 것을 우려했다. 늘 충실한 신도였던 모드는 스코틀랜드 장로교 혈통을 고집하는 입장이었다. 모드는 맥밀런에게 이렇게 적었다.

"교회 내의 분열 때문에 너무나 불행하다. 끔찍해."

리스크데일에 딱 하나 남은 장로교회의 사람들은 이완을 지지해 주었다. 하지만 제피르에서의 상황은 달랐다. 그곳은 리스크데일에 비해 더 분열되어 있었다. 투표를 통해 다행히 장로교로 남는 것으로 결정되기는 했지만, 23대 18이라는 아슬아슬한 득표 수는 이완과 모드에게 씁쓸함을 남겼다.

모드와 이완은 몇 년 동안 번갈아가며 극심한 우울증에 빠졌다가 회복하기를 반복했다. 두 사람 모두 장소의 변화가 가족에게 좋은 영향을 미치기를 내심 기대했다. 이완은 마셜 피커링을 상대로 법적 공방을 벌이면서 잠시 생기가 돌았지만 소송에서 지자 허탈감에 빠졌다. 그는 아무런 미련 없이 이사할 준비가 되어 있었다. 하지만 모드에게 리스크데일을 떠나는 것은 아무래도 가슴 아픈 일이었다. 그녀는 이미 리스크데일에 뿌리를 내렸고, 그곳에서 어린 아들들을 키웠으니까. 작별 인사를 해야 하는 순간, 모드는 상대하기 힘들었던 제피르의 교회 사람들과 헤어질 때마저도 눈물을 보였다. 반면 이완은 그런 슬픔을 느끼지 않았다.

이완은 노발에 있는 교회와 글렌 윌리엄스라는 근처의 작은 마을에 있는 교회, 이렇게 두 곳에서 일하게 되었다. 전과 달리 두 교회 신도들 모두 하나같이 여유로웠고 친절했다. 모드 또한 다행히 곧 노발이 마음에 들었다. 노발의 목사관은 실내 배관과 전기가 설치되어 있는 넓고 으리으리한 저택이었다. 이곳은 사랑스러운 캐번디시를 떠올리게도 했다. 노발은 친절했고, 파릇파릇했고, 시골이었고, 강이 흘렀다. 그러면서도 그녀를 순식간에 토론토로 데려가줄 수 있는 철도선과도 가까웠다. 체스터가 다니던 학교도 토론토에 있었으니 더 가까워진 셈이다. 모드는 조지 맥밀런에게 이렇게 자랑했다. "이곳은 온타리오의 아름다운 명소 중 하나예요."

모드는 특히나 목사관 뒤로 솟아 있는 소나무 언덕과 사랑에 빠졌다. 소나무 위를 비추는 밝은 달빛을 구경했고, 이는 그녀가 프린스에드워드섬을 떠난 후 절대 채울 수 없던 갈망을 채워주었다. 모드 안의 아름다움을 갈구하는 소녀는 그대로 살아 있었다. 노발에서 그녀는 이제야 마음의 양식을 길러줄 자연의 아름다움을 발견했다.

한 가지 유일하게 나쁜 소식은 그들의 새 교회 회계 담당자가 하필이면 제피르에서 그들과 앙숙이었던 마셜 피커링의 친척과 약혼했다는 사실이었다. 이완은 그때 낼 돈이 없어서 법원 판결을 회피했었다. 법원에서도 그에게 모드의 돈을 쓰도록 강요할 수는 없었다. 하지만 그들이 노발로 이사 오기 바로 하루 전날 밤, 이완은 자신의 이름으로 운송되는 모든 물건이 마셜 피커링을 대신해 압류될 것이라는 경고장을 받았다. 맥도널드 가족은 재빨리 박스의 라벨을 모두 '맥도널드 부인'으로 바꿨다.

이사를 하고나자 모드의 일상엔 활기가 돌았다. 『달콤한 나의 블루캐슬』과 『뒤엉킨 거미줄』을 이 시기에 모두 출간했고, 그 외에도 『에밀리, 여자의 행복』, 『메리골드의 마법Magic for Marigold』, 그리고 『패트, 은빛 숲의 집Pat of Silver Bush』과 그 속편인 『패트, 삶과 꿈Mistress Pat』 등 여러 아동서도 썼다. 모드는 캐나다 서부로 독서 투어를 가기도 했다. 그때 드디어 오랜 펜팔 친구 에프라임 웨버와 그의 아내를 만났다. 또 캐나다 서부에서 프린스앨버트 시절 '영혼의 단짝'이었던 다정한 여동생이자 어느덧 결혼한 로라 프리처드와 기쁜 마음으로 재회했다. 모드는 그 재회에 대해 이렇게 설명했다.

"우리는 껴안고 입 맞췄고, 한 발 뒤로 물러나서는 서로의 모습을 살펴보고는 다시 껴안았다. 이는 사랑이 불멸한다는 증거였다."

모드는 전통적인 기독교에서 말하는 사후세계를 믿는 것을 오래전에 그만두었다. 때로는 신은 절대 존재하지 않고 과학, 그리고 맹목적이고 비인간적인 기회만이 존재한다고 주장했다. 또 한편으로는 부활을 믿었고 선과 악 사이의 무한한 갈등이 있다고 믿기도 했다. 물론 그녀는 에프라임 웨비에게 고백했듯, 사람들 앞에서는 이런 생각에 대해 절대 이야기하지 않았다. 그녀는 이렇게 적었다.

"난 목사 남편을 위해 극도로 조심해야 해요."

모드는 노발 교회에서 적극적으로 활동했다. 청년들의 연극 행사를 도와줄 때처럼, 여전히 그녀는 '일이 돌아가게 만드는 것'을 좋아했다. 반면 끊임없이 이어지는 전도 밴드와 보조, 우먼스 인스티튜트Women's Institutes*, 그리고 레이디스 에이드Ladies' Aids는 별로 좋아하지 않았다. '때로 그것들이 너무나도 진저리가 나서 또 한 번 하느니 차라리 가까운 나무에 스스로 목을 맬 수 있을 정도'라고 표현하기까지 했다.

이완은 이 시절 계속 주기적으로 우울증에 시달렸고 기억력은 더 나빠졌다. 모드는 신도들이 그를 집에서 보게 된다면 뭐라고 생각할

---

* 영국, 캐나다, 남아프리카 및 뉴질랜드 여성을 위해 설립된 커뮤니티 단체.

지 궁금했다. 손으로 머리를 마구 문지르고, 천벌에 반대하는 구약 성서의 시편을 미친 듯이 읊조리고, 반쯤은 놀라고 반쯤은 멍한 표정으로 허공을 뚫어져라 쳐다보는 그의 모습을 본다면…. 게다가 모드 또한 점점 더 아들에 대한 불안과 어두운 감정에 시달렸다. 특히 어릴 적부터 여자에 '환장해' 있었고 나이가 들면서 더욱 심해진 체스터 때문에 더 불안해졌다. 체스터는 충동에 대한 통제력이 거의 없었다. 사회성 또한 애초부터 별로 없었지만 시간이 지나면서 점점 더했다.

체스터는 똑똑하긴 했지만 뭐든 자리 잡고 적응하는 것을 어려워했고, 공부를 제대로 하지 못했다. 자기 아버지처럼 과체중인 데다 덤벙댔고 운동신경이 둔했다. 체스터는 무언가를 정직한 방법으로 얻어내지 못하면 그것을 훔쳤다. 처음에는 쿠키 한 줌이나 관심 정도를 원했지만, 나중에는 돈과 귀중품으로 손을 뻗었다.

이완과 체스터는 서로에게 이상할 정도로 매정했다. 그들을 본 사람들은 부자가 비정상적이라고 생각했다. 아버지와 큰아들은 너무나도 비슷해서 서로 끊임없이 충돌했다.

1928년 모드는 충격에 빠져 체스터를 심각하게 걱정하기 시작했는데, 정확히 무엇 때문에 패닉 상태가 되었는지는 알 수 없다. 일기를 의도적으로 애매하게 썼기 때문이다. 체스터가 가사 도우미들 중 한 명에게 자신의 몸을 노출한 끔찍한 사건이 있기는 했다. 하지만 모드는 이 사건을 잘 덮어두었다. 어쨌든 모드의 불안을 자극한 것이 무엇인지 몰라도 그건 '뭔가 고약하고 걱정되는 것'이어서 모드의 마음을 더 쓰리게 만들었다. 그때만큼은 '투덜이 일기장'에나 믿음직한 펜팔 친구들에게 털어놓을 수가 없었다. 체스터에게 집착하는 버릇은 그녀가 씁쓸한 최후를 맞는 날까지 이어졌다.

반면 스튜어트는 여전히 안정적이고 속을 썩이지 않는, 기특한 아들이었다. 모드는 일기장에 스튜어트를 자신의 '유일한 좋은 아들'로 표현하기 시작했지만 걱정과 집착도 하기 시작했다. 어느 날 밤 스튜어트가 친구 한 명과 둘이서만 아이스스케이트를 타러 가서 밤이 깊도록 돌아오지 않아 모드의 걱정을 산 적이 있었다. 그날은 결국 무탈하게 지나갔지만 안 그래도 예민한 모드의 신경을 망가뜨렸다. 또 어느 날은, 스튜어트가 수영을 하는데 노만 댐이 망가져서 거의 익사할 뻔했다. 그 뒤로 모드는 아들의 목숨을 두 번이나 앗아갈 뻔했던 강 근처에 가는 것을 좀처럼 허락해줄 수가 없었다.

스튜어트가 기숙학교로 떠났을 때, 모드는 아들이 끔찍이도 그리웠다. 모드는 이완으로부터 힘도, 위로도, 심지어 동지애조차도 얻을 수가 없었다. 몇 년의 시간에 걸쳐, 남편과도 서서히 멀어져버렸다. 모드는 이렇게 적었다.

"이 집은 스튜어트의 웃음소리가 사라져버리고 나면 언제나 이상하게 텅 비어 있다."

모드의 인기에 대한 이완의 시기심은 점점 더 심해졌다. 모드의 주일학교 학생들이 그녀에게 크리스마스 장미가 담긴 바구니를 선물하자, 이완은 말 한마디 없이 등을 돌렸다. 부부는 모드의 수입에 완전히 의존했지만 이완은 'L. M. 몽고메리'의 팬이 아니었다. 모드는 일기장에 이렇게 적었다.

"이완은 속으로 내 작품을 싫어한다. 그리고 겉으로는 무시한다."

날이 갈수록 모드는 고용한 가사 도우미들에게 의지하며 하루하루를 헤쳐 나갔다. 일상적인 부분은 가사 도우미에게 의지했지만, 심적인 부분에서는 향정신성 약물에 심하게 의지했다. 불행히도, 한 가지 면에서 도움이 된 약은 다른 면에서는 그들을 해쳤다. 이완 맥도널드는 치명적일 수 있는 신경 안정제와 브롬화물과 수면제를 섞어서 복용하고 있었다. 약은 그를 졸리고 멍하고 신경질적인 상태로 만들었고, 가뜩이나 안 좋은 기억력을 더 감퇴시켰다. 모드 또한 수면제와 안정제를 스스로 투약하기 시작했다. 와인도 많이 마셨다. 1930년부터는 피하주사기까지 사용했다. 처음에는 알레르기 때문이었지만, 그다음에는 예민한 신경 때문이었다.

모드가 살던 시대에는 조울증에 대한 이해가 거의 없었다. 그래서 조울증을 앓는 환자들에게는 휴식을 취하고, 그들을 흥분시키거나 자극할 수 있는 것들로부터 떨어져 지내도록만 할 뿐이었다. 모드와 동시대를 살던 버지니아 울프도 비슷한 증상을 보여서, 아예 글쓰기를 완전히 중단하라는 처방을 받기도 했다. 다행히도 이완은 모드에게 특별히 그 치료법을 강요하진 않았다. 모드는 글을 쓰고 이야기들 속으로 도피할 수 있어야만 살 수 있었다.

가사 도우미 중 몇 명은 특히 더 많은 도움이 되었다. 모드는 발랄한 엘시 버스비라는 도우미를 매우 좋아했는데, 어느 날 밤 난로 쇠살대를 통해 '맥도널드 사람들이 너무 싫다'는 엘시의 또렷한 목소리를 듣고서 소스라치게 놀란 일도 있었다. 며칠 뒤, 모드는 엘시가 자신의 메모를 샅샅이 뒤져봤다는 사실을 알게 되어 충격을 받았다.

모드는 사람들이 뭐라고 수군거릴지 늘 두려워하며 살았다. 사람들은 모드가 어릴 적부터 흔히 그래왔으니까. 가사 도우미가 자신의 비밀을 알고 있고 쉽게 널리 소문을 퍼뜨릴 수 있다고 생각하니 소름이 끼쳤다. 모드는 곧바로 엘시를 해고했지만, 엘시의 후임들도 전혀 나을 게 없었다. 메리 루비오에 따르면, 마거릿이라는 이름의 하녀는 괴짜 같았고, 늘 시무룩했으며 집안일이나 요리에 소질이 거의 없었다. 또 다른 하녀는 끊임없이 험담을 하는 사람이었다. 하지만 목사의 아내는 냉혹하거나 까다로운 안주인이 되어서는 안 되었다. 모드는 가끔 그저 해고하기 두렵다는 이유로 그들을 데리고 있었다.

체스터 또한 가사 도우미들에게 터무니없이 무례하게 행동하며 집안에 말썽을 불러일으켰다. 그의 행동은 결국에는 정말이지 점점 더 기묘해졌다. 어린 자식과 함께 집에서 사는, 모드가 좋아하던 도우미에게 체스터가 몸을 노출한 적도 있었다. 모드는 안 믿는다고는 했지만 아주 괴로워했다.

경제적으로 많은 이들의 삶을 파괴한 대공황은 맥도널드네 가족에도 타격을 입혔다. 모드는 몇몇 기업들에 큰돈을 투자했지만 실패했다. 1930년에 투자 가치가 1만 4,000달러였던 한 기업은 가치가 2,000달러 아래로 떨어졌다. 또 다른 토론토 보험회사에 3,000달러 투자한 것도 완전히 실패했다. 1932년 말에는 모드가 몇 년 만에 처음으로 자신의 원고를 직접 타이핑하기에 이르렀다. 타이핑하는 사람을 따로 두면 돈이 드니까. 물론 대부분 사람들의 기준에 따르면 모드는 여전히 부유했지만, 그녀는 심각한 경제적 손실을 입었고 패

가망신할 위기에 처했다고 생각했다. 아들 두 명을 모두 대학까지 보낼 돈이 있었는지도 의문이었다. 모드는 한때 이완이 은퇴해도 괜찮다고, 준비가 다 되어 있었다고 믿었는데 1929년의 주식시장 붕괴가 모드의 확신을 뒤흔들어놓았다.

파크코너 친척들은 종종 모드에게 금전적인 도움을 구했고, 그것은 친구들과 역시 마찬가지였다. 그녀는 빌려준 돈의 대부분을 평생 돌려받지 못했다. 싹싹한 노발 교회의 회계 담당자마저도 교회 자금을 빌렸고 모드가 그 차액을 감당했다. 그래서 모드는 이야기를 만들어내고 파는 일을 그 어느 때보다 열심히 했다. 팬레터에 답장을 보내기 시작했고, 팬들에게 얼마나 그녀의 작품을 좋아하는지 출판사에 말해달라고 부탁했다.

그녀는 독자들에게 그들이 가장 좋아하는 책에 대해서 미국의 영화 제작사이자 배급사 중 하나인 'RKO 픽처스 사'에 편지를 써달라고 독려했다. 물론, 그녀가 땡전 한 푼 받지 못한 『빨강머리 앤』만큼은 제외하고. 하지만 모드는 1934년에 더 나은 유성 영화 『빨강머리 앤』이 개봉했을 때 기뻐했다. 그 영화를 통해 수익을 올릴 수는 없었지만 모드는 너무 재미있어서 무려 네 번이나 봤다고 적었다. 모드의 친구 조지 맥밀런도 이미 그 영화를 스코틀랜드에서 봤다고 답장했다. 무려 일곱 번이나! 평론가들은 좀 더 현대적이고 실험적인 소설들을 선호했지만, 독자들 사이에서 모드의 인기는 이어졌다. 따뜻한 팬레터가 그녀의 매일을 즐겁게 만들어주었다.

하지만 그녀는 종종 그녀의 친척 또는 오래전 친구라고 주장하는 낯선 사람들이 불쑥 찾아오거나, 돈이나 사인을 요구하기도 해 쫓겨

다녔다. 모드가 어쩌다 캐번디시를 방문할 때면, 많은 사람들이 사랑하는 작가를 보러 왔다. 그들은 사생활을 존중받거나 가족들과 따로 시간을 보내고 싶어 하는 모드의 심정을 도무지 이해하지 못했다. 그녀는 언젠가 『빨강머리 앤』을 읽은 모든 괴짜들이 그녀가 제 영혼의 단짝이라고 믿는다고 적었다. 하지만 그들 모두를 다 이긴 팬이 하나 있었다. 바로 괴짜 같고 고집스러운 이사벨 앤더슨이었다.

이사벨이 처음 편지를 보냈을 때 모드는 감정을 마구 쏟아내는 글 스타일로 미루어보아 그녀가 조숙한 소녀일 것이라고 추측했다. 모드는 친절하게 답장해주었다. 그런데 어린 여학생처럼 동경을 표현한 팬은 사실 서른네 살의 교사였다. 모드는 깜짝 놀랐다. 모드가 격려하는 투로 답장을 하자, 이사벨은 끈질겨졌다. 이사벨은 끊임없이 편지와 선물과 초대장을 보내고 전화했다. 모드를 내버려두지 않고 쉴 새 없이 계속 괴롭혀서 결국에는 그녀를 초대해 하룻밤 묵고 가도록 했다. 이사벨이 마치 연인 앞에서 수줍어하는 소녀처럼 굴었다고, 모드는 단호하게 적었다.

이사벨은 초대도 없이 노발 목사관을 찾아오기 시작했다. 모드가 답을 하지 않으면 불통해져서 씩씩거렸고, 심지어 자살하겠다며 협박까지 했다. 한 지인이 기억하기로는, 그녀의 달갑지 않은 방문이 이루어지는 동안 모드는 부엌으로 불쑥 들어가서 겁에 질린 채 "이사벨이 나랑 손을 잡고 싶어 해!" 하고 외쳤다고 한다. 이사벨에게 모드만큼 열렬하게 좋아하는 다른 대상이 생기고 나서야 모드는 그녀에게서 가까스로 벗어날 수 있었다.

마음의 친구를 찾기는 더 어려워졌다. 모드는 주로 자신의 고양이

들에게서 위안을 얻었다. 하지만 모드가 매우 예뻐한 대피가 세상을
뜨자, 그녀는 오래 상심에 빠져 있었다. 이완은 그런 모드를 보고 말
했다.

"그럼 한 마리 더 키워."

모드는 자신이 다시는 다른 반려동물을 사랑할 수 없을 거라고
믿었다. '굿 럭,' 또는 '럭키'로 불리는 수고양이를 만나기 전까지는
정말로 그럴 것 같았다. 목숨이 아홉 개 정도는 되는 듯한 고양이 럭
키는 폐렴을 두 번 크게 앓은 것을 포함해서 아슬아슬한 고비를 여
러 번 넘겼다.

한편, 훌륭한 친구였던, 발랄하고 유쾌한 노라 레푸르게이가 근처
로 이사를 오게 되자 모드는 외로움에서 좀 벗어날 수 있었다. '우리
는 서로를 통해 생각이 번뜩이는 것 같다'며 모드는 열광했다. 모드
는 프린스에드워드섬 해변에서 수영복을 입고 포즈를 취하고 있는
둘의 오래된 사진을 찾아냈다. 둘은 서로 놀리며 장난을 쳤고, 셰익
스피어의 표현을 빌리자면, '장밋빛과 진한 금빛으로 물든 해 질 녘
하늘'을 감상하며 고요히 앉아 있기도 했다. 또 어느 날 밤에는, '작
은 보랏빛의 푸른 시간'에 두 시간 동안 아무 말 없이 사과 과수원의
아름다움에 흠뻑 젖어들었다. 노라는 모드에게 꼭 필요했던, 일상
속 불안에서 벗어날 수 있는 휴식처가 되어주었다.

1931년, 모드와 이완은 체스터가 토론토 대학에서 공학을 전공한
첫해에 낙제를 해서 퇴학당하게 되었다는 사실을 알게 되었다. 이에
모드는, 아들들에게 불행이 닥치면 자주 그랬던 것처럼 미친 듯이

흥분했다. 집에 가는 내내 흐느껴 울어서, 입고 있는 코트의 깃이 눈물로 젖었다. 그녀는 언제나 극단적인 성향을 보였고 상황을 예민하게 받아들이긴 했지만, 시간이 지나면서 더 심해졌다. 동시에 모드의 삶에서 두 가지 저주라 할 수 있는 지나친 자부심과 허영심도 심해졌다. 두 아들에 대한 그녀의 걱정은 거의 집착에 가까웠다. 체스터가 생활과 일과 학업에 실패하자, 모드는 분명 온 세상이 그에 대해서 수군거리고 있을 것이라고 믿었다. 이렇듯 체스터와 관련된 안 좋은 소식이 이어지자, 모드는 이렇게 썼다.

> 나는 지옥 속에서 이틀을 보냈다. 어떻게 계속 살아가야 할지 모르겠다. 너무나도 처참하게 괴로워서 꼭 내가 미쳐가고 있는 것 같다. 게다가 내 영혼 속 무언가가 피 흘리며 죽어가는 동안에도 나는 세상 앞에서 고개를 들어야 했다.

메리 루비오에 따르면, 바로 이 무렵 모드는 3년 가까이 일기장을 열지 않았다. 1933년부터 1936년까지, 모드는 자신의 일상에 대해서 대충 메모만 끄적였다. 그녀가 일기장에 적어둔 기록은 해독하기가 어려워졌다. 1936년이 되어서야 모드는 다시 돌아가 몇 년 동안 놓친 가닥들을 다시 잡기 시작했다. 1933년 9월, 그녀는 이렇게 적었다.

"또 하나의 흉측한 것과 새로운 걱정이 생겼다."

설명하지는 않았지만, 체스터와 관련된 일이 아닐까 추측할 수 있다. 체스터의 이름이 시험 합격자 명단에 없었던 것이다. 실수로 빠졌던 것이고 그다음 날 고쳐졌다. 하지만 누구도 체스터만큼 모드에게 깊은 동정심을 자아내거나 그녀에게 상처를 줄 수 없었다. 그녀는 큰아들에 대해 이렇게 적었다.

"마치 내 안의 무언가가 다쳐서 죽어버린 것 같다."

스튜어트는 의사가 되기 위해 공부하던 중이었고, 1933년 캐나다 청소년 체조대회에서 국가대표선수 타이틀까지 따면서 젊은 체조인으로 파란을 일으키고 있었다. 하지만 모드는 스튜어트의 선전을 축하할 겨를이 없었다. 스튜어트가 노발에서 처음 만난 예쁘고 다정한 여자친구 조이 레이어드를 데려왔기 때문이었다. 모드는 안절부절못하며 펄펄 뛰었다.

모드는 자신의 소설에 늘 자식의 사랑 문제에 간섭하는 부모를 '반대하는' 내용을 썼는데, 그런 그녀에게 스튜어트의 연애는 '마음을 갉아먹는 새로운 걱정거리'로 다가왔다. 모드는 그 로맨스를 끝내기 위해 최선을 다했고, 작은아들에게 그를 꾸짖는 편지를 써서 조이와의 관계를 끝내겠다는 약속을 받아냈다. 모드는 자신의 행동을 통제하지 못하는 것 같았다. 이런 상황에서, 모드가 일기장에 이렇게 적은 것은 그다지 놀랍지 않다.

"이번 주에 내 자신이 좋았던 적이 단 하루도 없다."

체스터는 1933년 12월에 자신이 동네 여자 친구들 중 한 명, 바로 루엘라 리드와 몰래 결혼을 했고, 그녀가 임신을 했다고 밝히면서 가족들을 깜짝 놀라게 했다. 루엘라는 '누구에게 물어보든 좋은 여자'였다. 자기 아버지에게 충실했고 체스터를 진심으로 사랑하기도 했다. 하지만 체스터는 목사의 아들이었고 혼외임신은 심각한 문제였다. 체스터는 그들이 1년 전인 1932년에 결혼했다고 주장했다. 하지만 이완은 계속해서 이렇게 중얼거렸다.

"난 한마디도 안 믿는다."

이완이 옳았다. 체스터는 거짓말을 했다. 어린 커플은 그 충격적인 발표를 하기 일주일 전에 결혼했다. 5개월 반 후, 루엘라는 딸을 낳았고 딸의 이름 또한 루엘라라고 지었다.

모드가 이 성급한 결혼에 관한 소식을 씁쓸히 받아들이기까지는 몇 달이 걸렸지만, 루엘라가 태어나자 모드는 갓 태어난 손녀딸과 사랑에 빠졌고 애정을 담아 손녀를 '야옹이Puss'라고 불렀다.

모드는 고인이 된 루엘라의 어머니에게 자신이 이 아이를 잘 돌봐주겠다고 약속했었다. 모드는 아들 부부가 임대한, 토론토의 침실 세 개짜리 아파트를 방문해서, 그들을 생각해 조언을 해주었다. 하지만 사실 모드의 조언은 터무니없이 시대에 뒤떨어진 것이었다. 예를 들어, 모드는 임신한 루엘라에게 침실에 옷을 갈아입는 용도의 스크린을 설치해서 남편이 절대 그녀의 알몸을 보지 못하게 하라고 말했다. 모드는 자기 방에도 그런 스크린을 설치해 놓았었다고 덧붙였다. 루엘라는 웃어야 할지 울어야 할지 몰랐다. 정숙함은 그녀에게 전혀 문제가 아니었다. 오히려 외도를 일삼는 태만한 남편이 문제였다. 몇 달을 보내다 못한 루엘라는 다시 친정아버지 집으로 돌아갔다.

성직자로서 이완 맥도널드는 이 모든 것을 자신의 죄에 대한 벌이 첫아기에게 내려진 것이라고 생각했다. 작은 손녀딸과 함께 있을 때도 그는 냉담했다. 모드는 이렇게 말했다.

"멀쩡할 때를 포함해 이완은 여러 면에서 참 별난 남자다. 무엇에 든 평범한 남자들처럼 전혀 반응하지 않는다."

이완은 자신의 혈압과 심장에 뭔가 문제가 있다는 것을 알게 되었고, 이에 대한 공포로 그는 이제껏 겪은 것 중에서 가장 극심한 우울증을 앓게 되었다. 모드는 그 1919년과 견줄 수 있는 해는 없을 것이라고 생각했는데, 1934년은 심지어 그보다 더 심각했다.

이완은 더 이상 기도문을 외울 수 없었다. 바들바들 떨면서 쪽지에 써놓은 내용을 그대로 읽는 정도밖에 하지 못했다. 어느 한 끔찍한 여름날, 주일 예배를 보던 도중에 이완은 완전히 무너져버렸다. 모드는 그를 데리고 온타리오 주 남서부에 있는 도시 구엘프의 '홈우드 정신병원'으로 갔다. 그때 두 사람에게 모두 휴식이 절실했다. 이완은 목사직 업무로부터, 모드는 끊임없이 이완을 돌봐야 하는 부담으로부터.

다행히 스튜어트가 그해 여름 집에 왔고, 모드 옆에는 아들과 다정한 고양이 럭키가 모드 곁을 지켜주었다. 거기다가 오랜 친구 노라 레푸르게이가 가끔 들러 그녀가 무너져 내리는 것을 막아주었다. 하지만 그럼에도 모드는 심신이 완전히 무너져버릴까 봐 두려웠다. 모드는 이렇게 적었다.

"올 것이 왔구나. 나까지 무너진다면 우리는 어떻게 되는 걸까?"

스튜어트는 조이 레이어드와 결혼하지 않겠다는 약속을 지켰지만 이로 인해 상심에 빠졌다. 모드는 자신의 막내아들이 평소와는 달리 자신에게서 멀어진 것 같다고 느꼈다. 스튜어트가 모드에게 키스를 하거나 토스트나 차를 만들어주는 것이 점점 특별한 일이 되었다. 모드는 두 아들이 모두 어리고 그들의 욕구가 단순하던, 그래서 행복했던 과거를 회상하며 그곳으로 도망쳤다.

이 무렵 모드의 창의적인 재능은 빛이 바래지기 시작했다. '상상의 날개'가 그녀에게서 빠져나갔을 리 없었지만, 만일 그랬다면 그것은 그녀에게 가장 잔혹한 타격을 입혔을 것이다. 모드는 1933년에 『패트, 은빛 숲의 집』을 출간했는데, 독자들과 평론가들은 팻이 모드가 만든 몇 안되는 따분한 어린 여주인공이라고 지적했다. 팻의 주요(어떤 독자들에 따르면 그녀의 '유일한') 특성은 신경질적이고 지루하게 집에 들러붙어 있으며, 변화와 환멸을 끔찍이 두려워했다는 것이다. 이 두 가지 요소는 모드의 삶에 끈질기게 나타나는 것이기도 했다. 그녀는 자신의 예술 속에서 이 둘을 피할 수도, 허구로 변형시킬 수도 없었다.

이완은 정신병원에서 다시 집으로 돌아온 바로 다음 날 우연히 독약의 희생자가 되었다. 의사가 그에게 '푸른 환약'을 처방해주었는데, 약사가 일반적인 신경안정제 대신 인체에 치명적인 살충제가 든 병을 집어 든 것이다. 이완은 즉시 구토하기 시작했고 위경련에 시달렸다. 그는 다행히 모드의 빠른 두뇌 회전 덕에 살아났다. 마침 동네 의사가 바로 그 독약의 해독제를 갖고 있다는 사실을 모드가 기억해냈던 것이다.

이완은 위험한 고비를 넘겼지만 절망에 빠져 비틀거렸다. 그해 가을, 그는 아예 설교를 할 수 없었고 교회는 최후통첩을 보내왔다. 12월까지 기력을 되찾지 못해 정상적으로 교단에 서지 못할 경우 사임해야 한다는 통보였다. 이완은 전기 충격 요법도 받았고 일반 진정제에 최면제와 수면제를 섞어서 복용하기도 했다. 이제 이완은 독성을 가진 스트리크닌이라는 약물과 비소를 함유한 강장제도 함께 복용했다. 일부는 집에서 직접 만들어 먹기도 했다. 모드는 '중국 알약'이라고 불리는 것을 좋아했는데, 여기에는 아편과 비슷한 마약성 진통제 오피오이드가 함유되어 있었을 수도 있다. 이완은 술을 가미한 기침 시럽이 담긴 작은 병을 주머니 속에 넣고, 걸어 다니면서 하루 종일 마셨다. 그의 기억력은 산산조각이 났다.

1935년 2월, 이완은 노발 교회 신자들과 사소한 갈등이 생겨 피해 갈 수 없는 결과를 맞이했다. 밸런타인데이 특별 회의에 소집되었던 이완은 사랑 고백은커녕 동네 신도들이 이완 때문에 교회에 나오기 싫어한다는 말을 듣게 되었다. 이완에게 맞선 남자들 중에는 루엘라 리드의 아버지도 있었다. 이완은 공개적인 갈등 앞에서 최고의 모습을 보였다. 그는 장로교 주요 본부에서 동네 교회들이 목사의 급여를 뒤처지게 하지 말아야 한다고 권고하는 편지를 보냈다는 사실을 알게 되었다. 이때 신도들은 분명히 이완이 그 사건의 선동자라고 믿으며 다음과 같은 의문을 가졌다. '그에게 늘 제때 급여를 지급하지 않았던가? 이완은 왜 교회를 상대로 더 높은 위치를 점하려는 것인가?' 사람들은 자신들이 그저 전체 신도들 앞으로 보내는 동일한 내용의 단체 발송 편지를 받았다는 사실을 몰랐다.

진실이 밝혀진 후에도 안 좋은 감정은 여전히 남아 있었다. 노발 신자들은 이완이 더 이상 직무를 수행할 수 없고, 이젠 떠나야 할 때라고 주장했다. 그들은 이완이 너무 아파서 설교하지 못한다고 하고서는 자신의 유명한 아내와 함께 드라이브하며 돌아다니는 모습을

봤다고 했다. 체스터의 기행을 둘러싼 온갖 험담도 이완의 평판을 훼손시킨 것이 분명했다. 이완은 예순다섯 살이었고, 병들었고, 우울했고, 지쳤다. 이제 더는 싸우고 싶지 않았다.

몇 년 전, 모드와 이완은 아름다운 비극영화인 『여로의 끝』을 보러 갔었다. 한 남자가 정신쇠약에 이르는 내용의 전쟁영화였다. 모드는 그 영화가 매우 좋았지만, 동시에 너무 슬퍼서 차마 끝까지 볼 수가 없었다. 모드와 이완은 노발을 떠나기로 결정한 후 곧바로 토론토의 웨스트엔드 지역에 자리 잡았고, 리버사이드 드라이브의 집과 사랑에 빠졌다. 비싼 집이었지만, 모드는 계약금을 마련했고 동시에 담보대출도 떠맡았다. 오랜 시간 끝에 드디어 빼앗길 수 있는 교회 목사관이 아닌, 그녀의 어엿한 '꿈의 집'에 살게 됐다. 마치 앞날을 예언한 듯, 모드는 그곳의 이름을 '여로의 끝'이라고 지었다.

제21장
여로의 끝

모드의 이야기를 들은 대부분의 사람들은 모두 똑같이 이렇게 질문한다. 모드는 드디어 자신이 원하는 곳 어디든 갈 수 있게 되었는데, 왜 프린스에드워드섬으로 돌아가지 않았을까? 1929년에 프린스에드워드섬을 방문했을 당시, 모드는 이렇게 썼다.

"오직 이곳에서만 나는 완전한 존재가 된다…. 이곳을 절대 떠나지 말았어야 했는데."

모드가 노발을 떠나서 고향으로 돌아갔다면 어떤 일이 벌어졌을까? 모드 또한 그런 궁금증을 가졌다. 모드는 일기에 자신이나 허만 리어드가 다른 사람과 약혼하기 전에 로어 버데크로 갔다면 어땠을까 궁금해했다. 또 『빨강머리 앤』이 좀 더 일찍 출간되었다면 어땠을까. 그랬다면 이완의 청혼을 받아들였을까? 이완과 캐번디시에 계속 남아 프린스에드워드섬을 절대 떠나지 않았더라면?

사실 캐번디시 또한 시간이 지나면서 변했다. 1935년이 되자, 더이상 마을에는 장로교회가 단 하나도 남아 있지 않았다. 동네 교회는 연합으로 바뀌었는데, 이 사실은 모드에게 특히나 큰 상처가 되었다. 사랑하는 옛 맥닐 농가는 존 외삼촌에 의해 허물어진 지 오래였다. 연인의 오솔길마저 슬프게도 작아진 것 같았다. 오랫동안 섬에서 금지되었던 자동차는 이제 여기저기서 소음과 먼지를 일으켰다.

마지막 변화는, 캐나다 정부에서 한때 모드의 사촌들인 데이비드와 마거릿 맥닐이 소유하던 농가를 사들였다는 것이다. 초록 지붕의 대략적인 기초가 되었던 바로 그 유명한 집 말이다. 캐번디시는 『빨강머리 앤』에 등장하는 장소들을 방문하고 싶어 하는 팬들 사이에서 인기 있는 관광지가 되었다. 정부는 집 주변에 국립공원을 만들었다. 40킬로미터 길이의 훌륭한 공원에는 해변과 모래언덕, 가문비나무 숲, 연인의 오솔길, 유령의 숲이 있다.

1935년은 특별히 영광스러운 해였다. 모드는 대영제국훈장 4등급OBE도 받았다. 공식적으로는 자신의 작품이 정부로부터 인정받게 되어 영광이며, 프린스에드워드섬의 실제 농가가 보존되고 토지가 보호받게 된다니 행복하다고 발표했다. 하지만 개인적으로는, 오랫동안 자기 가족에게 속했던 소유물을 잃게 되어 안타까워했다.

이상하게도, 국립공원 건설로 인해 그 섬과 모드의 작품 사이의 연관성은 보존되었지만 동시에 그곳과 모드의 개인적인 유대관계는 끊어져버렸다. 섬에 있는 많은 것들이 몰라볼 정도로 변했다. 사랑하는 사람들과 장소들이 사라졌다. 모드는 그 장소와 사람들을 기억할 수 있게 수십 권의 아름다운 책 속에, 수백 편의 이야기와 시

속에 넣어놓았다. 이제 그녀는 미래를 바라보며 부디 더 나아지기를 바랄 뿐이었다.

노발 목사관을 떠나기 바로 직전에 모드는 캐번디시 집에 대한 꿈을 꾸었다. 마지막이 될 이사를 코앞에 두고.

> 나는 다시 캐번디시로 돌아와 그토록 소중했던 옛날 내 방에 있었다. 나는 그곳에 머물게 되리라는 것을 알고 있는 것 같았다. 방은 깨끗했고 상쾌하고, 좋은 창문이 새로 나 있었다. 가구는 흐트러져 있었고 짐이 사방에 널려 있었지만 나는 이렇게 생각했다. '조만간 모든 것을 정리하고 다시 나만의 소중한 방을 가질 수 있을 거야.' 외할머니도 친절한 미소를 띤 얼굴로 방에 있었다.

모드는 그 꿈을 긍정적으로 생각했다. 조만간 그들 모두가 사랑할 수 있는 집을 찾게 될 거라고 했던 것은 일종의 신호일 거라고 믿었다. 그리고 머지않아 그녀와 이완은 리버사이드 드라이브에서 뒤쪽에 키 큰 소나무들이 있고 '집 내놓음'이라고 쓰인 간판이 세워진 어느 집을 발견하게 되었다. 소나무에 매료된 모드는 그 집을 지나칠 수가 없었다. 그 집에는 벽난로가 거실에 하나, 그리고 지하실 한편의 방에도 하나가 자랑스럽게 자리를 차지하고 있었다. 주방에 아름다운 여닫이창이 있었고, 벽장이 딸린 커다란 침실이 있었으며 호수 경치가 살짝 보였다. 모드는 이렇게 적었다.

"나는 이 집을 반드시 가져야만 한다고 생각했다. 고양이들이 살금살금 돌아다니기에 딱이잖아!"

노발에서 강제로 쫓겨난 것 때문에 자존심에 상처를 입기는 했지만, 모드에게는 새로운 기대가 생겼다. 모드는 이곳에서 『제인 물망초Jane of Lantern Hill』를 집필한다. 몇 안되는 프린스에드워드섬이 아닌 다른 곳을 배경으로 하는 모드의 소설 중 하나다.

이 이야기는 『여로의 끝』처럼 토론토 근방을 배경으로 한다. 책의 어린 주인공 제인은 두 부모와 그들의 두 가지 생활방식 사이에서 혼란스러워한다. 하나는 도시적이고 세련되며, 다른 하나는 바닷가에 맞는 시골풍이기 때문이다. 이 책은 토론토와 프린스에드워드섬이 가진 즐거움을 모두 상기시켜주며 동화의 아름다움, 갈망, 그리고 경쾌함을 교묘하게 갖추어 단연 L. M. 몽고메리의 마지막 명작이라 할 수 있다.

모드가 가진 '사랑하는 능력'은 사람들, 장소, 풍경, 동물들로도 뻗어 나갔다. 그리고 동물들 중에서도 고양이들이 최고로 군림했다. 그런데 『제인 물망초』를 출간하기 바로 직전에, 모드가 가장 좋아하는 고양이 럭키가 죽었다. 모드에게 있어 럭키의 죽음은 단순히 한 반려동물을 잃어버린 것 이상이었다. 자신이 가장 믿고 의지하던 동료를 잃은 것이었다. 그녀는 럭키를 위해 애도했는데, 누군가를 위해 애도하는 것은 몇 년 만에 처음이었다. 사실, 그녀는 『제인 물망초』의 헌사에 '14년 동안 멋지고 애정 어린 동료가 되어준 럭키를 기리며'라고 썼다. 이때 럭키의 이름을 대문자로 적었다.

모드는 함께 있는 것만으로 그녀의 하루하루를 편하고 밝게 만들어준 소수의 사랑하는 이들에게 한평생 의지해왔다. 아버지, 윌 프리처드, 프리드, 막내아들, 그리고 고양이 럭키가 그들이다. 남은 사람은 막내아들 스튜어트뿐이었다.

모드는 스튜어트가 조이 레이어드와 오랜 관계를 유지한 데에 화를 냈고 걱정했다. 그래서는 안 된다고 생각하면서도 계속해서 아들 일에 끼어들었다. 스튜어트가 토론토에서 마거릿이라는 새로운 여자와 데이트하기 시작하자 기뻐했고, 마거릿의 부모가 둘 사이의 사랑을 갈라놓았을 때에는 몹시 분하게 여겼다. 마거릿의 어머니는 남들 뒤에서 맥도널드 집안을 '그 미친 집안'이라고 불렀다.

맥도널드네에 대해 걱정하는 데는 다 그럴 만한 이유가 있었다. 체스터는 멀쩡한 중산층 가족이라면 그 누구라도 경악할 만한 행동을 계속했다. 은퇴한 뒤 일상적인 일에서부터도 버림받고 하는 일 없이 빈둥거리던 이완은 병들고 흐트러진 모습으로 '여로의 끝'을 비틀거리며 돌아다녔다.

스튜어트는 아버지가 복용한 모든 약물이 몸에 위험한 수준으로 해를 끼쳤다는 사실을 알게 되었다. 이완이 아무렇게나 섞어서 복용한 약물이 몸을 손상시킨 것이었다. 원래 아주 순했던 이완은 점점 화를 쉽게 내기 시작했고, 심지어 폭력적으로 변했다. 한번은 노라 레푸르게이 머리에 총을 겨두고서는 장난으로 넘기려 했다.

방탕한 큰아들 체스터는 계속해서 망신스러운 행동을 했다. 여자들을 쫓아다녔고 아내와 자식, 공부, 그리고 해야 할 일을 외면했다. 본인이 원할 때는 고분고분 행동했지만 대체로 그랬다. 모드는 장남을 통제하기 위해 뭔가를 해야 된다고 생각했다. 하지만 뭘 해야 할까? 애원과 협박, 진솔한 대화는 하나같이 다 실패했다.

체스터는 법을 공부하기 위해 공과대학을 자퇴했다. 머지않아 취직을 했지만 고용인은 태만하다는 이유로 체스터를 해고했고, 모드가 대신 애원하며 다시는 그러지 않겠다고 약속하고 나서야 그를 다시 받아주었다. 체스터와 루엘라는 1936년에 또 한 명의 자식을 낳았다. 캐머런 크레이그 스튜어트라는 이름의 아들이었다. 하지만 루엘라는 다시 집으로 돌아오지 않았고, 체스터 또한 자신을 구속하는 아내와 아이들 없이 사는 것이 좋아 보였다.

체스터는 동네에 있는 한 여자와 긴 연애를 시작했다. 그는 일상에서 더 변덕스럽게 행동했다. 기분이 좋을 때는 여기저기 쏘다니며 동시에 여러 명의 여자를 만나면서 다른 여자들도 좇아다녔고, 억지스러운 연기도 했다. 모드가 토론토로 이사 오자, 체스터의 고용인은 그녀가 가까이 이사 와서 다행이라며 이렇게 말했다.

"그럼 이제 체스터를 지켜볼 수 있겠군요."

이 말은 모드의 자존심을 찔렀지만, 모드도 자기 맏아들이 통제 불능임을 알고 있었다.

1937년 1월, 모드는 체스터의 일기를 찾아 조금 읽어보았다. 그녀가 무슨 내용을 발견하게 되었는지는 모르지만, 그로 인해 마침내 맏아들에 대한 신뢰가 완전히 망가져버렸다. 모드는 이렇게 적었다.

그날 모든 행복이 나의 삶을 영원히 떠나버렸다…. 그것을 글로 적거나 말해서는 안 된다. 말로 이룰 수 없는 그 공포. 아아, 하느님, 제가 언젠가는 그날을 잊을 수 있을까요? 영원히 못 잊을 거예요.

그녀가 알게 된 그 무언가는 한 여자가 처할 수 있는 가장 끔찍한 상황 중 하나를 가져왔다. 모드는 체스터가 제정신이 아닌 게 틀림없다며 두려워했다. 모드는 가족을 저주하는 어두운 비밀 때문일 것이라고 은근히 말했다. 누군가가 그들을 협박하려 했을까? 이에 대해서는 정확히 알 수 없지만, 3월에 모드는 자신이 갖고 있던 최악의 걱정거리에서 해방되었다. 그녀가 한 투자 중 하나에서 뜻밖의 소득을 얻게 된 것이다. 어쩌면 체스터를 그가 일으킨 문제들로부터 구제해주기에 충분한 금액이었는지도 모른다.

모드는 본인의 유언장 조건들을 바꿨다. 자신이 죽은 시점에 체스터가 루엘라와 함께 살고 있지 않을 경우, 아무것도(개인적인 물품들조차도) 상속받지 못하도록 한 것이다. 모드는 부디 결혼과 부성애가 체스터의 삶을 안정시킬 수 있기를 바랐다. 그녀는 이완이 그 무엇도 챙길 수 있는 상태가 아니었기 때문에 스튜어트를 자신의 유언 집행자로 지정해놓았다.

이완은 만성 두통이 시작되면 자신의 머리를 손수건으로 묶어놓았다. 그건 앞으로 나타날 길고 섬뜩한 시간들을 보여주는 불길한 징조였다. 이제 그는 가끔 뜨거운 물병을 머리에 묶어놓고 집 안을 휘젓고 다녔다. 그가 바르비투르산염*, 브롬화, 진정제, 알코올 그리고 그 외 정체불명의 허브 알약을 섞은 것을 봐서는 도대체 어떻게 일상을 살아냈는지가 신기할 정도다.

1937년, 이완은 리스크데일에 있는 옛 신자들에게 설교해달라는 초대를 받았다. 그는 당연히 응하고 싶어 하지 않았지만, 모드는 하라

---

* 중추신경을 억제시키는 효과가 있는 약물로 항경련제, 최면제, 진통제, 마취제로 사용된다.

고 했다. 이완이 죽을 것 같은 기분이라고 하자 모드는 후자극제*를 주고 그를 운전석에 앉혔다. 그렇게 공개적으로, 그들의 삶 속 최악의 악몽이 시작되었다.

그들이 리스크데일 교회에 도착하자 이완은 더 이상 말을 할 수 없게 되었다. 이완은 교단에 서서 몇 분 동안 두서없이 주절거리다가 멍하니 혼란에 빠져서 다시 자리에 앉았다. 신자들은 친절했고, 그의 목소리를 다시 듣는 것만으로도 좋았다며 모드를 안심시켜주었다. 하지만 실제로는 이완이 무슨 노망 마지막 단계에 이르렀다고 생각했을 게 뻔했다. 토론토로 돌아가던 중, 그는 그만 길을 잃어 엉망으로 빙글빙글 돌며 운전했고, 차를 두 번이나 도랑에 빠뜨렸다. 결국 모드와 이완은 집까지 남은 길을 마저 운전해 가기가 너무 두려워 길가에서 덜덜 떨면서 밤을 보냈다.

모드는 그동안 자신의 삶에 대한 이야기를 오랫동안 만들어냈다. 하지만 이제 그녀의 이야기는 어둠과 절망에 관한 것뿐이었다. 모드의 표현에 따르면 지옥, 지옥, 지옥. 모드가 투덜거림을 털어놓았던 일기장은 괴로움을 토로하는 기록물이 되었다. 매년이 최악의 해였다. 1924년과 1937년, 그리고 다시 1940년에서 1941년…. 고백을 해도 고통이 줄어들지 않았다. 일기장 내용으로 미루어봤을 때, 이야기를 만들어내는 모드의 능력은 상황을 더 악화시키기만 했다.

모드가 생애 마지막의 끔찍한 시기를 다작하며 보냈다는 것은 믿기 어렵다. 그럼에도 불구하고 그녀는 『패트, 은빛 숲의 집』의 속편

* 정신이 온전치 않은 사람의 코 밑에 두고 흡입하여 정신을 차리게 했던 자극제

을 집필했고, 1937년 봄에 앤 시리즈의 마지막 책 『잉글사이드의 앤』을 쓰기 시작했다. 모드는 가을 내내 그 책 작업에 매달려 있다가 같은 해 12월에 완성했다. 자신의 스물한 번째 책이었다고 모드는 자랑스럽게 적었다.

『잉글사이드의 앤』은 앤의 자녀들이 성장하며 순수한 모험을 하는 행복한 시절을 다뤘다. 이 소설에는 어렵고 웃기고 매사에 불평인 메리 마리아 고모가 등장한다. 모드는 『잉글사이드의 앤』에서 자신이 예전에 갖고 있던 거침없는 상상력의 부활을 보여준다. 특이한 인물들이 한 명씩 차례로 돌아가며 주인공이 되는 구성으로 앤과 길버트, 그리고 그들의 자녀들은 정말 실존하는 인물처럼 느껴진다.

잉글사이드에서 앤은 성숙한 여자이자 한 어머니로 홀로서기를 한다. 그녀는 이제 더 이상 순수하고 순진한 아이가 아니다. 모드는 이 책에 힘들게 직접 얻어낸 삶의 교훈들을 적어 넣었다.

> 앤은 부르르 떨었다. 모성이란 것은 매우 달콤하다… 하지만 매우 끔찍하다. '그들에게 어떤 삶이 기다리고 있을까' 하고 그녀가 중얼거렸다. 뭐, 그게 바로 삶이었다. 기쁨과 고통, 희망과 공포…. 그리고 변화. 변화는 늘 있었다! 어쩔 수 없었다. 오래된 것을 놔버리고 새로운 것을 마음속으로 가져갈 수밖에 없었다…. 봄은 사랑스러웠지만 반드시 여름을 받아들여야만 했고, 여름은 가을에 져주어야만 했다.

모드는 이 책들 외에도 다수의 단편도 썼다. 이 어두운 시기에, 자신이 가장 좋아하는 책들에 대한 희망찬 글을 썼고, 젊은 작가들에게는 격려의 편지를 셀 수 없이 많이 보내주었다. 절망의 구렁텅이에 빠져서도, 아마추어 예술가들에게 먼저 다가갔다. 좀 더 어린 캐나다 작가들은 몽고메리를 친절하고 한결같으며, 글을 수정해주고 누군가를 소개해주었던, 늘 도움을 주던 멘토로 기억한다. 그녀는 다른 사람들의 시간을 낭비하지 않도록, 또 그들이 곤란해지지 않도록 최선을 다했다.

역설적이게도, 창의력이 다시 돌아오는 바로 그 시점에 모드는 문단에서의 자신의 지위가 더 떨어졌음을 알게 되었다. 그녀는 캐나다 작가협회 집행위원회에서 밀려났다. 그녀의 자존심은 망가졌고, 유년시절 외딴 지역에서 아웃사이더로 고독하게 지냈을 때와 같은 기분을 느꼈다. 속편인 『패트, 삶과 꿈』(1937)은 『패트, 은빛 숲의 집』을 출간한 출판사인 호더 앤드 스토튼Hodder & Stoughton으로부터 거절당했다. 모드가 편집부로부터 딱 잘라 거절당한 경우는 오랜만이었다. 그녀는 더 작은 출판사 하랩Harrap과 손잡았다. 『패트, 삶과 꿈』은 대중적인 성공을 거두게 되었다. 훗날, 호더 앤드 스토튼 사가 퇴짜를 놓았던 작가에게 편지로 차기작을 요청해왔을 때 모드는 딱 잘라 거절했다. 모드는 쉽게 용서해주거나 조금이라도 잊어버리는 법이 없었다. 1939년 4월 17일, 모드는 『제인 물망초』의 후속편 작업을 시작했고, 임시로 '제인과 조디Jane and Jody'라는 제목을 붙였다.

모드에게 글쓰기는 위안이면서 동시에 그녀의 에너지가 다시 차올랐음을 보여주는 증거이기도 했다. 모드는 그해 봄 마지막으로 고향인 프린스에드워드섬을 방문했다. 이렇게 고향을 방문할 때마다 늘 그랬듯이 기분은 들떴지만 서체는 정갈했다. 땅의 여신을 어머니로 둔 신화 속 안타이오스처럼, 발이 고향 땅에 닿자마자 모드는 새로운 에너지가 차올랐다. 하지만 머지않아 자신을 미치게 하는 생활과 이완에 대한 의무감에 이끌려 토론토의 '여로의 끝'으로 돌아왔다. 소설 속에서나 현실에서나 타인을 구하는 데 있어서 매우 재빨랐던 모드는 결국 마지막에 자기 자신을 구하는 것엔 실패했다.

바람을 피우던 체스터는 잠시 루엘라와 아이들과 함께 토론토 바로 북쪽에 있는 마을 오로라로 이사 왔다. 모드는 다우니라는 이름의 변호사가 소속되어 있는 로펌의 지분을 사라며 체스터에게 돈을 주었다. 하지만 체스터가 가정으로 돌아온 것은 그가 애정 어리고 순정적인 남편이자 아버지가 되었다는 뜻은 아니었다. 그것과는 여전히 거리가 멀었다.

체스터는 밤늦게까지 집에 들어오지 않았다. 그는 자신의 가족들을 외면했고, 가장 기본적인 편의조차 제공해주지 못했다. 루엘라는 모드에게 물려받은 옷을 손봐서 아이들에게 입혔고, 팬 장작을 직접 구해서 집에서 유일하게 지낼 만한 곳인 부엌에 난방을 했다. 체스터는 집에서 아침식사를 했다. 아침식사는 그가 유일하게 가족과 함께한 식사였는데, 꽁꽁 얼어붙을 것 같은 추위 속에서 무거운 코트를 입고 장갑을 낀 채로 먹었다. 아이들은 부엌 난로 주변에 모여 서로 들러붙어 있었다. 그래도 루엘라는 결혼생활을 지키겠다는 의지로 계속 버텼다. 그러다가 의사를 찾아간 루엘라는 체스터가 자신에게 성병을 옮겼다는 사실을 알게 되었다. 이제 더는 참을 수 없었다. 루엘라는 아이들을 데리고 친정아버지네 집으로 갔다. 체스터는 망신스럽게 슬며시 '여로의 끝'으로 가 부모님의 지하실로 거처를 옮겼다.

1939년의 일기에서 한 가지 밝은 내용의 메모를 찾을 수 있다. 모드의 먼 친척인 프린스에드워드섬 출신의 애니타 웨브가 6월에 가족과 함께 지내러 온 것이다. 애니타는 든든하고 명랑해서, 모드에게 매우 도움이 되는 도우미이자 반가운 동료가 되었다. 애니타와 모드는 함께 간단한 집안일을 나눠서 잘했다. 애니타가 설거지를 하면 모드가 그 식기들을 말렸다. 그들은 함께 일주일에 한 번 동네 상점과 정육점에서 장을 봤다. 애니타는 모드를 필사적으로 보호하려 했고 체스터를 싫어했으며, 체스터가 모드에게 사기를 치고 그녀를 위협한다고 생각했다. 어느 날엔가 체스터가 자기 어머니의 값비싼 코닥 영화 촬영기를 빌려 간다더니만 그다음 날엔 도난당했다고 한 적도 있었으니까.

1939년 9월이 되자, 유럽에서 또다시 전쟁이 선포되었다. 모드는 두려움에 떨면서 갈등이 고조되는 것을 지켜보았다. 그녀는 이미 제1차 세계대전을 겪었고, 그 당시 몸을 바들바들 떨며 매일 밤 전쟁에 대한 꿈을 꿨으니까. 꿈에선 친구들과 가족들이 사랑하는 이들을 잃고 고통 받고 있었다.

이번에는 전쟁의 위험이 집에 더 가까이 다가왔다. 모드의 두 아들은 전투에 참가할 나이였다. 체스터는 군 입영 신청을 했지만 시력이 나빠서 입대를 거부당했다. 스튜어트는 해군 쪽으로 마음을 정했고, 병원 인턴 과정이 끝나자마자 입대할 계획을 세웠다.

모드는 자신이 두 번째 세계대전에선 살아남을 수 없을 것이라고 믿었다. 그런 두려움에 사로잡힌 채, 히틀러가 유럽으로 진출하는 모습을 지켜봤다. 그녀는 세계가 마치 눈사태 위에 올라탄 것 같다고 생각했다. 이런 심란한 마음에, 모드는 스튜어트가 전사할 게 분명하다고 믿기까지 했다. 모드는 이렇게 적었다.

"나는 다른 모든 희망들이 부서져 죽는 모습을 보았다. 이번이라고 살아남을 수 있을까? 미치광이가 모든 것을 완전히 장악했는데."

모드의 절망감은 모든 면에서 극심해졌다. 이완 또한 건강과 정신 상태가 모드 못지않게 안 좋았다. 그는 매일 새로운 약을 시도해봤지만 어떤 것으로도 효과를 보지는 못했다.

그중에서도 가장 절망적이었던 일은, 아마도 모드가 자신의 생각을 글로 표현할 수 있는 능력을 완전히 상실해버렸다는 점일 것이다. 이는 늘 눈부신 상상력으로 정신이 깨어 있던 사람에게 최악의 상황이었다. 전기 작가인 메리 루비오와 엘리자베스 워터스톤은 그녀의 삶을 두고 "소설이든 고정된 형식의 일기든 더 이상 글을 쓰지 못하게 되자 그녀 삶에 진정한 비극이 찾아왔을 것"이라고 말했다.

1940년, 모드는 넘어져서 오른팔을 다쳤다. 몇 년 전에는 왼팔을 다쳤는데, 그때는 그래도 멀쩡한 다른 쪽 팔을 쓸 수 있다는 것을 감사하게 생각했다. 하지만 이제 그녀는 기본적인 집안일조차 할 수 없을 지경이었다. 한 번에 단어 몇 개를 적는 게 다였다. 모드는 잠도 잘 자지 못했다. 동네 주치의인 레인 박사가 건강해질 수 있다고 설득했지만 소용없었다. 모드는 언제나 의리 있는 친구 조지 맥밀런에게 자신이 다 나았다는 소식을 들을 때까지 편지를 쓰지 말아달라고 부탁했다. 그럼에도 그는 밝고 희망찬 편지를 모드에게 보냈고, 모드는 그 편지들을 읽고 또 읽으며 큰 위안을 받았다.

체스터는 어머니를 속여 자신이 원하는 것을 이루는 데에는 전문가가 되어 있었다. 애니타 웨브가 침울하게 말했다.

"그 애는 늘 돈밖에 몰랐어."

어느덧 체스터는 좀 더 다정해졌고 스튜어트는 좀 더 내성적인 성격으로 자라 있었다. 하녀들은 모드의 침실에서 체스터가 모드의 어깨에 머리를 기대고, 모드가 그의 짙은 색 머리카락 사이로 손가락을 쓸어내리는 모습을 볼 수 있었다. 소름 끼치게도, 이 장면은 모드가 허만 리어드와 함께 보냈던 열정적인 밤의 모습과 비슷했다.

사실 체스터는 마을을 누비며 여자들을 찾아다니기 위해 자동차가 필요할 때면 가장 애교 넘치는 모습으로 모드를 찾아왔다. 하지만 급하게 돈이 필요하다거나 할 때면 공격적이고 성나고 위협적인 상태로 돌변했다. 모드는 점점 더 몸을 떨고 깜짝깜짝 놀랐으며, 자세가 똑바르고 활기 넘치는 평소 모습과는 달라져서 알아보기 힘들 정도였다. 그녀는 일기장에 이렇게 적었다.

"내가 생각하는 천국이란, 두려움 없는 삶이다."

모드는 마치 어린아이처럼 애니타 웨브에게 매달렸고, 이 방 저 방으로 그녀를 따라다녔다. 집에선 그러면서도 그녀는 차분하고 인기 있는 대중연설가로 계속 활동했으며, 그녀에겐 재미있고 발랄하고 반짝이는 이야기들이 가득했다. 대중 앞에서의 모드와 집에서의 모드가 보이는 간극에 애니타는 크게 놀랐다.

그러다 1942년 초에 가족 문제로 인해 애니타는 오랜 기간 동안 캐번디시에 있는 집으로 돌아가야 했다. 스튜어트는 모드를 돌봐줄 임시 간호사를 구해놓았다. 이 시기에 모드는 자신의 생각을 일관성 있게 표현하기 힘들어 했다. 일기장에 작성한 글은 거의 없었고 그나마 있는 것은 고통에 찬 내용이었다. 고용된 간호사는 모드의 팬들과 친구들에게 모드가 너무 아파서 답장을 하지 못한다고 설명하는 편지를 보냈다. 모드가 옛 펜팔 친구인 웨버와 맥밀런에게 마지막으로 보낸 엽서들은 놀라울 정도로 심란해 보인다. 맥밀런에게 쓴 마지막 편지에 그녀는 이렇게 고백했다.

> 지난 한 해는 내게 충격의 연속이었어요. 큰아들은 자기 삶을 스스로 망쳐놓았고 그 애의 아내는 떠났어요. 남편은 상태가 심지어 나보다 더 심하죠. 나는 20년이 넘도록 그의 문제를 당신에게 숨겨왔지만 이제 그게 마침내 나를 완전히 망가뜨렸네요…. 소집령이 내려지면 우리 둘째 아들이 떠나게 될 텐데, 그렇게 되면 내게는 더 이상 살아갈 이유가 전혀 남지 않아요. 그럼 나는 회복하기 위한 모든 노력을 포기하겠죠.

계속해서 등장하는 표현은 '망가졌다'는 것이다. 망가진 마음, 망가진 영혼, 망가져버리다…. 전부 망가져버릴 거라는 두려움. 모드는 여전히 일기에 기록을 남겼지만 이제 더는 그 기록들을 모아 하나의 이야기로 만들 기력이 없었다. 끔찍했던 1930년대 중반에 그랬듯 나중에 수정하고 이야기가 좀 더 잘 흐르도록 할 계획으로 대략적으로만 메모했고, 이 메모를 활용해서 자신의 일상을 재구성했다. 4월 중순이 되자 이 대략적인 메모의 분량이 175페이지에 달했다.

봄이 되자, 드디어 애니타 웨브가 프린스에드워드섬에서 돌아왔다. 애니타의 차분한 존재는 축복과 같았지만, 모드는 끊임없이 아래로 추락했다. 그녀가 마지막으로 한 것으로 알려진 행동은 문학과 관련된 행동이었다. 바로 가장 최근에 쓴 『블라이스 가의 단편들The Blythes Are Quoted』 원고를 한 손에 들고 우체국에 가서 출판사에 보내는 것이었다.

『블라이스 가의 단편들』은 두 개의 섹션으로 나뉘어져 있는 책이다. 책의 첫 절반은 제1차 세계대전 이전을, 나머지 절반은 그 이후를 배경으로 한다. 몽고메리의 가장 실험적인 책으로 꼽히는 이 책은 소설적인 스토리, 주인공이 다른 여러 편의 소설과 묘사가 돋보이는 단락, 그리고 시들로 구성된 픽션 모음집이다. 마지막 순간까지 모드는 자신의 예술가적 자질을 최대한 발휘하고 스스로를 시험하고 있었던 것이다.

1942년 4월 24일 오전, 레인 박사가 스튜어트의 사무실로 전화해 끔찍한 소식을 전했다. 애니타 웨브가 침대에서 모드를 발견했을 때 모드 옆에 알약이 든 병이 놓여 있었다는 것이다. 그리고 도저히 그녀를 되살릴 방법이 없었다고 했다. 소식을 들은 스튜어트는 즉시 집으로 왔다. 모드의 침대 옆 탁상에는 며칠 전 날짜가 적힌 쪽지 한 장이 놓여 있었다. 176페이지라고 번호가 매겨져 있었고, 유려한 필기체로 적혀 있었다. 그 내용은 다음과 같이 처음에는 꽤 차분하게 시작된다.

이 책은 미완성이며 결코 완성되지 못할 것이다. 책 상태가 끔찍한 이유는 내가 1942년 끔찍한 신경쇠약을 겪기 시작할 시기에 썼기 때문이다. 하지만 이제 여기서 끝내야만 한다. 이 일부를 발췌하여 출판하고자 하는 출판사가 있다면, 내 유언장 조건에 따라 반드시 여기서 그만두어야 한다. 열 번째 책은 절대로 복제되어서는 안 되며, 내 일생 동안 공개되어서는 안 된다. 이 중 일부는 너무 끔찍해서 사람들을 해칠지도 모른다.

단락은 계속 이어지고, 어조는 점점 절망적으로 변한다.

나는 마법에 걸린 것처럼 정신을 잃었고 이 상태로는 도저히 생각을 이어나갈 수가 없다. 하느님께 용서를 구하며, 날 이해해줄 수 없을지라도 모두가 나를 용서해주길 바란다. 나는 견디기 힘든 너무 끔찍한 상황인데 누구도 이를 알아주지 않는다. 여러 실수에도 불구하고 늘 최선을 다하려고 했던 생을 이렇게 마감하게 되다니.

스튜어트와 레인 박사는 모드의 침대 옆에 발견된 그 쪽지를 그녀가 자살하면서 남긴 유서로 생각했다. 하지만 위 내용 중 마지막 두세 문장만 읽어봐도 그들이 착각했다는 것을 알 수 있다. 스튜어트와 레인 박사는 모드가 이런 식의 대략적인 메모를 작성하며 일기를 썼다는 것을 몰랐고, 잠시 멈춰 메모에 적힌 날짜나 176페이지라고 적힌 페이지 번호에 대해서도 생각해보지 않았다. 스튜어트는 성급하게 그 쪽지를 주머니 속에 쑤셔 넣었다. 레인 박사는 스튜어트에게 모드의 소지품을 챙기도록 하고, 검시관에게 전할 보고서를 작성했다.

　자살임이 명백한 모드의 죽음을 둘러싼 잡음이 어마어마할 것이라고 판단했던 가족들은 그 비밀을 지키기로 결정했다. 이러한 이유로, 지난 세월 동안 변한 것은 별로 없었다. 자살은 오늘날까지도 수치스럽고 사적인 문제로 간주되니까. 스튜어트는 접어놓은 그 쪽지를 혼자 간직했고, 50년이 넘도록 그 쪽지에 대해서 더 이상 아무 말도 하지 않았다. 레인 박사의 평판도 걸려 있는 일이었다. 결국 자신의 환자를 죽인 약을 처방해준 사람은 레인 박사였기 때문이다. 수십 년 동안 그 누구도 침대 옆의 메모에 대해 공개적으로 이야기하지 않았다.

　마침내 2008년 9월 맥도널드 가족은 침묵을 깼다. 스튜어트의 딸 케이트 맥도널드 버틀러가 가족의 허가를 받고 모드의 죽음이 자살이었다고 발표하며 할머니가 오랫동안 우울증에 시달려왔다고 다음과 같이 설명했던 것이다.

　　우울증이 다른 사람들에게나 나타나는 것이며 우리에게는 일어나지 않는다는, 더군다나 우리의 영웅들이나 우상들에게는 절대 일어나지 않는다는 그런 잘못된 인식을 버리지 않는다면 정신질환을 둘러싼 편견이 우리 사회를 평생 괴롭힐 거라는 생각이 강하게 들었습니다.

　당시 검시관 보고서에는 모드의 사인이 '동맥경화증과 매우 높은 수준의 신경쇠약증'이라고 적혀 있었다('신경쇠약'이란 넓은 범위의 정신 및 신경 질환을 포함하는 단어다). 그 후로 쭉 전문가들과 팬들은 L. M. 몽고메리의 비극적인 죽음을 둘러싼 정황에 대해 논쟁을 벌여왔다. 그리고 그들이 죽음을 불확실하게 생각하는 데에는 그럴 만한 이유가 있었다.

모드는 자신보다 훨씬 건강한 여자에게도 치명적인 많은 양의 약을 자주, 그것도 섞어서 복용했다. 그녀는 순식간에 체중이 부쩍 줄었고, 보통 체중에 맞는 약 복용량이 현 상태에서는 치명적일 수 있다는 것을 아마 몰랐을 것이다. 모드의 약물 과다 복용에 의한 죽음은 사고였을 수도 있고, 고의적이었을 수도 있지만 그녀가 절망한 것만은 분명했다. 그녀는 일기장에 이렇게 적었으니까.

"현재는 견딜 수 없다. 과거는 엉망이 되었다. 미래는 없다."

모드는 자살을 죄악이라고 생각하지도 않았다. 수십 년 전, 이미 이렇게 적은 적이 있었다.

> 삶에 대한 나의 태도는 레키*가 인용한 말과 매우 비슷하다. 삶은 우리에게 주어진 것이지, 우리가 요구한 것이 아니다. 따라서 삶이 너무 힘들어진다면 우리는 그것을 내려놓을 권리가 있다.

모드는 언젠가 간단한 수술을 하고 나서 마취에서 풀린 후 이렇게 말한 적도 있다. "아아, 선생님. 천국은 너무나도 아름다웠는데. 선생님이 저를 다시 불러온 게 참 안타깝네요."

---

* 윌리엄 레키(1838-1903): 아일랜드의 수필가이자 역사가이며, 대표작으로는 여덟 권짜리 『18세기 잉글랜드의 역사(History of England during the Eighteenth Century)』가 있다

그녀는 죽음이라는 것을 만지작거리며 그것에 대해 오랫동안 생각해왔다. 최후의 순간 바로 직전에 모드를 만난 한 젊은이는 모드가 일주일 또는 그 이상 동안 그곳에 없을 거라고 말했다고 했다. 그 말을 들은 그 젊은 친구는 어리둥절했다. 그러므로 모드가 슬픔에 겨워 죽었다는 것은 전혀 미스터리가 아닐 것이다.

그 외에도 해결되지 않은 퍼즐들이 있다. 이를테면, 모드가 대략적으로 기록한 그 일기의 나머지 174페이지들은 어떻게 된 걸까? 어쩌면 그 페이지들이 모드의 마지막 날들에 대한 상황을 좀 더 밝혀줄 수 있을지도 모른다. 하지만 그 페이지들은 그녀가 사망한 때와 비슷한 시기에 사라진 후 다시는 나타나지 않았다. 아마 누군가가 의도적으로 없애버렸을 것이다. 분명 그 안에는 특히 체스터를 강하게 비난하는 단락들이 포함되어 있었을 테다.

한 가지 알 수 있는 것은 체스터가 모드의 시신이 발견됨과 거의 동시에 집에서 물건들을 치우기 시작했다는 것이다. 체스터의 말년은 온갖 말썽과 사소한 범죄들로 넘쳐났다. 횡령으로 교도소에 수감되었고, 오십 대 초반에 알 수 없는 사인으로 사망했다. 체스터가 더 이상 루엘라와 함께 살지 않기 때문에 모드의 유언 조건에 따라 그는 그 어떤 사적 재산에 대해서도 소유권을 갖지 못했다. 그럼에도 그는 계속해서 집안 물건들을 차에 한가득 실어 나왔고, 보다 못한 이웃들이 부동산 관리인을 불러 집의 문 자물쇠를 모두 바꿔버린 일도 있었다.

아마도 체스터는 '여로의 끝' 지하실에 살면서 모드의 습관들과 그녀의 은신처를 가장 잘 접할 수 있었을 것이다. 모드의 시신이 발견되었을 때 그는 집에 없었다. 그렇지만 그 이후에 마지막 쪽지를 제외하고 그녀의 모든 것을 처분할 시간이 충분히 있었을 것이다.

모드는 언젠가 자기가 원하는 프리드의 묘비명에 대해 정확히 설명한 적이 있다.

'변덕스러운 삶의 열병 끝에 그녀 편히 잠들다…' 이것은 사실 내 묘비에 있었으면 하는 내용이다. 그리고 나는 내가 편히 잠들어야 한다고 믿는다. 왜냐하면 나는 오랫동안 편히 쉬지 못했으니까.

모드의 시신은 친척들의 무덤 옆에 묻히기 위해 프린스에드워드섬으로 옮겨졌다. 모드는 언젠가 이렇게 말했다.

프린스에드워드섬을 방문하는 사람이라면 누구든 '집에 왔다'고 느껴야 한다. 이곳에서 우리는 영원이라는 것이 존재한다는 것을 알게 될 것이다. 그때 우리만의 순간이 올 것이다. 우린 그저 기다리기만 하면 된다.

모드는 '그린 게이블즈*'로 알려진 집에 안치되었고, 1942년 4월 29일 장례식을 위해 차에 실려 캐번디시 교회로 옮겨졌다. 동네에서 쏟아져 흐르는 슬픔은 어마어마했다. 작은 흰색 목조 교회는 사람들로 넘쳐났다. 조문객들은 교회에서 쏟아져 나와 밖으로 몰려나왔다. 캐번디시 학교는 오후에 수업을 하지 않았고, 슬퍼하는 학생들이 마

---

* 초록 지붕 집. 『빨강머리 앤』의 원제는 '그린 게이블즈의 앤(Anne of Green Gables)'이다.

구 달려왔다. 한 여자아이는 자신이 이렇게 자기 어머니에게 이야기 했다고 기억했다.

"난 모드의 책을 전부 다 읽었고, 그녀를 알아."

홀로 남은 이완 맥도널드는 어리둥절하고 혼란스러웠다. 모드의 죽음은 그의 현실 감각에 심각한 충격을 안겼다. 이완은 계속해서 장례식 중에 혼자 "불쌍한 모드, 불쌍한 모드…." 하면서 짝을 잃은 새처럼 헤매고 다녔다. 또 다른 때에는 행사를 방해하면서 "누가 죽었지? 누가 죽었지?" 하며 큰소리로 울부짖었다. 그러고는 쩌렁쩌렁 울리는 목소리로 "그게 누군데? 참 안됐네, 참 안됐어!"라고 말했다.

둘의 결혼식에서 사회를 맡았던 이완의 오랜 친구 존 스털링이 모드의 장례식의 진행도 맡았다. 존은 모드의 개인적인 성취와 예술적인 업적들에 대해 언급했다. 그는, 남은 사람들은 삶을 그렇게나 즐겁고 희망으로 가득 차게, 달콤함과 빛으로 삶을 그린 사람과 얼마나 가까이 있는지 생각하면 가슴이 뛰는 것을 느끼게 될 것이라고 말했다.

모드의 장례식 날, 프린스에드워드섬에는 아직 봄이 오지 않았다. 4월 말 그날의 기온은 거의 영하를 맴돌았다. 땅에는 눈이 소복이 쌓여 있었다. 하지만 존 스털링이 추도연설을 시작하자, 따뜻한 바닷바람이 불어와 함께 모여 있는 조문객들의 머리 위로 지나갔다. 날이 순식간에 밝아진 것이다. 봄철 새들이 그해의 첫 노래를 지저귀고 있었다. 모드가 드디어 집에 온 것이다.

에필로그

"나는 그 누구에게 그 어떠한 영향력도 갖지 못한다."

십 대의 모드는 일기장에 안타까워하며 이렇게 털어놓았지만 자신의 글로 수백만 명의 독자들을 감동시키는 작가가 되었다. 첫 원고료로 5달러짜리 수표를 받은 것을 기뻐하며 자축하던 젊은 작가는 자신이 살던 시대에 원고료를 가장 많이 받는 받는 작가로 손꼽히게 되었다. 모드는 늘 빈곤 속에서 셋방살이하게 될 것을 두려워했는데, 어느덧 토론토의 우아한 동네에서 마음에 쏙 드는 집을 장만하기에 이르렀다. 어릴 적 늘 무언가를 끄적이는 별난 습관에 빠져 있다고 야단맞던 소녀는 세계적으로 가장 중요한 캐나다 작가의 반열에 올랐다.

L. M. 몽고메리가 쓴 글의 인기는 식지 않고 지속되고 있다. 모드

의 책들은 판매량이 수백만 부에 이른다. 오늘날 모드의 작품은 수십 가지 형태로 존재한다. 그중 일부는 그녀가 미처 상상도 하지 못했던 것들이다. 연극, 영화, TV 드라마로 훌륭하게 각색되었고, 책, CD, 그리고 DVD로도 나와 있다. 그녀의 글을 다루는 학술지와 인터넷 블로그, 기사에서는 그녀의 작품에 대한 논의가 넘쳐난다.

『앤의 꿈의 집』은 제2차 세계대전 당시 폴란드 군사들에게 용기와 희망을 북돋아주기 위한 목적으로 배부되었다. 다양한 연령, 문화, 배경으로 이루어진 수많은 팬들이 그녀의 글을 읽고 외웠다. 병상에만 있어야 했던 한 어린 소녀는 『빨강머리 앤』을 열다섯 번도 넘게 읽었다고 밝혔다. 아마 『빨강머리 앤』은 청소년 문학 중에서 가장 많이 '다시 읽힌' 책일 것이다.

고인이 된 작가는 그녀의 고향에서 가장 유명한 국보다. 매년 여름이면 수천 명의 방문객들이 L. M. 몽고메리와 그녀의 작품에 경의를 표하기 위해 프린스에드워드섬으로 몰려온다. 프린스에드워드섬에서는 초록 지붕 집을 찾는 연간 방문객의 수를 약 3만 5,000명으로 추산한다. 윌리엄 왕세손의 아내 케이트 미들턴은 책을 기념하기 위해 신혼여행 중 프린스에드워드섬을 방문했고, 자신이 가장 좋아하고 가장 영향력 있다고 생각하는 작가 중 하나로 몽고메리를 꼽았다. 초록 지붕 집을 방문한 유명인은 케이트 미들턴이 처음이 아니며, 마지막이 되지도 않을 것이다. 1927년, 당시 영국 총리였던 스탠리 볼드윈은 모드에게 팬레터를 써서 자신이 프린스에드워드섬을 방문할 때 그곳에서 모드를 만날수 있는지 물었다.

"당신과 악수를 하며 당신의 책들이 내게 선사해준 즐거움에 대해 감사의 인사를 전할 기회를 갖게 된다면 더할 나위 없이 기쁠 것입니다. 저는 집으로 돌아가기 전에 반드시 초록 지붕 집을 봐야만 합니다."

이 편지를 모드는 연인의 오솔길을 거니는 중에 읽었다. 편지를 읽으며 모드는 수 년 전 이곳을 걸으며 꿈꾸었던 그 꿈들을 책으로 이룬 어린 소녀의 길을 그 편지가 따라온 것 같다며 감탄했다.

사실 모드는 성공 그 자체에 대한 기대는 거의 하지 않았다. 그 어떤 것도 기대하지 말라는 가르침을 받고 자랐으니까. 유년 시절의 여러 친구들과 이웃들의 눈에 모드는 그저 자선의 혜택을 받은 사람에 불과했다. 그런 그녀에게 영국 총리가 먼 길을 날아 외딴섬으로 찾아온 것이다.

모드의 책들과 꿈들은 오늘날에도 여전히 살아 있다. 전 세계 수많은 아이들과 어른들이 모드의 작품들을 소중히 여긴다. 그중에서도 특히 지구 반대편에 사는, 같은 섬사람인 일본 학생들 사이에서 가장 인기가 많다. 모드의 작품은 애니메이션, 만화책, 라디오 쇼, 잡지, 영화, 그리고 연극 공연 등으로 만들어졌다. 뮤지컬 『빨강머리 앤』은 45년이 넘도록 영국, 아프리카, 아시아, 미국에서 상연되었으며 특히 프린스에드워드섬의 샬럿타운 공연에서는 객석이 여러 차례 만석을 이루었다.

1986년 TV 미니시리즈 『빨강머리 앤』은 에미상Emmy Awards을 수상했고 TV의 다른 영예들을 휩쓸었으며, 이미 유명한 모드의 책들을 더욱 유명하게 만들었다. 그 뒤를 이어 두 편의 TV 영화가 상을 받았고, 그다음에 나온 TV 시리즈 〈에이번리로 가는 길The Road to

Avonlea〉은 흥행에도 성공했다. 가장 열렬한 사랑을 받은 작품 『빨강머리 앤』은 전 세계적으로 5,000만 부 이상 팔렸고 스무 개가 넘는 언어로 번역되었다.

모드는 독자들에게 소설, 회고록, 시, 자서전, 그리고 비네트*에 이르기까지 수천 편의 아름다운 글을 선사했다. 수천 장의 일기와 수백 장의 생생한 편지들도 남기고 갔다. 모드가 공개하지 않은 대부분의 글들은 출판된 작품들만큼이나 세련되었다. 경이로운 점은 L. M. 몽고메리가 몸부림쳤다는 사실 자체가 그렇게 오랫동안 고통을 견디며 마침내 그것을 헤치고 나왔고, 그 과정 속에서 너무나도 많은 것을 성취했다는 것이다.

그러나 그녀가 한 어린 팬에게 설명하려고 했듯, 명예와 성공은 결코 삶의 슬픔을 막아주지 못했다. 대체 무엇이, 우리 삶으로 들어오는 걱정거리와 문제 들을 막아줄 수 있을까? 모드는 답하지 못했다.

모드는 만성우울증에 시달렸고, 아마 조울증도 몇 차례 겪었을 가능성이 높다. 그렇게 가장 어렵고 절망적인 시절을 보내면서도 스무 편의 소설과 수백 편의 단편소설을 만들어냈다. 모드에게 글쓰기는 단순한 취미가 아니라 삶의 방식, 즉 끊임없이 진화하고 있는 세상을 보는 눈이었다. 그녀는 유명 연설가, 인기 많은 교사, 선구적인 신문 기자, 능숙한 공예가, 유능한 주부, 여행가, 그리고 뛰어난 작가였다.

그녀의 가장 유명한 책 『빨강머리 앤』에서 그녀는 버림받았던 자

---

* 특정한 사람이나 상황 등을 잘 보여주는 짧은 글이나 행동

신의 실제 사연을 사랑과 구원에 관한 눈부시게 아름다운 이야기로 탈바꿈시켰다. 종종 슬픔을 주기도 했지만, 모드는 다른 사람들에게 웃음과 즐거움을 선사했다. 그녀는 열정적으로 사랑했고 열정적으로 사랑받았다. 깊고 지속적인 우정들을 쌓기도 했다. 늦게 결혼해서 자신이 가정에서의 행복은 전혀 누리지 못할까 봐 두려워했지만 아들을 둘이나 키워냈다. 눈보라와 여우비, 일출, 그리고 '영원의 전당에서 기억하게 될' 초승달들도 발견했다.

모드는 삶이 아름답다고 생각했다. 그녀에게는 마지막 순간까지 경이로워하고 사랑할 대상들이 있었다. 그녀는 일기장에 이렇게 털어놓았다.

> 완벽한 행복을 나는 단 한 번도 누리지 못했고 앞으로도 누리지 못할 것이다. 그럼에도 불구하고, 내 삶에는 훌륭하고 매우 아름다운 시간들이 많이 존재했다.

옮긴이의 말

앞서 에필로그에 언급된 것처럼, L. M. 몽고메리가 쓴 소설 『빨강머리 앤』의 인기는 전 세계적으로 여전히 뜨겁다. 국내에서는 최근 몇 년 사이 여러 출판사에서 다양한 버전의 『빨강머리 앤』을 출간해 큰 사랑을 받았고, 넷플릭스에서는 원작과 사뭇 다른 느낌으로 드라마 〈빨강머리 앤(Anne with an E)〉을 제작해 많은 시청자를 사로잡았다. 앤을 테마로 한 전시회가 많은 사람들의 열광에 힘입어 전시 기간을 연장하기도 했으니 빨강머리 앤 열풍은 마치 하나의 문화로 자리 잡은 것처럼 보인다. 그런데 이토록 많은 사랑을 받은 작품을 쓴 저자에 대해서는 정작 알려진 바가 별로 없다. 이 작품이 상당 부분 자전적임에도 그렇다.

『하우스 오브 드림』은 '서사의 천재'라 불리는 작가 L. M. 몽고메리의 삶을 바탕으로 한 전기 소설이다. 모드의 섬세한 표현과 감각이 어디서부터 비롯되었는지, 그녀 특유의 낙천성과 상상력은 어디서 왔는지를 가늠해볼 수 있는 인생의 순간들을 포착하였다. 또한 19세기 캐나다 프린스에드워드섬의 아름다운 자연 풍경에 대한 모드의 감각적 묘사와 예쁜 일러스트까지 들어가 읽는 이로 하여금 모드의 삶에 한 발짝 더 다가서는 시간을 선사한다.

그 당시 여성에게 평생 오명으로 남을 수 있는 위험을 무릅쓰고 사랑하지 않는 약혼자와 파혼을 하고, 수많은 출판사들에게서 거절당했지만 개의치 않고 결국 작가로 데뷔를 해내고, 대형 출판사에 맞서 10년의 긴 소송을 벌인 끝에 승리했으며 여자가 직업을 갖는다는 것 자체를 탐탁지 않아 하던 그 시절 주변의 따가운 시선 속에서도 흔들리지 않고 자신의 커리어를 이어가 성공을 쟁취한 L. M. 몽고메리. 『하우스 오브 드림』속 그녀에게서 시대를 앞서 간 진취적인 여성이자 주체적으로 삶을 살아내는 용기와 강인함의 소유자라는 인상을 받는 것은 나만의 착각은 아닐 테다. 이 책을 작업하는 내내 모드가 가진 끈기와 용기, 힘든 상황에서도 유머를 찾아내는 활력이 부러웠다. 극심한 우울증에 시달리는 암울한 나날 속에서 그녀는 어떻게 누군가를 열렬히 사랑하기도 하고, 불투명한 미래를 위한 분투를 그토록 치열하게 지속할 수 있었던 것일까? 모드의 삶을 담아낸 이 보물 같은 책은 이 책을 처음 만나던 순간부터 작업을 마치기까지의 긴 여정 동안 내게 모드가 가진 특유의 긍정적 에너지를 한껏 불어넣어주었다.

번역 작업을 모두 마친 뒤에도 나는 어느새 모드와 앤을 끊임없이 살피며 탐정이라도 된 양 모드가 남긴 흔적을 샅샅이 찾고 있었다. 집에 있는 『빨강머리 앤』을 다시 찾아 읽고, 넷플릭스 드라마도 다시 보았다. 다시 만날 때마다 몽고메리의 작품은 새로운 기쁨을 주었다. 조금 다른 기분, 조금 다른 나를 알게 되는 것 같은 순간들이 또 다른 상상의 세계를 열어주었다. 이 책을 읽는 독자들 또한 소설 『빨강머리 앤』과 모드의 다른 작품들을 새롭게 발견하는 재미를 마음껏 만끽했으면 한다.

그녀가 말했듯, 무언가 사랑할 대상이 있다면 당신은 결코 가난하지 않을 것이다. 부디 이 책의 긍정과 희망의 메시지가 독자들에게도 오롯이 전달될 수 있기를 바란다.

2020년

옮긴이 이지민

하우스 오브 드림

빨강머리 앤의 시작

1판 1쇄 인쇄 2020년 7월 31일
1판 1쇄 발행 2020년 8월 7일

지은이 리즈 로젠버그
그린이 줄리 모스태드
옮긴이 이지민
펴낸이 김영곤
펴낸곳 (주)북이십일 아르테

책임편집 이지혜 인수 디자인 정지연
문학마케팅팀 배한진 정유진
영업본부 이사 안형태 영업본부장 한충희
문학영업팀 김한성 이광호 제작팀 이영민 권경민

출판등록 2000년 5월 6일 제406-2003-061호
주소 (우10881) 경기도 파주시 회동길 201(문발동)
대표전화 031-955-2100 팩스 031-955-2151
ISBN 978-89-509-8757-2 03840

아르테는 (주)북이십일의 문학 브랜드입니다.

(주)북이십일 경계를 허무는 콘텐츠 리더

아르테 채널에서 도서 정보와 다양한 영상자료, 이벤트를 만나세요!
네이버오디오클립/팟캐스트[클래식클라우드] 김태훈의 책보다 여행
페이스북 facebook.com/21arte 홈페이지 arte.book21.com
인스타그램 instagram.com/21_arte 포스트 https://m.post.naver.com/staubin